杨映川 著

不能掉头
BUNENG DIAOTOU

独秀
女作家
文丛

广西师范大学出版社
GUANGXI NORMAL UNIVERSITY PRESS
·桂林·

图书在版编目（CIP）数据

不能掉头 / 杨映川著．—桂林：广西师范大学出版社，
2018.11
（独秀女作家文丛）
ISBN 978-7-5598-1320-6

Ⅰ．①不… Ⅱ．①杨… Ⅲ．①中篇小说－小说集－
中国－当代 Ⅳ．①I247.5

中国版本图书馆 CIP 数据核字（2018）第 240061 号

广西师范大学出版社出版发行

（广西桂林市五里店路 9 号　邮政编码：541004）

网址：http://www.bbtpress.com

出版人：张艺兵

全国新华书店经销

衡阳顺地印务有限公司印刷

（湖南省衡阳市雁峰区园艺村 9 号　邮政编码：421008）

开本：880 mm × 1 240 mm　1/32

印张：9.125　　字数：200 千字

2018 年 11 月第 1 版　　2018 年 11 月第 1 次印刷

定价：41.00 元

如发现印装质量问题，影响阅读，请与出版社发行部门联系调换。

目　录

马拉松

一

许多人历尽一生都不曾有过这样一个早晨——醒来便醒来了,不需要打着哈欠做早饭,挤着公交上班,背着沉沉的书包上学,或者,蹬双运动鞋气喘吁吁地跑步……反正没有一件事情在等着你,不需要迫切地去做什么。

范宝盛过了四十岁便开始感恩他几乎每天都拥有这样的早晨。他通常凌晨四点就醒了,从从容容在床上回个神,让脑袋完全亮堂再起身。洗漱完他会走到阳台上,这阳台不是敞开的,用透明的铝合金窗封起来了,留着两扇窗敞开透气,视觉上成了一间狭长的小房间。有只木架子,高几层摆放几盆花草,矮处堆着些书和纸张。紧挨架子的是一张低矮的红木案台,案台上有只茶壶。没有椅子，地上搁着一只香蒲草团。范宝盛拿起洒水壶给植物叶子上浇些水，然后站在窗边，遥望隐藏在夜幕中的景致，盯上一会儿，他能将它们辨出来，是树，是房，或是一块广告牌。这时，他会收回目光，搓搓手搓搓脸，矮身盘腿坐在蒲团上，从架子上抽出一本薄薄的书摊开在案台上。书打开只是个动作而已，他眼睛并没有盯着书看，微闭双眼开始诵读。"如是我闻"——悠长的声音从他的喉咙发出来。范宝盛很享受诵读的过程，他喜欢听自己的声音，让那些字句一字一句钻进他的心里去。他有时可以读上一个早上或一个晚上，什么也不想。他并不懂什么佛法，甚至也不曾到什么寺庙上过香，但他喜欢这部《金刚经》。他读了近十年才慢慢读出点意思，不确切，也不追究。这是一位居士在范虫儿丢失以后送给他的，他认为这些年他能将对范虫儿的寻找变成等待，有一部分得归功于"如是我闻"，他正是以此获得了启示。

范虫儿是在十二年前丢失的。要回到十二年前，范宝盛闭上眼睛就行了。

儿子长得太像自己，把儿子的照片和他儿时的照片放到一块，大家会说是一个人。儿子出生那天，弱小的身子软软的，被范宝盛抱在怀里，范宝盛眼一热，眼泪猝不及防涌出来，多少年没流过泪了，泪水湿漉漉挂在脸上，他有些不好意思，粗声嘎气地对石水晶说，老子要好好赚钱养我儿子，我儿子不能吃苦，一点儿苦也不让他吃！石水晶躺在床上，看一大一小，心满意足地笑了。

儿子尚在襁褓就特别能吃，不及时喂一定哭得地动山摇。范宝盛以"饭虫"的谐音给儿子取了个小名，大名范壹名。范宝盛说了,我的儿子不光能吃,其他也要第一名。

那天晚七时左右,各家都在做晚饭或吃晚饭,中山路上的范记馄饨店正是生意的好时辰,店里店外都是吃客。范虫儿拉扯在收银台里算账的石水晶说,妈,我想吃青皮芒果。石水晶顾不上瞧小家伙一眼,急着打发他,扔了五毛钱过去说,吃了赶快回来洗脸洗屁股,让张娟带你上楼睡觉。范虫儿根本没听他妈嘴里唠叨的,手里捏着五毛钱,迈开小腿突突突从后门窜出去了。范虫儿不是第一次自己出门买东西吃,家里从没有担心过。范记馄饨店门前这条街叫中山路,前后两百米各家店铺做的是不同营生,但都是熟得不得了的熟人。各家各户又都开有后门,后门这条通巷窄小,不通机动车,多是邻里互相串门用,没具体名称,大家都叫后街。如果不是各家都在后门摆放些杂物,一眼是可以探测到底的。中山路车多人杂,没大人领着,范虫儿是不允许随便出去的,后门则是他的方便之门,例如他经常去柯双的良心杂货店买饼干,去金家烧饼摊买大肉馅饼,去波仔的乖乖宠物店玩小猫小狗,还能自己去美美发屋找美姑娘理发。有些人家后门不常开,只要他想进,他会敲人家的后门,让人家开门放他进去。

孩子失踪后,警察多次来到中山路调查取证,经过调查,孩子拿了钱确实从后门出,往五十米开外的李婆姆酸嗍摊去了,除证人李婆姆还有证人补鞋匠方顺开和美姑娘。李婆姆是个孤寡老人,屋子有剩余,租给外来户方顺开夫妻二人。李婆姆长年腌制各种蔬菜和水果,屋里全是坛坛罐罐,经年弥漫着一股咸湿的气味。李婆姆家的前后门一贯敞开,方便左邻右舍上她家买些腌制的小菜。

当时李婆姆在厨房炒菜，炒的是酸菜肉末，搁了浓重的辣椒，范虫儿在她腋窝底下呛了一个喷嚏，她才发现小家伙来了。范虫儿将五毛钱递到她的眼皮底下说，青皮芒果。李婆姆说，这时间还吃零嘴啊？说着话，她抬块布抹抹手，往外走到前门的摊点，拿只塑料碗盛了满满一碗青皮芒果递给范虫儿说，赶紧回家去。她又忙灶上的菜去了。范虫儿胖小手飞快拾了几颗芒果塞进嘴里，小腮帮子鼓起来，享受的口水从口角溢出来。这种青皮芒果尚未成熟但已经带了甜味，切成小块用些盐来腌制，吃起来生甜清脆，异香满口，不只范虫儿爱吃，许多人都爱吃。但这东西有季节性，春夏之交才有。范虫儿将碗里的芒果吃得没那么满、不那么容易被晃出来后，才小心翼翼捧着碗跨出李婆姆家后门。走几步路碰上方顺开，方顺开这会儿没什么生意了，收摊回家，因为身上背负着大包小包的东西，他一般都从后门进家，看到范虫儿，他故意高声向范虫儿讨要芒果吃，范虫儿在方顺开的引逗下，走到他身边，同意将碗里的芒果分几块。方顺开呵呵笑了说，还挺大方的嘛。他本来想摸摸孩子头，腾不出手，手也脏，嘴里就说，天黑了，慢慢走，别摔了。后来，按他的说法，他看着范虫儿捧着芒果朝范记馄饨店的方向走了，他也进了李婆姆家门。后街没有路灯，采光全靠各家各户透出的灯光。美美发屋的美姑娘说，她当时到屋后上厕所，一墙之外就是后街，她隔窗听得见方顺开和范虫儿的说话声，但没看着人。

虽然人失踪前的活动范围不大，但作案的时间还是比较充分的，因为范虫儿离家至少有一个小时，石水晶稍微清闲下来才感觉不妥,问张娟范虫儿回来没有,张娟正在收拾桌子,答说没见着。张娟是石水晶远房外甥女,才15岁,平时帮忙照料店里生意,也帮忙照看范虫儿。石水晶嚷起来,死妹仔,你还收拾个屁啊!你弟出门这么久你也不出门寻寻?石水晶赶紧带着张娟出门从街头寻到街尾,再从街尾寻回街头,不知不觉地,唤孩子的声音变成哭喊了。各家各户听那发嘶的声音,纷纷出来问究竟,有的安慰说可能跑别的地方玩去了,有的顺势帮忙找了,一条街上都知道范家孩子暂时是丢了。

石水晶和张娟哭哭啼啼跑回店里,范宝盛在陪客人喝酒,面红耳赤,口若悬河。石水晶说,宝盛,虫儿找不着了。范宝盛话头被生生截住,他一下子也没有仔细研究石水晶的话,更没觉着孩子是真的不见了,他只觉得眼前这女人失了责任,败了兴致,手一扬,给了石水晶一个响亮的耳光,气吞山河地嚷着,孩子找不着,我劈死你!

范宝盛当年33岁,气盛,强悍,脾气暴躁。

孩子到底没有找到。范宝盛把所有的错归咎于石水晶,他用拳头、腿脚、棍子、凳子、皮带等方式方法教训女人,女人被打得下不了床,却始终没一句怨语,只说,你打死我吧,反正我也不想活了!范宝盛以往气不顺的时候收拾石水晶会觉得很解气,可这一次,像给气球打气,他越打气越足。他骂骂咧咧出门,专在后街上来回地窜。各家后门摆放的物什遭殃了,花盆蹬碎了,凳子蹬飞了,自行车蹬翻了,晾衣架子蹬歪了。其中有一家是做宠物生意的,在自家后门占道摆了好些笼子、箱子、罐子,从范家到李婆姆家的视线主要就是给这家堆放的杂物阻断的。范宝盛两条腿踹得不过瘾，顺手还拾了条棍子横扫。宠物店主波仔听到动静冲出后门，看一地狼藉，还没表态，就被跟在范宝盛屁股后头看热闹的邻居用眼神劝导——别跟人家计较，孩子刚丢了。波仔松开皱起的眉头，拾起一把扫把，一边扫一边好脾气地说，这东西堆得实在是太多了，早应该清理清理了，范哥你看哪里碍眼尽管砸！

范宝盛的气势谁都看得出来，孩子再找不出来，他是要跟人拼命的。跟谁呢？不知道，要他把那人找出来，准像他平时剁馄饨肉馅一样给剁了。

警方把范宝盛请去协助调查，首先问的自然是他与什么人有什么宿怨。范宝盛回答得干脆利落，我没有仇人。过了几天他又被警方请去，警方列出一张嫌疑人名单与他讨论。警察手指头敲打名单上的名字说，我们前两天问你和什么人有嫌隙，你说没有，你要知道，这种事情八成是熟人干的，你要积极配合，不要隐瞒，这对破案不利。范宝盛很无辜地抱着手说，我没有隐瞒，我和谁有仇我还不知道吗？谁不知道我范宝盛有仇必报！警察说，是吗？那请你看看这份名单。范宝盛看完警方开列的名单，嘴上没说，心里嘀咕开了，他奶的，在警察的眼里，真没有一个是好人。

警察打开一本厚厚的记事本说，我们现在开始吧，一个个厘过去，厘清楚为止。名单上的第一个人是李红霞，这是李婆姆的真名。范宝盛说，李婆姆怎么会是头号嫌疑呢？她很喜欢我们家范虫儿的，虫儿天天到她摊上去找东西吃，有时候还不付钱呢。李婆姆虽然抠门，对孩子大方，每次都给孩子一大堆吃的，再说了，她一把年纪了,不可能做这种事情!范宝盛一口气说了一大串。警察说,我们不会冤枉一个好人,也不会放过一个坏人,什么事情都不能光看表面,没有人脸上写着个坏字。你说说,你前年是不是和李红霞闹过不愉快,还不跟她家进货了,对吧?

警察这么一提醒,范宝盛记起是有这么一回事。范记馄饨店卖过李婆姆的酸嘢,许多客人饭前饭后喜欢点酸食凉菜开胃,范宝盛就跟李婆姆订了些酸萝卜、酸豆角、酸辣椒制成小菜。隔壁马甘白的清真拉面馆也卖李婆姆的酸嘢。石水晶偶然了解到李婆姆给马甘白的价格要便宜一些,例如腌酸萝卜卖给范家是一块五一斤,给马甘白是一块四毛五一斤,酸豆角给范家是三块一斤,给马家是二块九一斤。范宝盛听得这事火冒三丈,李婆姆怎么不一碗水端平呢?要说范记馄饨比马家面店的进货量要大啊!范宝盛是晚上临近十二点听石水晶在枕头边叨叨这事的,他不能让这事过夜发酵变酸,一分钟也不耽误,穿着睡觉的背心裤衩,趿双拖鞋,直接拍李婆姆的门去了。李婆姆被火烧火燎的打门声惊醒,慌慌张张开个半扇门,范宝盛叉腰迈腿挤进屋子,李婆姆,你觉得我范宝盛的钱好赚,还是觉得我范宝盛好欺负,是个蠢货?你多赚我一毛两毛的很爽吧,行,好,我明天就跟大家宣布,我不进你的酸嘢了,你的东西有质量问题,你做生意不讲良心……李婆姆听得尚不明白,说,宝盛,你这大半夜的上来说这些到底是什么意思啊?范宝盛说,少装糊涂,你想糊弄谁也别想糊弄我!说什么都难解范宝盛心头之恨,他深入里屋,把一只只酸坛挨个揭开盖,盖子随手一扔,骨碌碌四下逃窜。李婆姆拉着他的手急得跺脚,宝盛啊,你发浑啊,这揭盖漏风,我腌的东西都要坏了。范宝盛说,你这财迷心窍的老太婆,有本事这些漏风的你都不卖全扔了,我看你舍得……

范宝盛跟警察说,我就揭了李婆姆几个酸坛盖子,不再跟她进货了,这么小的事,她就要绑我儿子?范宝盛非常不以为然。警察说,在这条街上,范记馄饨生意算是很不错的,而李婆姆平时的生意零敲碎打,你算是她的大客户,你不给她生意了,你说她会没一点想法?你还骂上门去,到处说她的不是,她能不计较?警察这么说反倒让范宝盛觉得惭愧了,他说,当时我是一时脾气上来,管不住自己,李婆姆虽然贪小便宜,但人不坏,我不信她能干出绑小孩的事。范宝盛说得很肯定,在下肯定结论的时候,他还觉得自己很对不起李婆姆,一个孤老婆子,靠卖酸嘢度日,他当时怎么就能为那一毛几分的利益,闹出这么大的动静来。他有些烦躁地对警察说,李婆姆你们排除吧,不可能是她。警察没说什么,只是在笔记本上记着。

第二个嫌疑人是补鞋匠方顺开。范宝盛说,我和这个外地人没打几回交道,最多只算面熟。警察说,你不是打过他吗?范宝盛说,打他,打过吗?范宝盛停下来想了几秒钟,拍拍脑袋说,对,是打过,这家伙有一次替我补一双皮鞋,我只穿了一天又开线了,你说气人不?我找到他,把鞋扔他脸上,他不服,我们就干了一仗。他那小身板子,两下子就被我打趴在地。一个外地人,不老老实实地干活,还想怎么样?范宝盛说起揍人的事总有点小得意。警察说,嗯,你仔细想想,最近这一段时间他有没有在你家附近出现?我的意思是出现的次数有没有比以往多?范宝盛皱起眉头说,我没注意,方顺开不可能干这事吧,我虽然和他打过架,后面还是找他补鞋,他一样给补,补得挺好,所以我都把打架的事给忘了。警察说,人家为了讨生活,表面上能对你怎样?范宝盛说,方顺开两口子租的是李婆姆的房子,我听李婆姆说,夫妻俩平时省吃俭用,成天就惦记着寄钱回家给上学的孩子和老人,从这一点看他应该是个老实本分的人。警察说,这个我们会进一步调查的。

第三个名字是柯双,良心杂货店的老板。看到这个名字范宝盛双手在脸上摩挲着,沉默了。警察说,怎么不说话了?听说你以前和柯双称兄道弟的,关系很铁,后来突然闹翻了,是什么原因呢?范宝盛翻了一个白眼说,原因你们没打听出来?警察说,别人说是别人说的,我们想听听你是怎么说的。范宝盛说,说就说,有什么大不了的!这柯双人是不错的,他第一个老婆病死后他一直单身,熬到前两年好不容易讨到现在这个老婆,娶上新媳妇可了不得了,成天像条狗样地守着。我是经常上他家去,不都喝酒猜拳去的吗?怎么就成勾引他老婆了?他还想跟我一决高下,这不是自取其辱吗?我们两个一架打下来,断交了。警察说,你和关丽真的没有什么关系?范宝盛说,妈的,我怎么可能和自己兄弟的女人搞一块去?关丽这女人我跟你们实话说,是有点风骚,也蛮漂亮,但我是有原则的人,我再好色也不会打她的主意。警察一直盯着范宝盛看,范宝盛声音大起来,你们不信?如果我说谎,那就让我阳痿。警察笑了,说,后来你和柯双一点交往也没有了?范宝盛说,没有了,见面也装看不见。

警察边记录边问,他儿子的智商听说比同龄的孩子低,你看他会不会有什么妒忌或是报复的心理？范宝盛摆摆手说，柯双没有这个胆，我们的矛盾我们自个清楚，不会计较到孩子身上，你们就不要在柯双身上浪费时间了，他不可能做出这种丧天良的事情。整条中山路上的人为什么喜欢上他家的杂货店买东西，就因为他这人做生意讲良心，哪怕是老人或不懂事的孩子去他店里，他都不会占别人半分便宜，完全对得起他的店名"良心"两个字。警察嗯嗯地点点头。

再往下是清真拉面馆的马甘白。范宝盛指着马甘白的名字说，他还对我有意见？你们看看——范宝盛咧开嘴，露出他的门牙，他指着上门牙说，我这颗门牙就是被马甘白打松的，医生说了，用不了多长时间我就得装假牙了。你们看，我比马甘白年轻，个头也不小，可打不过人家呀，有人说他练过，我看是真练过，我都没弄明白怎么回事就被打趴下了，没占一点便宜。范宝盛说起自己的失败经历好像没有什么羞耻感。警察说，以往都是你打赢别人，总要有人比你强才合理啊！说说，你们为什么打架？范宝盛说，他店面的空调滴水到我这边，我上门跟他理论他根本不管，我知道他是看不惯我生意比他好，故意为难我。警察笑着说，我听说你把人家面馆的遮阳板给捅破了？范宝盛说，他空调漏水到我这边，我这样做才能扯平啊。警察说，你们有没有互相抢生意的情况？范宝盛摇摇头说，卖的是不同货色，没什么好抢的，客人也不可能一个品种吃到黑，总得换口味的不是？警察点了点头。

范宝盛又扫了一眼名单说，你们名单上怎么没有赵兵强呢？这家伙我也打过，还不止打一次，照理说他应该最恨我了。警察说，我们调查过了，他前阵子欠了赌债，一直被人追讨，在你家孩子失踪前就跑出去躲了，到现在也没有回来。他老婆黄玉珠在电影院门口摆水果摊，人证多的是，没有作案时间。范宝盛说，这家伙就是欠揍，不把家败光不甘心！

警察翻看记事本说，从你家店面到李家的酸嘢摊，尽管只有几十米，但这经过的人家好像都与你有不和，我们的网拉得很大，你看还有美美发屋的小美，你有没有说过人家开的是鸡店，把人家姑娘气得不给你剃头了？范宝盛不好意思地笑着说，我是说得有点过分，可小美那妖精的做派，没办法不让人家想歪，她平时穿的衣服太省布料，跟没穿一个样，笑起来，那可了不得，街头街尾的猫和狗听了都叫唤。警察说，你这张嘴也够损的。

警察又翻了一页记事本说，还有卖宠物的何波，你嫌他那些东西脏臭，怕影响你的生意，你一直想办法把他赶出中山路，曾经还把一只死猫搁人家门店的招牌上头了……

范宝盛的脸像被揭了一层皮，泛红了，他盯着警察手中那本笔记本，心突然有些发慌，不知道那上面还记载了他多少罪状。他说，警察同志，说了一早上，根据你们的调查结果，我就是一个大坏蛋，对吧？这条街上很多人都讨厌我，对我有意见，所以就绑了我儿子，对吧？警察说，我们只是在和你核实情况，了解分析，没有下结论。范宝盛的情绪有些失控了，他站起来说，你们调查的都基本属实，我是混蛋，我罪有应得！好吧，如果是他们绑了我儿子，只要人找得回来，我不怪他们，我认了。警察拍拍他的肩膀说，你坐下，坐下，别激动！这是个法制社会，天大的仇恨也不能干违法的事。

范宝盛说，那你们继续调查吧，我没有什么可以提供的了。警察说，行，今天就到这里，你要放宽心，凡事往好的方向想。范宝盛离开前，盯着警察说，你们觉得我是报应吗？警察也盯着他看，说我们都是唯物主义者，又拍拍他的肩膀说，做好人心安。

做好人心安，做好人心安，范宝盛一直念着这么一句话，脑子像一锅煮沸的水，走在路上被风一吹他清醒了些，突然闪过一念，警察是从哪里将这些信息调查出来的？对了，一定是各家各户都为证清白，看到的都是别家与他的嫌隙，大家互相揭发出来的。他心里不禁涌上恨意，牙关咬紧了，没一个是好东西。再一转念，又气馁了，他都活到什么份上了？警察那厚厚的记事本记录的都是他的恶行吧，他恶人一个啊！这些年成家立业，钱赚了，活得挺自在，只要看不顺眼的，该打打，该骂骂，他哪管别人怎么看啊。现在，他臭得连块狗屎都不如了。

范宝盛回到中山路上，他看到许多人似乎都在背着他笑，他们一定很开心，他的儿子没有了，他遭报应了。也许就是这街上所有的人合谋将范虫儿绑架了，他脑袋嗡嗡地响，像住着一窝蜂，他想冲着人喊，你们冲着我来吧，放了我儿子！这句话像火燎过他的喉咙，他嚷不出来，却把他烧得心痛难忍，欲哭无泪。

他回到家，家里有好些人，李婆姆，美姑娘，柯双带着柯子，隔壁的马甘白，波仔等。你们来干什么？来看热闹吗？他没打招呼，走进卧房，把房门关了。他听到石水晶在外面跟人解释说，他心情不好，你们理解啊。

马甘白的嗓门最大，谁碰上这样的事都得急，你们放宽心，宝盛老弟是个有福之人,这不过是个小劫,会过去的。

柯双说,是啊,弟妹,这种时候要静下心来才能有好主意,昨晚我想了一晚上,在这事情上你们别省钱,多花点钱悬赏线索,重赏之下必有勇夫,我这三万块钱算是帮你们打个寻人启事。石水晶说,我们怎么能要你的钱呢。柯双说,我和宝盛什么交情,范虫儿我一直当我儿子看的,收下!石水晶带着哭腔说,柯双哥,那谢谢你了,我先收下了。

李婆姆说,这几天我一直后悔为什么不给虫儿送一缸子青皮芒果呢,送了他就不用天天往我摊上跑,也不会出这事了。我今天带这坛青皮芒果,是用隔水坛收的,放得久,等虫儿回来随时都有得吃。

美姑娘说,水晶姐,虫儿是个鬼精灵,懂事得很,人家不容易拐带的,你们要放宽心,没准过两天就自己回来了。

玉珠说,水晶,我家老赵没啥本事,打听人却有一套,等他从外边回来,我让他找孩子去……

范宝盛在屋子里把每一句话都听得清清楚楚,眼泪悄悄流到嘴角,他舌头拐着舔舔,咸。外边这些人只不过是邻居街坊,他们凭什么对他这么好,就是为了让他愧疚吗?如果为这,恭喜你们,你们做到了,他愧疚死了,他恨不得能穿越回去,重新把他做过的混账事情——更正,就像把风吹倒的树一棵棵扶起来。他平日里没想他们的好处,他们像他店面门外摆放的那几盆花,可有可无,过季败了就重新换上几盆盛开艳丽的,就是不摆也不会影响生意。他的心思是赚客人的钱,所以他只对客人好。他赚钱是为日子过

13

得痛快,但凡谁碍着他不让他痛快的,他从不放过。他范宝盛原来就是这么个人啊!老天爷是为了让他看清楚自己是个什么人才让范虫儿丢掉的吗?老天爷啊,如果是为了这个,你的处罚太大了……

范宝盛躺在床上,不吃饭,不喝水,整整两天时间,石水晶冒着被揍的危险,一次次敲门。后来,他总算来开门了,像只风干的梨子,干裂的嘴唇嚅动着,石水晶,你说我是不是报应啊?石水晶惊恐地后退半步说,你,吃点东西吧。范宝盛说,我吃个屁,我儿子都找不到了我吃个屁,你说那人干脆把我杀得了,为什么要绑我的儿子呢?石水晶说,谁,你说谁?范宝盛说,我不知道是谁,是谁啊?!他突然把石水晶摁在沙发上,自己双膝一软跪在地上,咚咚咚朝石水晶磕了三个响头。石水晶像被蜇着一般跳起来说,你这是干吗?范宝盛说,这些年你跟着我受太多委屈了,没少被我揍,我这当是给你赔罪了。孩子找得回来我们就好好过日子,找不回来你随便打我,打死我也没有半句话。石水晶多日来强撑着,一下撑不住崩溃了,哇呀,妈呀,儿呀,你在哪里呀,你快回来呀。范宝盛搂着石水晶,轻轻地抚着她的背说,哭吧,哭够了,以后我们都不哭了!

等石水晶稍稍平静,范宝盛说,我现在出去给人赔罪。他走出门外,石水晶不明白他的意思,三两下把鼻子眼睛抹干净,紧跟着出去。范宝盛直奔李婆姆家。李婆姆坐在门口一张小凳子上,摇把蒲扇,守着摊子。范宝盛上前,扑通给李婆姆跪下。他说,李婆姆,对不起,我混账。他连磕了三个头。有一两个在摊上吃酸嚼的人,看着他们,嘴里的酸物掉到桌子上。李婆姆扔掉扇子,拼命架起范宝盛说,宝盛,别这样,起来,起来。范宝盛起身没二话,拍拍膝盖直接走到下一家。他走进美美发屋,在美姑娘面前,鞠了一个躬说,对不起,这是张臭嘴!然后他给自己嘴巴来了一记响亮的嘴巴。美姑娘在给客人吹头发,呆住了,手上的吹风筒对准客人的额头,客人被烫得叫唤。范宝盛离开美美发屋,找到方顺开的鞋摊,他朝正在给鞋子上线的方顺开鞠了一躬,方顺开以为他是来找碴的,哗地站起,往后跳开两尺。范宝盛说,对不起,然后打了自己一个嘴巴。方顺开手里拿的一只破鞋掉到地上。范宝盛走进柯双家的良心杂货店,柯双在跟人结账,手在计算器上指指点点,范宝盛将柯双的手抬起来,用力地招呼到自己脸上,响声过后,柯双的手和他的脸同时痛了。柯双吓得叫唤一声,晃着自己的手掌说,宝盛,你这是干吗?范宝盛搂着柯双的肩膀说,兄弟,对不起!柯双追出来,看到范宝盛直奔波仔宠物店。范宝盛走近一只狗笼,把手伸到一只看起来体型最大的狗嘴边说,咬一口,来咬一口。大狗胆子不大,被他吓退了半步。波仔疑惑地靠到他身后说,范哥,你这是?范宝盛说,我有这么可恶吗,连狗都怕我?波仔,我今天是来跟你道歉的,你家的狗既然不咬我,我就自己给自己一巴掌吧,他说完干脆利落地在脸上来了一下。

范宝盛马不停蹄地在中山路上奔走,他的脸被自己打肿了,打红了,嘴角打歪了,还挂着一丝血迹。石水晶跟在他身后,哭哭啼啼。范宝盛突然在路中央站住了,他说,他妈的,赵兵强跑路不在家,不然我今天可以全部道歉完了,这家伙真不是好东西,老子想

15

干干脆脆了结都不行！不行，我今天一定要全部搞定。他迈开腿又往电影院的方向前进。黄玉珠的水果摊在售票口附近。这时间黄玉珠没什么生意，盯着那些快腐烂的水果叹气，正想着不需要吃晚饭，把这些水果当晚饭得了。范宝盛带着一阵风吹到黄玉珠的跟前，黄玉珠以为生意来了立马有了精神，看清楚是范宝盛，后面还跟着个哭哭啼啼的石水晶就泄气了。范宝盛说，玉珠，今天你代表赵兵强，我给他赔不是了，范宝盛说完在自己的脸上打了一记耳光，然后鞠了一躬。范宝盛说完做完就走了，一点不拖泥带水。石水晶用眼神告诉目瞪口呆的黄玉珠发生的一切，黄玉珠一脸的茫然，还带着一点慌张。

可以说，被道歉的人家一开始是有点惊恐的，他们的心思都一样，觉得范宝盛这一举动是不是怀疑是他们把小孩弄走了，想通过道歉，让他们心软，让他们把孩子交出来。后来，大家发现都想错了。第二天范记馄饨店的大门上贴出暂停营业的启事，范宝盛和石水晶出门找孩子去了。

二

《金刚经》一遍一遍念下来，范宝盛像是在听自己讲故事，出离于娑婆世界。天稍稍有些泛白的时候，他出门了。他想去一里之外的范记馄饨店，喝一碗自家店里用蜂窝煤熬过夜，熬出牛奶白的骨头汤。

今天，在这个不大不小的城市里，不知道范记馄饨的人不多，范记馄饨成了小城传统饮食文化的一块招牌。范记馄饨可不仅仅是你印象中的那种馄饨店——门面仅够摆得下七八张桌子，一锅滚汤，十只馄饨盛一碗，汤面上飘着香菜和胡椒面。当然，它也曾经有过这样一段历史。现在的范记馄饨店仍然地处中山路，在老址上吞并了附近两家经营不下去的店面，加盖了一层，变成三层楼，店里有包厢有卡座，楼后还有停车场。馄饨店主打火锅，馄饨就是下火锅的料，一盘盘馅料不同的馄饨摆在桌子上，当菜涮来吃。最负盛名的是蟹粉馄饨，传说鲜得可以把舌头吞下去的。店里也卖海鲜、鸡鸭鱼肉，客人也没少点，但都被忽略不提，大家只说馄饨。

大清晨的，路上行人零零星星，路灯还亮着。范宝盛发现路灯杆上新挂了广告，每根杆上都有，广告中是人跑步的图案，还有"建设绿城之肺"的口号，他意识到又有马拉松比赛了。果然，每一个路口，都架起一块告示牌，灯打得亮堂堂的，为了让司机看得清楚——早七点整至十点整，一桥头至狮山森林公园禁止机动车辆通行。他心里有些遗憾，这段时间范平安感冒发烧，还有轻度肺炎，他到城东照顾，少出门，少看报，又错过一次参加马拉松的机会。范平安是范宝盛的第二个儿子，七岁，上小学一年级。石水晶为让儿子上贵族学校，在城东买了房子，住城市的另一头去了。范宝盛喜欢老房子，喜欢离店面近，没事经常一个人住老房子，夫妻便成露水夫妻了。

马拉松在这个小城市里是近几年才兴起来的。三年前，从这往南走六七公里开发了一个狮山森林公园，借着这么个公园，隔三岔五便组织马拉松赛,名目不一,有宣传防艾滋病的,有为福利院捐款的,有为希望小学捐款的。范宝盛对什么运动都不上心,单单对马拉松情有独钟。只要一看到告示,他就去报名,交完报名费,一般能领到一件印有本次马拉松赛主题的 T 恤衫,范宝盛收有八九件了。范宝盛不是长跑健将,也不是为了名次去跑,他只是喜欢那种在人流中奔跑的感觉。终点很遥远,路很漫长,他在这路上跑,不缓不急,熙熙攘攘的人群,有的人跑前面去了,有的人落后面,有的人则中途退出了,他需要做的就是坚持到底。范虫儿失踪的头几年,只要一得到消息,他就会出门寻儿子,每一次出发前都怀着满满的信心,最后总是失望而回。从南到北,他走过许多陌生的城市,在那些陌生的城市里行走,混迹在人流中,不知何处是尽头,那时的感觉就像跑马拉松。他想他拼的不是技术,不是体力,而是毅力。在奔跑中,他感觉他在跟一个看不见的人在赛跑,他不知道他是谁,既然不知道,他便不需要赢过任何人,他只需要赢过他自己。所以,他热爱马拉松。

范宝盛最后一次出门寻找范虫儿,是循着消息到湖南的一个小县城。那个孩子年龄长相和范虫儿有不少相似之处,孩子在几年的辗转漂泊生活中被吓得有些木呆了,问什么都低眉垂眼,紧闭嘴巴。虽然没有交流,但范宝盛知道眼前的孩子不会是范虫儿,他对所有与范虫儿命运相同的孩子都上心,所以他执着于从这孩子的口中听到点什么,一遍又一遍,孩子的嘴巴像被胶水封住了。范宝盛说,你什么都不知道,总该记得自己姓什么吧?孩子还是一言不发,牙齿咬着嘴唇。范宝盛说,你爸爸妈妈一定告诉过你姓什么，每个孩子都有和爸爸一样的姓，你记住了才能找到自己的家！他口气变得严厉。孩子眼神游移，喉咙里发出蚊子一样细小的声音，我姓张。范宝盛激动得抱起孩子，好，姓张，你会写自己名字吗？孩子摇摇头说，爸爸妈妈叫我宝宝。范宝盛说，张宝宝，你以前和爸爸妈妈住在什么地方呢？孩子说，我家住在河边。范宝盛说，河边有什么？孩子说，河边有一座小桥。范宝盛说，桥那边是什么地方？孩子说，桥那边是大街，我爸每天在街上卖豆腐……范宝盛鼻子酸了，他摸着孩子的头说，真是聪明的孩子，警察一定会帮你找到爸爸妈妈的。

从湖南回到家，风尘仆仆的范宝盛放下旅行包，把随身带的范虫儿的照片挂到墙上，石水晶知道这一趟又是白跑了，她站在相片跟前静静地抹眼泪。范宝盛说，这次我见到的那个孩子记起他姓张，记起他家住在河边，记起他父亲在街上卖豆腐，我想他很快就能找到父母了。石水晶看着儿子的照片抹眼泪，我的儿子啊，你到底在哪里？范宝盛搂住妻子的肩膀说，我们的儿子也一定会记住自己姓范，我们好好经营范记馄饨，守着范记馄饨这块招牌，他会寻回来的，以后我不出去找孩子了，我就在这等着他回来。石水晶不知道丈夫的心事，她疑惑地说，你放弃了？范宝盛说，我怎么会放弃我的儿子？我说了，我要在范记馄饨这块招牌下等着儿子回来，石水晶，你信不信，我能等得到？石水晶看着丈夫多日未剃的头发，晒得黑油的面孔，她的忧伤化为爱怜，她点点头说，我信，我信，我信你，也信老天爷，大家都说我们家范宝盛是个大好人，好人有好报。范宝盛说，你对自己老公的评价太高了，我哪里算得上一个大好人？我只是努力在做一个好人应该做的事，不容易啊，跟跑马拉松一样，坚持到底就是胜利。以前我几乎每天都会想，到底是谁把范虫儿拐走的？他是我们的熟人，还是一个陌生人？他是为钱为仇还是因为别的什么要把孩子拐走的？我的孩子在哪里？他过得好不好？现在我不去想这些问题了，无论是谁都夺不走我的儿子，孩子无论生活在哪里都是我的儿子，我们就在这里等着他。

范宝盛从住的地方走到范记馄饨就十来分钟的路程。十来年里范记馄饨店面装修换了好几回风格，可招牌还是老招牌。那是一块花梨木，有着美丽的花纹。当年范记馄饨四个字是范宝盛的父亲亲自书写，请人拓刻上去的。隔一两年把招牌上的漆刷一遍，看上去总是新崭崭的。范虫儿开始会说话，范宝盛就把他带到自家门店的招牌下面，指着上面的字教他，范记馄饨，虫儿，你姓范。范虫儿说，范记馄饨，虫儿，姓范。你叫范虫儿。我叫范虫儿。范，草字头，三点水，横折钩，竖弯钩。范，草字头，三点水，横折钩，竖弯钩。站在招牌下，范宝盛清楚地记得当初教儿子认字的情形，儿子拿着一支筷条在地上弯弯扭扭地写着范字，经常先写三点水再写草字头，范宝盛会说，儿子啊，草字头这么小，没有草帽帮你遮阴，你会被太阳晒的。范虫儿把字重新抹掉再写，先写上大大的草字头，再写上三点水，他一边写一边说，我不怕太阳晒了。

店面三楼的灯亮了，有几个服务员住在三楼，人声从上面飘下来。范宝盛把门前长椅子上的水擦了擦，坐着等，没几分钟，店门打开，几个服务员走出来。他们看到范宝盛叫范哥好，就各自忙着擦桌子，打开炉火。

范宝盛前几年把店面交给柯子夫妻管理，夫妻俩住在店里，方便做生意。这些年来有很多机会范记馄饨可以到别的地方开去，毕竟中山路是一条老街，房屋老旧，街道狭窄，交通不便。许多新开的大卖场邀请范宝盛入伙，范宝盛都拒绝了。比如城里最高档的万宝城开张前，也邀请范宝盛入伙，范宝盛还是没答应。石水晶动心思了，带上柯子和张娟一块劝范宝盛。石水晶说，现在做连锁是最赚钱、最省事的，你真是不想赚钱了？范宝盛说，天下哪有能赚钱不用操心的好事，等真的开起来，烦心事就来了。石水晶说，中山路这条老街拆迁是迟早的事，我们怎么样也得先给自己留条后路。范宝盛说，等到要拆迁再说吧。柯子说，叔，姨说得有道理，等到要拆迁只怕就晚了，再说了，同时开几家也能让我们范记馄饨的名气更大呀。范宝盛说，连锁店我是不会开的，你们要开你们开去，别叫范记馄饨，叫石家馄饨，或者，范宝盛指着柯子说，你脑子灵光，能一心二用，开家柯家馄饨吧。柯子吓得直摆手说，叔，我没脑子，我不行，我不行。石水晶还想再说，范宝盛说，石水晶，我和你说过，我要在这个地方，这块招牌下等我儿子回来！这一句话把石水晶惊住了，范宝盛此前说这话的情形浮上来，那时她不太明白丈夫的心情，现在却是看到了丈夫的决心，开连锁店的事从此不提了。

其实早餐的生意也是可以不做的。范宝盛做早餐的生意凭良心说真不是为了赚钱。一是以前做有早餐生意，突然不做，会辜负一些客人，二是许多人乐意吃一碗馄饨，可现在范记馄饨变成正餐了，价位高了，很多人不容易吃上了，那么还是搞些平民化的。早餐卖最简单的馄饨，十只一碗，就汤面上漂着香菜叶子和胡椒面那种，生意也很好。

店里的服务员整完内务，开始吃早饭，有的下面条，有的吃馒头。柯子问范宝盛要什么。他说来碗汤，再上个馒头。柯子给范宝盛盛了碗汤，用碟子端了一只白白胖胖的大馒头上来。范宝盛嘬嘴把汤面上的油吹到一边，一大口热汤下肚，肠胃暖了，心头热了，没搁糖的馒头让他嚼得一口香甜。范宝盛做事挺麻利的一个人，独独吃早饭，细嚼慢咽，每一口都吃出珍珠粒的感觉，喝了两碗热汤才把一只大馒头送进肚里。服务员吃完早饭都各自忙去了。范宝盛绕到店面后上厕所，发现两大缸的泔水还在。他找到柯子问，这泔水昨晚没运走？柯子说，玉珠阿姨来了电话，说兵强叔生病，来不了。范宝盛说，有好些天没看到他们了，你把店里的三轮给我开来，我把泔水给他们运过去。柯子说，叔，不用你，我给他们运去。范宝盛说，你还是看店吧，这又不费什么力气，我当去郊游。说话间，听到突突的马达声，掉头看，是黄玉珠开着平时运泔水的小电动三轮来了。黄玉珠早上起来头发没梳，随意绑了一把，开三轮风大，那一把头发吹得像刚跟谁扯头发厮打过一架似的，身上穿的又是黑紫色衣服，一个受苦受难的老妇人形象深入人心。黄玉珠比石水晶大不了几岁，但俩人站一块，说是母女都有人信。范宝盛真心感叹这个女人命苦，苦的大半根源于嫁了赵兵强那样一个男人。

说来谁也不信赵兵强原先开过和范宝盛一样的馄饨店，一开始味道也不见得输过范家太多。可这家伙为省钱进死病猪肉，让记者给揪出来,被罚了一笔钱,整顿后再开门做生意就没什么客人了。赵兵强不思己过,反而见不得范记馄饨的生意好,四下放风说范家的骨头汤里放了罂粟壳。只要有人上他家店里吃馄饨,赵兵强会夸张地祝贺别人来对地方了,因为隔不远的范记馄饨汤里放了罂粟壳,这吃了还想吃,可这吃的都是毒啊!说得多了,风声传到范宝盛的耳朵里,范宝盛的风格是众人皆知的。当天,范宝盛拎起一张店里的圆面三角凳杀向赵家馄饨店。他一路骂骂咧咧,赵兵强,你拿脏水泼我,毁我家馄饨店的名声,别怪我手下无情!爱看热闹的跟了一溜,范宝盛更来劲了,街坊邻居你们来作个见证,赵兵强说我的骨头汤里下了罂粟壳,我这把凳子是准备用来砸他脑袋的,我要看看他的脑袋砸开以后出来的是血还是水了!你们赶紧通风报信,让那家伙躲起来,不然,我不信砸不死他……

　　这像极一场事先张扬的谋杀案。赵兵强那边是有好事人通报了,可听到风声时有些晚,来不及躲了,赵兵强也想撑点门面,说,我就在这等他范宝盛,我不做亏心事,我怕他?!范宝盛气势汹汹杀到,根本不客套,举起凳子当头砸向赵兵强,赵兵强躲了一半,肩膀受过了,范宝盛直接把凳子扔过去,赵兵强脑袋中招了,随着一声惨叫,一道血从头发隙里流下来。范宝盛继续抄起门边的扫帚当斧头劈向赵兵强,赵兵强用手护脑袋,胳膊腿上都扎实地挨了棍,他趁势滚到地上,大声嚎叫。黄玉珠护夫心切,扑上前拦着也挨了两棍,她顾不上痛,死死拽住范宝盛的棍子说,宝盛,大家街坊多年,有事好好说,别打了,别打了。范宝盛对自己老婆不客气,对别的女人还是有些绅士风度的,他停住手说,除了我老婆,我不打别的女人，赵兵强，你今天得跟我好好认个错！把你泼出去的脏水收回来！黄玉珠赶紧说，我们错了，错了，都是我这张嘴巴贱！说着她掌自己的嘴。范宝盛皱起眉，摆摆手说，算了，算了，以后我再听到那些不好听的，我就不是带张凳子，而是要带把菜刀过来了！说完张扬而去。赵兵强从地上爬起来，捂着脑袋说，此仇不报，我誓不为人！黄玉珠找来一张毛巾给他捂伤口上，赵兵强说，你个贱货把我的脸都给丢尽了，你给他道什么歉?! 黄玉珠说，没有我，你今天被打死也难说。赵兵强拉起嗓子跟那些看热闹的喊，我与范宝盛不共戴天！

范宝盛不光是个武夫，还算得上个谋士，教训完赵兵强他花钱请了电视台的记者来观摩他店里制作馄饨的流程，上了美食节目，同时还请来检测部门，证明他的骨头汤是货真价实的骨头汤，没有任何添加成分。范宝盛的钱没白花，店里的生意更红火了。

赵兵强的店最后开不下去，转手了，用转让费租了个摊点卖水果。这不成器的家伙做什么都白搭，他给人称水果喜欢吃秤眼，加上进货贪小便宜，进来的水果品质不好，烂得快，烂得多，水果摊的生意做了一年多又做不下去了。这人还有好赌的毛病，平时挖空心思在生意上占别人的便宜，可赚到的钱会毫不迟疑送到地下赌庄去，像傻子一样。经常欠赌债，还不起就跑外边躲。范虫儿失踪那阵子，他就是到外边去躲赌债，足足躲了一个多月才敢回家。回来后水果摊还是保不住，全抵债了。那以后开始做些不稳定的生意，例如八月十五贩上一些板栗和沙田柚，冬天贩上一些新疆棉胎什么的，靠做这些不稳定的生意，有时赚有时赔。有一次是赚了稍大一笔,急慌慌又往黑赌场送,这下好,赔得房都租不起了。玉珠到处借钱,借到范宝盛这,范宝盛二话没说,借了,并开口让赵兵强来帮他一起打理馄饨店。这是给赵兵强一条活路,那时赵兵强也没有其他活路了,夫妻俩来范记馄饨店做了两年。范宝盛让石水晶每月把工资直接开给黄玉珠,从来不让赵兵强手里过钱,他们夫妻的日子才算稳定下来。

这也就两年的时间,对面街新开张一家馄饨面店,为了与范记馄饨竞争,人家来挖墙脚,赵兵强一下被挖去给人家当副经理,玉珠把嘴都说破了也劝不住。赵兵强在范宝盛门店干的这两年,他不会想人家是为了他有一口稳定的饭吃,他感到的是不自在,寄人篱下,甚至还有点屈辱,现在好机会来了,他要扬眉吐气了。他跟范宝盛辞职的时候说得硬气,我家赵联胜考上大学了,学费高,我出去做能多赚点。范宝盛挽留不住,让他走了。赵兵强到新店上班,主要的竞争对手就是范记馄饨,人家看中的也是他这一段经历,他了解范家的经营路子。赵兵强给员工制订了一个口号——"把范记馄饨比下去",每天早中晚店里的员工排成两排在店门口喊上几嗓子,像打强心针似的。赵兵强有些长进了,没有使出当年那种下作的手段,他在价格上挤对范家,什么花色品种都便宜上一丁点,他说一丁点就足够了,哪怕便宜一分钱客人都会觉得占了大便宜,他这以己度人之心是度对了。新店一开始生意确实很好,客人大都有追求新鲜的品性,再加上新店的价格也比范记馄饨便宜。范记馄饨的生意有一阵子不太好了。不少人跑到范宝盛跟前骂赵兵强,骂这忘恩负义吃里爬外的小人。范宝盛说,我们大伙不是一直在帮他吗？他能有出息，大家该高兴。来说是非的人讪讪的，心里想，你这范宝盛，儿子丢了以后男人气血就败了，成天充个老好人，能当饭吃啊？石水晶也气不过，宝盛，赵兵强衰的时候你帮他，我就不太愿意，当成全你一份好心才没有反对，现在看来是错了，人家都骑到你脖子上拉屎了，我宁可你像当年那样冲到他店里好好修理他一番，那才解气！范宝盛笑着说，你现在又觉得我当年那样英雄得很，我变回去你乐意？石水晶说，反正好人难做。范宝盛说，我们当时帮赵兵强是他来求我们的吗？石水晶说，这倒没有。范宝盛说，当时我们帮他，是想让他回报我们吗？石水晶说，没有。范宝盛说，这就对了，人家没有求，是我们自愿的，所以，今天人家怎么样我们都不能说什么，我们做我们的，他做他的。石水晶说，宝盛，你真的这么看得开？范宝盛说，老婆啊，我不是佛，我当然也有许多放不下的看不开的，不过我每天都在提醒自己要比昨天做得好一点，每天有一点进步就够了。石水晶说，我没你的悟性，我只看眼前利益，店里生意不好，我开心不起来。范宝盛说，你放心吧，靠别人坍台了生意才能好不是本事，我们把怨别人的工夫用在想办法上，生意会好起来的。

范宝盛正是在生意不好的这段时间，思考对策，突然开了窍，异想天开用馄饨来下火锅，付诸实践后，一炮打响，一发不可收，生意越来越好，把隔壁两家店都盘下来了。

赵兵强的馄饨面店生意风光一阵后开始不冷不热，当范宝盛的馄饨火锅冒出来后，他们的生意就更差了。那投资的老板没了好脸色，直接把赵兵强开了，店面改做快餐生意。赵兵强丢工作后,范宝盛曾邀他回来,他脸皮纵是再厚也不好意思回来了。在外面又东奔西跑的,做什么谁也不清楚,问玉珠,玉珠也说不知道。有一阵子小半年不回家,也没和家里人联系,玉珠哭到范家来,让范宝盛帮忙打听。范宝盛费了好大周折才打听出来,赵兵强跑西南去做玉石生意,骗人货被打断了腿,回不来了,不敢也不好意思和家里联系。范宝盛自己开车,一路跑了三天到西南的小县城,把赵兵强给接回来了。赵兵强这趟回来人精气神全没了,老了十几岁一般,耷着个脑袋,烟是一根一根地吸,半天没句话。玉珠跟石水晶一把一鼻涕一把泪地诉说,我家这位是把魂吓没了,赵联胜还没毕业,花钱的地方多了,我一个人怎么撑啊。范宝盛和石水晶合计了一番,把赵兵强夫妇约出来谈建养猪场的事。范宝盛计划在郊区建个小型养猪场,有相当一部分猪肉直接供应店里,余下的往外卖。他投资,让赵兵强夫妻俩占干股,管理整个猪场。这本来就是为赵家夫妻量身定做的方案,玉珠千恩万谢地答应了,赵兵强虽然没说个谢字,心里也是服了范宝盛。这几年夫妻俩老老实实在养猪场干,赵兵强天天很早来饭店运泔水,还挺勤快的。

范宝盛说,玉珠,兵强病了?玉珠说,胃痛,吃什么吐什么。范宝盛说,去医院看了?玉珠说,昨晚是自己买了点药吃,他不太乐意上医院。范宝盛说,什么病都先让医生瞧一瞧再说,赶紧的,我跟你一块到养猪场,我陪他上医院。范宝盛帮忙把泔水装到玉珠的车上,自己也坐到一旁。黄玉珠说,这泔水的气味……范宝盛挥挥手打断她的话说,走了,大清早空气好着呢。

一路上没什么车,四十多分钟后他们就到养猪场了。养猪场在城乡接合部,租用的是郊区农民靠山边的几亩地。猪舍有七八间,一排砖瓦房,采光透气都好。七十多头猪按照猪龄大小分住。赵兵强的脚被打折过,走起路来一扭一拐的,但人勤快了,手上的功夫也就显出来了。猪场的空闲地、山边,全被他种上各种蔬菜,这菜少部分是他们夫妻平时食用,大部分还是做猪食,所以,红薯藤、南瓜苗种得最多。猪粪是最好的肥料,养得那些肥肥粗粗的瓜瓜蔓蔓爬得到处都是,看上去一片田园风光。每年收下来的红薯、南瓜都堆满一间屋子,留着给猪催膘用。来收购生猪的人看他们的喂法,都特别乐意把猪买了去,说这生态猪是名副其实的生态猪。赵兵强还曾建议在山边再挖一口塘,说猪粪水引入塘,放下鱼苗,其他不用管,就等着捞鱼了。范宝盛没同意,他考虑的是一心不能二用。

赵兵强夫妻俩住的屋离猪舍只有十来米,但处的是上风地带,要不是偶尔有一阵带着猪粪味的风吹来,空气还是很清新的。赵兵强坐在门口,天已经亮了,他的脸还是黑的,抽着烟。

玉珠说,少抽一支你会死啊?

赵兵强说,你哪一天不咒我啊,我就不死,让你烦。

范宝盛呵呵笑了两声说,对,就不死,等下看病去吧,我陪你去。

赵兵强说,多大的事,我自己能去,又不是走不动了。

范宝盛说,我看你是累的,你们两个人忙这么多头猪,要不再请些人吧。

赵兵强说,我还能动,请什么人啊?再说了,现在请人有多难啊，一听说是养猪，都不乐意，好像让他吃猪粪似的。

范宝盛忍不住又笑了，你这张嘴啊就太厉害了！最近我一直在想这事，养猪是个体力活，起早贪黑的，你们比我大差不多十岁，中年也过了，我想请几个年轻人来帮忙，扩大养猪场规模，你们俩当监工，每天在猪场里逛一逛，算算账，体力活就不用干了。现在生猪好卖，我们养生态猪，更是稳赚。还有，你不是一直想再弄个鱼塘吗，我们就整个鱼塘，既能赚钱，你平时没事还可以钓上一竿，我隔三岔五也来陪你钓钓，多美的一件事！

赵兵强说，真照你说的，我们两口子不等于吃闲饭了？

范宝盛说，哪有，不是让你们当监工吗？雇来的是外人，得要靠你们俩去管我才放心啊。

赵兵强把烟屁股扔地上，抬脚踩灭，有点不恭敬又有点像开玩笑似的说，范宝盛，这些年你怎么就像欠我什么似的呢？巴巴地对我好。

玉珠白了赵兵强一眼说，你嘴里能说出点好听的话吗？宝盛对谁都好，没有宝盛，你早完蛋了，李婆姆早死了，柯子早流落街头了，这些年宝盛做的功德多了。

范宝盛摆摆手截住玉珠的话头说，不说这些了，大家老邻居，互相照应是应该的，走，赵哥你带我转转。

赵兵强带着范宝盛在猪场里转，进了猪舍，靠近猪栏，那些猪挺着滚圆的肚子，懒洋洋地看着他们，嘴里时不时发出哎哎哎的声音。范宝盛说，吃得很饱了。

赵兵强说，可不是，四五点就得爬起来喂，不喂饱它们能把你闹死,赶上催膘的,半夜还得再给它们加餐。

范宝盛说,它们肥,你瘦了。

赵兵强说,唉,你别拿猪来和我比啊,千金难买老来瘦,好事。

两人在养猪场逛了好几圈,赵兵强把周围可能扩大的空间指给范宝盛看,两人商议着怎么扩大规模。在场里待了一小时,范宝盛抬手看手表说,现在过七点了,外面有马拉松赛,封路了,到十点才能解禁,你看病要过了十点再出门,我陪你一块去。

赵兵强说,你当我小孩子啊,看病我自己能去,你该忙什么忙什么去吧。

范宝盛说,我能有什么可忙的,店里的事全交给柯子两口子了,我闲了也是喝茶。

赵兵强说,那走,走,回家喝你的茶去,猪场多臭啊。

范宝盛笑着说,你赶我呢,今天我确实也还有个事,我得去养老院看看李婆姆,这阵子范平安生病,我隔半个月没去了,要不你也跟我去看看?

赵兵强摆摆手说,我没那精气神,你自己去好了。

范宝盛反复交代赵兵强一定得去看医生,赵兵强烦了,让玉珠赶紧把范宝盛送走。玉珠开三轮把范宝盛送大路口说,这都封路了,没车,这么远的路,好几公里呢,你真能走回去? 范宝盛说,这一路上空气好,我边走边看人跑步,不闷,过了十点你一定记得让赵哥看医生去啊。玉珠点点头跟他挥挥手告别了。

玉珠把三轮开回来,赵兵强又一支烟点上了,坐在门口吸,眼望远处。玉珠没好气地说,你也别怪我咒你,自己的身体自己不爱护,谁也帮不上忙。

赵兵强说,活到这份上了,爱不爱护又有什么区别?

黄玉珠说,谁爱搭理你!我苦了一辈子,不敢指望你对我有多好,可你儿子还没有成家立业呢,你想撒手不管?

赵兵强把烟头往地上一扔说,妈的,造的什么孽?好不容易供完大学,现在还得给他供房给他娶老婆!范宝盛最好赶紧把养猪场扩大了,我们跟他再多要点分红。

玉珠说,我是不好意思再跟人家谈条件了,人家要招什么人招不到,大学生研究生都上街卖猪肉了,人家非要用我们这两个老东西?本来就是为了照顾我们。

赵兵强说,我们也不是白吃饭的,哪天偷过懒了,还不是为他范宝盛打工,他拿的可是大头呢。

玉珠说,赵兵强,做人得讲良心,范宝盛这些年来怎么对我们的你心里清楚得很,别一张嘴死硬地造口业。

赵兵强说,行,我闭嘴,不说了。

玉珠拉张凳子坐到赵兵强跟前说,老赵,这么多年我一直有个疑问。十二年前,范虫儿失踪那天晚上,大家都以为你躲赌债躲到外边去了,可我知道你是回过家的。我在衣橱抽屉里放有六百多块钱,后来发现少了三百多,我本来以为是赵联胜偷拿的,再查又发现你柜子里的衣服有两件不见了……

赵兵强瞪起眼睛,放你妈的屁,我什么时候回过家?你这话什么意思?

玉珠说,我的意思你明白,做人得凭良心,你不信报应,我信。

三

范宝盛在人行道上走着,参加马拉松的人群与他逆向而行,汹涌的人群从他身边跑过,带着一股热浪。看着一张张被奔跑热力染红的脸,他脚下不知不觉跑起来,很多人回头看他,觉得他很奇怪,他冲他们笑着。人群中突然有小骚乱,有一人先是弯下腰捂着肚子,然后缓缓倒下。范宝盛快速穿过人群到达那人身边,他让大家不要随便移动患者的身体,他轻轻握住那人的手,掐虎口,揉劳宫穴,那人慢慢睁开眼睛。他问,不经常运动吧?那人点点头。他说,不经常运动慢点跑,走着也行。不一会儿背着急救箱的医务人员赶到,把患者抬走。范宝盛回到马路另一边,继续跑起来。跑到自家店面前,花了一个多小时,他一点不累,看来身体真是不错,他很满意,心想下次参加马拉松跑快一点,没准还能拿个名次。

店里的早餐潮已过,只有零星的几个食客。员工正在准备中晚餐菜料。范宝盛往厨房方向走,厨房历来是他最喜欢待的地方。最里间是柯子的配料间,一般不许外人入内。柯子得了范宝盛的真传秘方,专门负责配制馅料,平时关在里间做事。

柯子从小一直被看作低智商的孩子,上学在班上稳定在倒数第一名。范宝盛原先也是这么看的,与柯双闹那一场决裂后,范宝盛对柯子有了新认识,他发现这孩子不傻,应该说算个实心眼。当年范宝盛与柯双闹的那一场绝交戏码还是由柯子引起的。范宝盛承认柯双的新老婆关丽确实是个美女,他每次到柯双的杂货店都喜欢跟她说上几句晕笑话，他的笑话好像总能让她笑得花枝乱颤，他心里也很愉悦。关丽非常喜欢范宝盛到访，范宝盛一来她会勤快地下厨炒菜留人吃饭。关丽对柯双就很少有好脸色，拌嘴是家常便饭，拌起来关丽的嘴从来不饶人，多么损、多么恶毒的都说得出口。例如她骂柯双是秃驴——柯双有些谢顶了，她骂柯双肥猪——柯双有点肚腩，她骂柯双软蛋，是蜡枪——指向暧昧。被骂得一无是处的柯双最后还得自个给自个做饭，洗衣服，因为关丽姑奶奶不伺候你。那天方顺开带着两个小孩来买饮料，孩子放假了，大老远地来看父母，柯双看孩子可爱，知道方顺开一向节俭，所以方顺开买两罐饮料，柯双另外送了一袋饼干和一袋果脯。等客人后脚刚迈出门槛，关丽立马发飙了，柯双，你是李嘉诚吗？每天挣这两个钱你还装李嘉诚，你有本事最好开个福利院，猫啊狗的都领家里养得了。柯双说，至于嘛，就两袋小零食？关丽说，行，你大方，手链呢？你说要给我买的手链呢？我是被你骗来的，你这个软蛋我要跟你离婚。柯子在一旁冷不丁地插了一句，关丽，你对我爸很凶，可你对范叔很温柔。关丽唾沫横飞的嘴定住了，呈 O 字形，至少过了五秒钟，她扑过去一巴掌拍在柯子的脑袋上说，傻仔，我撕你的嘴。柯双脸色铁青，冷笑着说，为什么打我儿子？你让他说。来，柯子，你告诉爸，关丽怎么对范叔温柔的，我不在家的时候他们有没有上过楼？柯家的睡房在二楼。柯子说，上过，不过好像是关丽让范叔上楼去拿东西。夫妻俩对视着，对视着，不知是谁先动手，两人抱到一块厮打开了。柯双第二天就跑去跟范宝盛论理，和范宝盛干了一仗从此绝交。

后来，柯子在路上碰到范宝盛，柯子主动上前来说，范叔，是我跟我爸说关丽对你很温柔的，她本来就不正经，可你跟我爸是好朋友，怎么对我爸下手那么重呢？他手都脱臼了。范宝盛说，那你说范叔有没有不正经？柯子说，你说那些笑话的时候就不太正经。范宝盛哭笑不得，他说，谁说你傻，我看你一点也不傻。柯子说，傻是不傻，但也不聪明，要不老师教的我怎么都听不明白。

范虫儿失踪后，柯双上门来送钱，范宝盛过后虽然没有明显地与柯双重修旧好，但这份情谊他是记下了。六年前，柯双开小货车去进货跟别人的大货车撞了，把自己给撞出个半身不遂。关丽伺候了两个月后把家里的钱卷走消失了。家里的事情全部落到柯子一人身上，柯子要照看父亲，又要照看店里的生意，干脆不上学了。范宝盛又是哄又是吼让柯子重新上学去了，杂货铺关了门，他负责柯家的生活费，又请了个钟点工，让钟点工照顾柯双，没事时他还会上家里来把柯双推出去晒晒太阳，两人又跟以前一样聊天了，只不过基本上都是范宝盛在说话，柯双很少说。身体残疾，老婆抛弃，柯双心志不高，郁郁的，有一天在自家梁上上吊了。范宝盛给柯双办完后事，就把柯子接家里当自家孩子养着了。

柯子读完高中读不下去，自己也死活不愿意读，说要跟范宝盛学手艺。范宝盛考量了一番，知道这孩子确实不是块读书的料，还是学门手艺挣饭吃实际。他几乎是手把手教柯子做菜，做面食，包馄饨。柯子这孩子实心眼，做起事来特别细心、认真，范宝盛又把配制馅料的秘方传给他。柯子配制馅料的时候从来都是一丝不苟，配出来的一些料比范宝盛的还要好。石水晶有意见了，毕竟范家老二——范平安已经生下来了，正在满屋乱跑呢。

石水晶说，秘方你都传外人了，自己的孩子怎么办？范宝盛说，柯子怎么能算是外人？再说了，能有柯子替我们传承这份家业，你做梦都应该偷笑了，难道你指望范平安长大了安安分分地待在店里配馅料包馄饨？如果你有这个打算，别跟我一天到晚地唠叨让他去学什么钢琴，学什么围棋，那些虚头巴脑的东西对他将来继承家业没什么帮助。石水晶说，我要儿子学这些东西有什么错，我将来还要他出国呢！范宝盛说，没有错，一点也没错，所以说范平安将来长大后选择的余地很多，但柯子就没有什么选择了，我必须传他一门吃饭的手艺。石水晶一下没话了。

前两年看柯子成人，范宝盛盘算着给柯子张罗婚姻大事，他相中一直在店里帮忙的石水晶的远亲张娟。张娟出身农村穷人家，比柯子大三岁，人长得一般，可性格温和，范宝盛让石水晶撮合，石水晶本来说没有一分把握，没想到一提，姑娘立即应了，原来两人在一起做事早有了感情。两人领完证，范宝盛又了了一桩心事，把店里的事交给他们夫妻俩，自己躲清闲去了。

范宝盛走到配料间门外，门上挂了个闲人免进的牌子。范宝盛敲了敲门，柯子戴着口罩来开门，看是范宝盛，把人往里让。范宝盛说，我不进去了，等下忙完午市你跟我去看看李婆姆。柯子说，好的，我顺便给她带一盒马蹄肉馅的馄饨，李婆姆最爱吃了。范宝盛说，好的，你准备准备。柯子又探出头来说，叔，我新做了一种馅料，你要不要尝尝？范宝盛说，尝，干吗不尝？

转眼午饭时间到了。范宝盛在包间里看电视，品尝柯子包的新口味馄饨,还没品出味,门外传来吵闹声,声音越来越大,听上去有些不对了,他赶紧出了包间,看大门外张娟在给两位客人劝和。店门口的停车位不多,来晚的得到远处的停车场去停车,谁都想抢这近前的车位,这两人就因停车位打起来了。张娟的劝说显得太斯文,两人没当一回事儿,骂着骂着有一人就在对方的车上踹了一脚,这脚等于是踹人身上了。范宝盛一看坏了,果然另一人把张娟推开直扑过去。范宝盛飞快地插到两个男人中间,把张娟搡旁边去,这一会儿的工夫,范宝盛肩膀替人受过,挨了一拳,疼得他嘴张开吸了一口凉气。那人还想继续向前冲,嘴里嚷着,拳脚无眼,少管闲事!范宝盛仍然没放手,生生用身体拦着人,他说,大家来这里都为吃个饭,图开心,要真打起来打伤了,派出所管不管暂且不说,痛的是你们自己,是你们家里人,为这么个车位值得吗?打架打死打伤的我见多了,过后没有一个不后悔的。你们把车钥匙都交给我,我负责把你们的车子停好,另外,中午在我店里吃饭,我打七折,怎么样?听范宝盛说得实在,两个人便把话题转移了,给自个找台阶下,一个说,老板,你这里的车位也太少了,要不是菜的味道好,我何苦来挤这里。另一个说,我是你店里的常客,照顾你生意多了。范宝盛拱拱手说,谢谢,谢谢你们捧场。两人分别把钥匙交到范宝盛的手里,一前一后由服务员迎进店里去了。

张娟上前来问范宝盛,叔,你被打痛了吧?范宝盛说,没大碍。张娟说,就你脾气好,我学不来。范宝盛说,你也知道叔年轻时爱打架是吧,打了得到什么好处?争一时之气,过后大多会后悔的,我们旁人能劝和一定尽量劝和,这也是功德。张娟说,叔说得是。

范宝盛说,你去厨房看看柯子把馄饨煮好没有,让他赶紧的,我的车得开出去给人腾位置,等我车开走,你把客人的车停好。

张娟传话去了,过了十来分钟,柯子乐呵呵地拎着一袋东西出来,上了范宝盛的车子,带来一阵子热香。柯子说,叔,你开快点,李婆姆还可以吃热的。范宝盛说,放心吧,今天周末,没太多车。一路上果然没太多车子,四十多分钟后到了养老院。

在门口登记完,范宝盛带着柯子往李婆姆住的 103 号房走,到门边就听到有护工在里面高声说话,你再不吃就没有吃的了,快点吃! 听起来态度不是很好。听到范宝盛他们的脚步声,护工回过头来看,脸上不耐烦的神气缓和下来,语调有些夸张地说,李婆姆,有人来看你来了。

范宝盛说,我们来喂,你去忙别的事吧。

护工赶紧诉苦说,你们别看李婆姆什么都不记得了,人很倔呢,不想吃就不吃,不听劝,我都喂了半个小时了,也没吃两口。

柯子说,李婆婆喜欢喝汤,吃稀的,你这些饭,她不喜欢。

护工说,她的伙食交的就是这个档次的,对了,她的费用都快用完了,院长正在联系她的家属续交呢。

范宝盛说,不会吧,我听李婆姆说过她早把住养老院的钱备得足足的,不可能欠费啊。

护工说,具体的我也说不上,我现在去把院长找过来和你们谈谈,你们好歹也是她的亲戚,不能丢下老人不管啊。

柯子在一旁说,我们只是老邻居。

范宝盛用手势止住柯子,对护工说,你去把院长叫来吧。

李婆姆似乎还是有些认识范宝盛的，看到他们嘴巴就一直要嘟嘟囔囔，说什么又听不清。柯子把保温饭盒打开，馄饨和热汤分开放的，怕馄饨泡久了会稀烂，就这一点范宝盛得佩服他心细。柯子把热汤和馄饨混一块，香味出来了，他把饭盒递到李婆姆鼻子底下说，李婆姆，香吧，来，我们吃馄饨，你最喜欢的马蹄碎肉馅的，我喂你。李婆姆脸上有了表情，生动起来，就着柯子伸过去的勺子吃了。李婆姆吃得有些急，汁水顺着她的嘴角流到衣服上，范宝盛扯了一张口纸替她擦拭。李婆姆的脸以前是白皙的，现在生出许多黑斑，原本圆润的脸也瘦削了。范宝盛想起在中山路上卖酸嘢的李婆姆，记忆中她似乎从来没有年轻过，但眼前这副衰老的面容却让他心酸。

　　李婆姆是五年前住进来的，那时李婆姆身体还好，还在中山路上摆摊，总是跟人说我还没有挣够棺材本呢，我要做到我走不动为止。她没想到自己已经被两个烂仔盯上了。他们来买她的酸嘢，几块钱的东西付她一百元。李婆姆身上没有足够的零钱找，就进屋去拿钱，其中一个烂仔尾随着进去，把大门关上了。李婆姆还没来得及喊嘴巴就被捂住了，烂仔让李婆姆把钱交出来，李婆姆把屋里藏钱的地方指出来，烂仔搜出不到一千块钱，拿刀继续威胁李婆姆拿钱，拿存折。李婆姆被人拿去这一千块钱已经心如刀割，如果存折再交出来，被逼问密码取钱还不如杀了她。于是，李婆姆拼死与烂仔打起来，近七十岁的老人了，哪里斗得过二十岁的小伙子？烂仔用力一推，李婆姆直接摔倒，头撞向酸坛，人撞晕了。烂仔也不敢久留，把屋子粗粗翻一遍和同伙跑了。

很多人路过李婆姆的屋前,但没有人发现什么异样,他们哪里想得到此时的李婆姆躺在屋子里,被撞晕了呢。范宝盛和别人不一样,他经过的时候,看李婆姆家的门是关上的,他马上就觉得奇怪了,因为这时间李婆姆是很少关门的。他想李婆姆也许是有事出门了,但看摊面上所有的东西都好好摆放着,桌上还有两只盛有酸嘢的碗,说明先前是有客人在这吃的,李婆姆出门不可能不收拾好这些东西。范宝盛就上前去敲李家的门,敲半天没人应。他跑到窗户边隔着玻璃往里看,没有看到李婆姆,但他看到里面有许多东西扔到地上,扔到本来不该待的地方。范宝盛撞开门,把晕倒在地的李婆姆送到医院急救,老人家被撞得颅内微出血,虽然不用动手术,但年纪大了恢复慢,在医院也住了一个多月。李婆姆经历这事后受惊吓了,不敢一个人住,再加上时常眩晕,就把进养老院的计划提前了。

自从李婆姆住进养老院,范宝盛一般隔一两个星期来看看老人,聊聊天。去年底老人患上了老年痴呆症,认不出人来了。

一阵急促的脚步声出现在门口,养老院的院长,范宝盛见过的,姓王,一个中年妇女。王院长一边走一边伸出手和范宝盛相握,你好,你好!这几天我一直在联系李婆姆的亲戚,一个都联系不上,你来了正好,跟你了解些情况,你认识李婆姆的什么亲戚吗?

范宝盛说,据我所知,李婆姆没有近亲,我们老邻居很多年,她一直一个人过,没看到有什么亲戚上过门。

王院长皱起眉头说,按我们院的规矩,下一年度的费用得提前三个月交,续费的时间过了一个多星期了,李婆姆没有按时缴费。

范宝盛说,李婆姆之前应该和你们签有协议的吧。王院长说,以前到交费日我们会从李婆姆提供的银行账号上自动扣款,现在扣不出来了,老人患上这个老年痴呆症以后,费用本来要比之前提高一些,我们已经很照顾她了。

范宝盛说,这就奇怪了,李婆姆这么多年是攒下不少钱的,养老足够的,我还经常说她是地主婆呢。

王院长说,这么多年,就您经常来看李婆姆,我知道你们只是邻居。去年还有一个男的,按登记本上的名字叫孙诚,三十多岁,有一阵子经常来看李婆姆,还叫李婆姆姨婆,李婆姆患病以后他来过一两次就没再来过,这个人你认识不?

范宝盛说,听你这么一说,我有印象。我有一次来,那个人还在,我到他就走了,李婆姆说是她远亲家的孩子,说这孩子懂事,能吃苦,可做生意总是亏本。难道李婆姆把钱借给这人了?你们可以通过来访记录查到这人联系方式的。

王院长说,我查过了,这孙诚以前是留过电话号码,但那号码现在打过去说是空号了。

范宝盛说,李婆姆做事一贯小心,给人借钱她应该会有借条,现在大家几个人互相做证,我们看看李婆姆的私人物品里有没有什么线索。王院长说,行,那我们再来找找。

大家一起翻看李婆姆的物品,没有找出什么线索。护工在一旁插嘴,前几个月那个来看李婆姆的亲戚带了一个女的过来,说是帮李婆姆这打扫卫生,我看见他们把李婆姆的箱子衣服都翻遍了,如果有借条估计那时间已经拿走了。

王院长转身对护工说,你当时为什么没有报告?现在说这有什么用?

护工说,人家是亲戚,我哪里想得这么远?

王院长说,照目前来看,是这人借李婆姆的钱了,后来看老人神志不清就赖皮躲起来不现身了,唉,那怎么好,李婆姆要欠费了。

范宝盛说,你们再继续找找看有没有其他线索,不管找不找得到,李婆姆的费用我先出。

王院长眉头立马解开,大声地说,你可真是大好人啊,昨天还有记者到我们这来采访,我觉得应该把你这一笔写上,你对一个街坊邻居都可以这样照料……

范宝盛打断院长的话,摆摆手说,院长,这事就这样了,别的不多说了。王院长解决了问题,眉开眼笑地和范宝盛握手,千恩万谢。

从李婆姆那里回来,范宝盛交代柯子,你跟张娟说,从账上支些钱到养老院。柯子说,李婆姆真可怜,人都认不得了,钱也没有了。范宝盛心里十分同意柯子的说法,李婆姆没儿没女的,是可怜,他有两个儿子,尽管有一个不知身在何方,他仍然有两个儿子。

范宝盛回到店里是下午快五点的时候,还不到饭点,却有一人在大堂里吃着,喝着。范宝盛随意瞟一眼发现是赵兵强,他说,咦,你去看医生了吗,怎么跑来喝酒了?

赵兵强喝得都上脸了,说,看李婆姆回来了?来,陪我吃点,喝点。

范宝盛坐到赵兵强身边说,医生怎么说的?

赵兵强说,胃炎,还能有什么毛病?医生的话我最不喜欢听,吓吓人就能开一大堆药,我才不管他说什么呢,想吃什么吃什么,想喝就喝,好歹对得起自己,谁知道明天还有没得喝呢!

范宝盛今天看李婆姆的境遇也有些感叹,接过赵兵强递过来的杯子喝了一口说,是啊,很多事情真是无法预料,你说,李婆姆辛苦一辈子就为自己挣个养老钱,现在这钱却突然没了,养老的钱都让人弄没了,什么缺德人干的事!

赵兵强瞟一眼范宝盛说,不会吧,还有这种事?

范宝盛说,这还能骗你吗?那养老院又不是福利院,没钱是不会让你白住的。

赵兵强说,你不会帮她出这份钱吧?范宝盛说,我不帮她有谁能帮她?赵兵强说,看来你是财大气粗啊。

范宝盛说,能帮就帮吧,谁没有老的一天。

赵兵强说,这么多年了,你对大家都很好,对我也不错。我这辈子过得窝囊,怪不得别人,都怪自己懒贪,这辈子就这么要过完了,想翻本也难了。

范宝盛笑着说,你才比我大几岁啊,老气横秋的,我早上跟你说扩大猪场的事如果你们没意见,就开始行动吧。

赵兵强说,这事以后再说,眼下我有件棘手的事,你先帮帮我。

范宝盛说,说吧。

赵兵强说,我来是想跟你借点钱的,也不算借,我拿这个东西来抵。赵兵强打开一团布包,露出一件锈迹斑斑的刀状物。他说,这件是古董,明代的。

范宝盛对这件东西根本没兴趣，他打心眼里不相信赵兵强手头上能拿得出什么古董，他眼睛随意扫一眼说，要多少？

赵兵强说，二十万。

范宝盛愣了，你拿这么多钱干吗？别背着玉珠嫂又想干什么坏事。

赵兵强说，能干什么坏事？都是为了赵联胜这小子。他现在外地工作，顾不上我们，我们做父母的倒要帮他一把。他年纪不小了，想结婚，看上套房，最近有优惠，我们想帮他付个首付，按揭他自己来。我这辈子没正经有套房，我儿子可不能像我这样，我和玉珠这些年攒了点钱，不多，就首付还缺二十万。赵兵强又把那件怪东西推了一把说，我也不白要你的。

范宝盛说，二十万不是小数，等我凑齐了再把钱给你，钱我还是交给玉珠。

赵兵强说，你是怕我乱花钱是吧，钱你都可以直接给玉珠，我不接手，这两天我想回趟老家看看，十天半月的估计回不来，你看能不能再招两个人过去帮帮玉珠。

范宝盛说，没问题啊，即使一下招不到人，我也可以让张娟安排一两个店里的人过去帮忙的。赵兵强看事情谈妥，没喝酒的心情了，把酒杯一推说要回家，不管范宝盛怎么推让，他还是把那件所谓的古董留下来。

范宝盛看留下来的东西，怪模怪样的，不用细看，就知道是假货，他苦笑，觉得赵兵强这家伙今天有点反常，难道又惹上什么事了？突然间又有一种不祥的感觉，赵兵强像是在交代后事似的，这个念头一闪就没了。这几年赵兵强可是本本分分在猪场干，过去那些荒唐的行径没理由再捡起来啊。第二天他给玉珠打电话，看赵兵强说的是不是实话。范宝盛说，昨天强哥来找我，押了一件古董在我这，说你们要二十万给联胜买房子？玉珠那头答得很快，说，是，是的，真不好意思，联胜买房就差这二十万首付了，便宜房子，指标只给留一个月，我们也只有求你了。范宝盛说，好吧，我给你们凑一凑，给我点时间。

范宝盛开始发愁这二十万块到哪凑了。店里生意虽然还好，可一直走的是大众消费路线，薄利多销，钱挣得没有店面生意看上去那般热火，最关键的是这账石水晶每个月都要亲自核算一遍。范宝盛一直手松，基本上谁有困难找他借都能借到，石水晶也没有太为难他，让他有一定的支配额，可这月还要替李婆姆付养老院的费用，赵兵强黄玉珠要的可是二十万啊。

范宝盛找石水晶要钱，没直奔主题，先问儿子的学习情况。石水晶得意地说，刚有个小考，班上第一。范宝盛说，哦，太牛了，你教子有方啊，我得谢谢你了。范宝盛朝石水晶拱拱手。石水晶笑逐颜开地说，我一人扮演了慈父和严母的角色，累死了！范宝盛说，就是，也只有你才有这水平了。另外我们儿子这么长进也因为你心地善良有福报。石水晶突然眼睛红了，老天爷要是开眼，就让我的范虫儿平平安安地活在这世上，我见不着也认了。范宝盛说，这是一定的。

范宝盛接了儿子带上老婆去看周末电影，一个俗烂的喜剧，儿子和老婆都笑得前仰后合，范宝盛心里合计跟老婆要钱的事，笑得有些勉强。回到家儿子和老婆还余兴未尽，两人在客厅里学着电影台词，记忆力不错，听他们学，范宝盛倒是开心地笑出来了。晚上，范宝盛在床上尽了丈夫的职责，石水晶很满意，夸奖范宝盛犹胜当年。范宝盛看行情好张口说，赵兵强他们要给赵联胜买房子，首付差二十万，想跟我们借。石水晶呼地坐起来了，二十万，当你银行呢？真开得了口！范宝盛安抚地搂着妻子肩膀，石水晶甩开说，说什么都没用。范宝盛又把手搭回到老婆肩膀上说，这些老街坊里，赵兵强他们跟我们是最有交情的，这钱能拿得出还是借吧。石水晶说，这些年你照看他们家够多的了，又不欠他们的。范宝盛跳下床把赵兵强的古董拿到床跟前让石水晶看，说赵兵强拿了件古董来抵押。石水晶连头都没转过来说，我不用看也知道是假的，他有这样一个宝贝早些年还不卖了去赌。范宝盛心里暗夸老婆聪明，嘴上说，我已经拿去让人鉴定过了，是真的，不过不值二十万，值十五六万这样，我想他们帮我们经营养猪场，也不差人家这几万，是吧。石水晶半信半疑地瞪着范宝盛说，你说的是真话？范宝盛说，我骗你是狗。石水晶叹了一口气说，你给我几天，我把那些基金卖了，再把钱给你，这段时间你花钱比挣钱的速度要快，儿子的学费不低呢。范宝盛说，行了，这我知道。

四

马甘白郑重其事地邀请范宝盛到他店里吃晚饭，下了一张帖子，让柯子给范宝盛送去。要说中山路上真正能跟范宝盛并肩做生意到今天的也就马甘白一人了。马甘白的清真拉面馆，十几年来格局没多少变化，原先只卖面条，后来与时俱进增加了小炒和汤饭，马甘白和他老婆两人经营着，前两年女儿草红大专毕业找不到合适工作便留在店里帮忙。拉面馆的生意说不上好，但总有一些固定的客人帮衬生意，像那些喜欢吃面的北方客，只有在他家店里才能吃出家乡的感觉来，他家的生意就不温不火地做下来了。

范宝盛拿到请帖心里暗笑马甘白小题大做，他俩要喝酒提着酒瓶往哪坐不是喝，又不是嫁闺女喝喜酒需要专门的请帖。到了马家拉面店，范宝盛发现马甘白真是小题大做了，这面店里没有一个客人，空空荡荡，就一桌酒菜，桌子上还夸张地摆放了一大坛子酒。范宝盛笑着说，请我喝个酒你还清场啊，我的排场真不小！马甘白说，坐，坐，老哥就让你享受一次排场，以后你跟别人喝的机会多，跟老哥喝的机会就少了。这肯定不是玩笑话，范宝盛紧张了，出什么事了？马甘白说，来，你坐好，我们喝上两杯慢慢说。范宝盛和马甘白互敬了一杯酒，他吃两口菜，放不下刚才马甘白说的话，又问，到底出什么事了？马甘白说，你这家伙，我还以为你这些年修得四平八稳了呢，还这么性急。范宝盛不能不急，当年他和马甘白干过一仗，可后来两人好得很，当周围老邻居越来越少的时候，他们关系更铁了，说兄弟同盟都不过分。现今范记馄饨生意好，客人经常把车子停满清真面店门口，马甘白不会有一点不乐意，有时间还帮忙指挥停车，实在闲得慌还上门来帮忙包馄饨。来范家店里凡是有点面的，范家服务员会直接跑马家买去，范家是一根面的生意也不做的。两人好了以后，经常拿以前打架的事情说笑,范宝盛说,老马,要说干那架是你不对,空调漏水能不能换个地方装?每天漏得我店门口像谁随地小便似的。马甘白说,是啊,你够意思,一声不吭,把我遮阳棚给捅那些个洞,天一下雨,我那店里不只是小便了,都小便失禁了。两人哈哈大笑。笑过后,范宝盛请人将马甘白的遮阳棚连夜换了新的。马甘白也把空调换个地方装了。

马甘白说,我这店面已经转让了,本来早想跟你说的,想来想去还是等定了再说吧。

范宝盛一听站起来了,干吗转让,你生意又不是做不下去了!

马甘白说,坐下,坐下,不是生意不好,是我年纪大了,我想回老家,落叶归根。

范宝盛重重地坐下说,你都在这里住了十几年了,还不算你家啊,不走,留下。

马甘白说,我们那的人无论在外面混得好还是坏,老了总是要回去的,我虽然还算不得老,但草红到嫁人的年纪了,她在南方不太容易找到适合的对象,回老家选择多些,我们有些积蓄,还想招个上门女婿呢。

马甘白这是大实话,草红成天在店里忙,不见交有什么朋友。范宝盛还想挽留,就一定得走?

马甘白说,这店盘出去了,新东家马上要来装修,这几天我们一家就收拾东西准备行程了。

范宝盛眼泪溢出眼眶,他抹了一把眼睛说,十几年的邻居了,舍不得啊。

马甘白也抹抹眼睛,挤出笑说,是啊,真舍不得。

范宝盛突然往马甘白的肩膀砸了一拳,把马甘白砸得哇哇叫,范宝盛说,不许还手,你看,我这门牙早早掉了,都是你当年那一拳打松的,现在装假牙了,老子还你一拳,你走就走,老子才不管你呢,回老家招个上门女婿享福吧!

马甘白搂过范宝盛的脖子,把一杯酒灌他嘴里说,妈的,给你假牙消消毒,过几年到西北走一趟,看看我。两人又打又笑,喝着,吃着,聊过去的事,一会儿笑,一会儿淌泪水,酒起到催化的作用,他们都控制不了自己的情绪。宴散,马甘白把范宝盛送到门口说,好好保重。范宝盛头也不回地走了。

那几天范宝盛就不愿到店里来了,怕看到马甘白的面店换了主人。马甘白走那天,范宝盛也没去送,让柯子替他。马甘白上车后发来一个短信,内容是个地址,约他没事的时候去旅游旅游,说是离莫高窟不远。

范宝盛再到店里的时候,马家店面的招牌已经换了,原先的清真拉面馆变成甜品店。他抬头看自家的招牌,范记馄饨,谁了解他保住这块牌子的决心?这块招牌看了多少门庭热闹,见识了多少门庭更易?

石水晶虽然答应了范宝盛,但在凑钱的行动上却不爽快了,本来说要卖掉基金,临时反悔说亏太多,卖了更亏。范宝盛只能加紧做工作,突破口是石水晶的鼻子。石水晶和广大妇女一样,有个通病,对自己的长相不自信,最不自信的部位是鼻梁,鼻梁塌。石水晶又和那些有几个闲钱的妇女同志一样,总想在自己脸上动刀,她

迫切想垫个鼻梁。每提起这话头,范宝盛就说,你只要敢垫我就敢
砸。石水晶判断不了范宝盛话里的真假,但对男人始终是有些敬
畏的,没敢去弄。女人嘛,对自己哪个地方不满意,如果有条件不
让她去折腾一下,那心总是不会死的,石水晶对自己的鼻子日复一
日地叹息。范宝盛为了给赵兵强弄钱,只好主动提起整鼻梁一事
了,他说,水晶,你把基金卖了顺便就整个鼻梁吧。石水晶好长时
间才回过神来,咦,你同意我去整容了?范宝盛说,以前我不同意
是担心你,怕你痛,现在想你既然有这个愿望就让你去实现,整得
好看了我做老公的也高兴啊。石水晶果然开心得不得了,那好,我
赶紧预约。打了电话预约,过了几分钟又折回来说,如果我整容失
败,整容不成反而毁容了你不能找小三啊。范宝盛哑然失笑,你知
道有风险还这么想去整?石水晶说,为了美担一点风险还是值得
的。范宝盛马上给石水晶手写一张保证书:不管石水晶以何种面
目出现在我面前,美也好丑也好,我都和以往一样爱她对她好,如
果违背誓言天打五雷轰,以此为据。石水晶把保证书收好,笑眯眯
地说,老公,我现在就去把基金卖了。

　　范宝盛拿到存折的时候,石水晶鼻子的手术已经做好,鼻子上
贴着纱布,两只眼睛布满血丝,脸有些肿。范宝盛说,你整鼻子眼
睛怎么变红了?石水晶说,这眼睛鼻子不是相通的嘛,笨蛋!范宝
盛心痛了,心想,我为了这二十万把老婆的鼻子都豁出去了。

　　他拿着存折去养猪场,找到玉珠,带着玉珠到银行去把钱转给
赵联胜。玉珠坐在车后座千恩万谢,宝盛,这么多年,我们太亏欠
你了,这钱我一定让赵联胜还你。范宝盛说,钱交到你手上我就放

心了,房价总在涨,早买早安心。玉珠说,是,要不是为这个也不能管你拿这么多钱。范宝盛说,赵哥真的是回老家了?玉珠说,他说好多年不回去了,回去看看。

两人转好钱范宝盛又把玉珠送回养猪场,他没有逗留,眼下回家照看鼻子肿痛的老婆是大事。上车后范宝盛在后视镜里看到玉珠追上来,他摇下车窗问玉珠,有什么事?玉珠欲言又止,还莫名其妙的一脸尴尬,范宝盛说,怎么了?玉珠眼睛红了,含着眼泪说,宝盛,你是个好人,没有你,我们这个家早就没有了。范宝盛笑着说,你们别再谢我了,马甘白前两天走了,我们又少了一个老朋友,大家珍惜缘分吧。玉珠使劲地点头。

玉珠目送着范宝盛的车子消失在路口,转回屋里掏出手机挂了一个电话。电话那头接通的是赵兵强。玉珠说,二十万已经给孩子汇过去了。

赵兵强说,这范宝盛还真是有钱啊,说要二十万就真给二十万了。

玉珠说,从你嘴里真听不出好话来,你当人家范宝盛蠢啊,看不出你那件东西是假的?人家是好心,为了帮我们,这钱要不是为了孩子,我不会和你合伙骗人家。你答应让范家父子团聚的,你说到要做到,不然,我拼死也不放过你。

赵兵强说,啰里巴唆的,你男人不是好人,也还是个人。

玉珠说,你找到孩子了吗?

赵兵强说,你放心吧,孩子好好地活着,我已经见到他了。

玉珠说,那好,你赶紧的,把孩子还回来。

赵兵强说，你以为那还是一个小孩子啊，十七八岁的人了，我不能绑着他回去。

玉珠说，那怎么办？

赵兵强说，再等等吧，如果我还活着，孩子回去我该怎么办？等我死了，就让孩子回去。

玉珠忍不住骂出声来，你早就该死了，赵兵强，你多活一天都是造孽。

赵兵强说，不用咒了，快了，你男人没几天活头了。

赵兵强把手机挂了，跟玉珠说完一番话，他感到很累，他走到桌边去拿一只杯子倒了半杯水，喝两口，哇地吐了出来，他顾不上邋遢，倒在床上，好一阵子，浓重的呼吸才平稳下来。是啊，他是没几天活头了，医生说了，他的胃癌都转移到肺部了，没多少时间了。这些年他动过几次把孩子给范宝盛送回去的念头，每次一有那念头他会骂自己架不住范宝盛的小恩小惠，他赵兵强既然做下了事就得撑到底，何况孩子回去了他还能活吗？即便得了这绝症，他也想算了，眼睛一闭石沉大海，他做过的无论好坏都随他去了，谁也不能把他怎样。但他还是扛不住了，他扛不住范宝盛对他的好，对所有人都好，他只有在死之前给范宝盛把儿子找到，他才敢安心地等死。他想，范宝盛，你终归是赢了，你一辈子都赢我了。

别人不知道范宝盛为什么待在一个地方不挪窝，死不换地方开店，他知道，范宝盛是要等儿子回来。十二年前就是在这个小城，他把范虫儿卖了。回到这里，十二年前那一幕每天都在他的脑子里像蚊子一样飞舞。

范虫儿捧着一只装满芒果的塑料碗小心翼翼走在后街上。一个骑着自行车的人临近波仔宠物店后门,不得不下车,推着车绕过那些箱笼。那人戴着一顶帽子,低着头,手上挎了一只布袋,他从一只狗笼后冒出来把范虫儿吓了一跳。范虫儿看清楚是熟悉的赵伯后,叫了一声赵伯。赵兵强没想到被范虫儿看到了,并且认出来了。他刚溜回家,偷了一些钱带了两件衣服。他没办法不回来,他身无分文已经饿了两天了。这时间后街上人走动最少,大家都在家里吃饭,或是照看前门的生意。他下午一直在附近转悠,因为有些精明的债主是专门在家门口守着的,他转了一两个小时确定没有人注意后才骑着从外边撬开的一辆自行车窜入后街。

　　范宝盛的宝贝儿子这时候怎么一个人在外头,他家人也不怕被人拐卖了?赵兵强没有心情逗弄小孩子,他甚至懒得回应范虫儿的叫唤,他急着离开这里。绕过宠物店后门,他骑上车子走了几米,突然,一个念头产生了,我何不带着这孩子走,他那爹可真够讨厌的,不是他我也不至于沦落到今天这步田地。赵兵强被自己的想法弄得热血冲头,他稳定了一下思绪,重新观察后街的情况,这个时间真好,没有人。赵兵强骑自行车回到范虫儿身边,停下来说,我载你回家好不好?范虫儿说好,谢谢赵伯。赵兵强把范虫儿捞上车子,坐在前边的车杠上。他说,你一手扶龙头,一手端碗,我们要来飞车了。车子飞快地穿过后街,赵兵强已经下定决心,如果这段路上被人看到他就把范虫儿放下来,如果没有他就一直把车踩出去。

　　车子飞快地踩出后街,一路上没有一个人。赵兵强心里想,范宝盛这就怪不得我了，老天爷也没有帮你。范虫儿说，赵伯，我家已经过了。赵兵强说，赵伯带你去一个地方玩，然后再送你回来。范虫儿说，我妈说要我赶快回家的。赵兵强说，没事，我等下给他们打电话。赵兵强绕到马路上，他的自行车越踩越快，越踩越快，有一阵子范虫儿哭起来了，吵着要回家，手上的芒果碗掉在地上。赵兵强说，胆小鬼，我要告诉你爸爸你是个胆小鬼。范虫儿哭得更厉害了。当晚赵兵强买了几颗安眠药让范虫儿吃下，直接坐火车将范虫儿带离故乡。

他们没有坐到终点，因为范虫儿中途病了，烧得头滚烫，赵兵强不想引起人的注意，更不敢在火车上找医生。孩子一直昏睡着，烧得让他害怕了，他觉得这个孩子像是快要死了，夜里，他被迫在一个陌生的小城下了火车。他身上没有太多剩余的钱，他不敢上正规的大医院去，也担心别人问出点什么不妥来。他背着孩子在街上游走时，看到一个小中药铺，叫唐门草药，门虽然关了，但还有灯光透出来。他拍打店门，有人把门开了，他说孩子病了，请您帮看看。那人说，什么病？他说，发烧。那人说，进来吧。

唐松柏是这家草药店主人，六十多岁了，和老伴守着这家铺子过日子。他们本来有个孩子，年纪轻轻死了，老两口凡见着孩子就特别心疼。唐松柏把赵兵强引进店铺里。他给孩子把脉，测出不是大病，就开了药，老伴很热心地去熬药。孩子喝药后，烧暂时是降了下来。唐松柏让赵兵强把孩子留下，说他们帮照顾着，如果病情有变，他们负责送到大医院去。赵兵强在唐家的药铺混了一天，聊天中知道老夫妻无儿无女的，他产生了一个想法，他想在范虫儿还未清醒过来之前把这事谈妥。他跟唐松柏说自己穷，带着孩子受罪，一直想把孩子送给人养了。唐松柏说，自己的孩子你怎么舍得送人？赵兵强说，但凡有活路，谁愿意这样做。唐松柏说，你如果真想把孩子送人，我可以帮你这个忙，你有什么要求吗？赵兵强说，自己的孩子，我只希望那收养的人家对他好，我不是卖儿子，我只是养不起他，如果对方能给我两万块钱救急就好了。唐松柏忽然又有了怀疑，你不会是人贩子吧？赵兵强说，我像吗？如果我是我早就把孩子卖了，来看医生干什么？唐松柏也愿意相信眼前这人真的是一个穷困潦倒的父亲，因为他和老伴实在想要一个孩子。唐松柏说，你得给我们写下条子，如果以后你还要上门来敲诈，我一定扭你上派出所，告你是人贩子。赵兵强心想他拿这两万块钱够了，他起心本来就不专为钱，只是恨范宝盛，想让他断子绝孙。他拿笔写了收条，签名的时候转了脑筋，孩子醒来一定会说自己姓范，他得签姓范的，但又不能写真名，要不然这报了公安，一下就能把人找出来，于是他胡乱写了范夫子，他最想写的是范无子。为了增加可信度，他还摁了个指印在上面。唐松柏看那张收条说，想不到你还有这样一个名字，挺文气的。赵兵强说，惭愧。赵兵强跟唐松柏夫妇俩说他必须在孩子清醒前走，不然孩子会闹的。唐松柏心里也巴不得他赶快走。所以，赵兵强顺利地拿着两万块钱，在第二天早上离开了这个小城。

　　赵兵强躺到下午五点多，他挣扎着从床上起来，站在卫生间的镜子跟前看自己的脸。这段时间没有剃过胡子，下巴上，腮帮子上，胡子长出来显得人老态龙钟，加上病痛折磨，他已经瘦了十来斤了，他想，我自己都快认不出自己了，隔了十来年范虫儿应该也认不出来了。他走出自己住的小旅馆。旅馆的马路对面有一家中药铺，挂的招牌是唐门草药。他到报摊买了一份报纸，找了一块砖头，坐到上边看报纸。

一个头发花白的老太婆坐在唐门草药店门口，用簸箕筛选药草，扬一扬簸箕，灰尘四下飞舞。老人看上去至少有七十岁了，可手脚麻利，簸干净的药草重新装袋，捆绑好。隔着老远，赵兵强似乎都能闻到药草的香味。一个老头子正在店里替人拣药，不时有人拎着药包从里面走出来。赵兵强看了一眼手表，耐心地坐着。一个十七八岁高中生模样的孩子背着双肩书包从街道的东头走过来，远远地朝老太婆喊，奶，我回来了。老太婆站起来拍拍身上的尘土说，饭做好了，赶紧洗手吃饭。孩子说，好的，奶，你休息吧。孩子进店里去了，把小饭桌支起来，摆上碗筷，叫爷奶吃饭。

赵兵强耐心地等他们吃完饭，耐心地等孩子出门。他观察好几天了，孩子吃完午饭不久会出门上学，根本不睡午觉。果然，过了半个小时，孩子出门了，对着屋子里的人喊，爷，奶，我去学校了。里面的人答，路上小心看车。

孩子在前面走，赵兵强在后边跟着。走了很长一段，经过一个垃圾中转站，这一段路很少人经过。赵兵强叫住孩子，小伙子，你好。

孩子停下来问，有什么事？

赵兵强说，你长得很像我的一个朋友，天底下还有长得这么像的人，我太好奇了，所以冒昧叫住你，你别见怪啊！对了，我那朋友姓范,你姓什么呢?

孩子一下子答不上话来,他被这个陌生人的话震惊了,这触及了他心底里多年来隐藏的心事。他故意装出一副很轻松、很不在意的表情,但因为他太年轻,装得不太像,他说,不会吧,还有这种事情?我可不姓范,我姓唐。

赵兵强笑着说,如果你姓范,我立马让我朋友来把你带走,你和他绝对是父子。

孩子说,你的朋友叫什么名字?

赵兵强说,他叫范宝盛,他老婆叫石水晶。

赵兵强一边说一边观察年轻人的表情,他看到对方的眼睛眯起来,孩子是聪明的,把头别过一边漫不经心地说,你朋友是哪里人呢?

赵兵强说,南安市,你听说过吗?

孩子说,听说过,不过没去过。

赵兵强说,有空去玩玩呗,我那朋友开有一家馄饨店,店名就叫范记馄饨,那馄饨保准你吃了一碗想来三碗,为这馄饨你去一趟都值得。他掏出一支笔,对年轻人说,把手给我,我把地址给你写上。

孩子把手伸到他跟前,赵兵强把地址写到孩子的手上。孩子的手不自主地抖动起来。赵兵强捏着他的手说,我这朋友也够可怜的,有一个失散的孩子,他担心这孩子回去找不着他,守在同一个地方开饭店,十几年愣是没换地方,可怜天下父母心啊!赵兵强不忍心再看孩子的表情,他咳嗽两声说,行了,我这人爱多管闲事,今天话说得太多了,我有事先走了……

孩子看着赵兵强远去的背影,感觉似曾相识……他五岁之前的记忆在今天已经模糊了,记忆中唯一清晰的是自己的名字,他叫范虫儿,他的父母开着一家范记馄饨店。十二年前那场高烧烧了好些天,范虫儿清醒时,看到两个老人亲切地照顾他,他不认识他们。他哭着要爸爸妈妈,唐松柏说,你爸爸妈妈这段时间忙,把你送过来让爷爷奶奶照顾,过一段时间再把你接回去。范虫儿说,你们是我的爷爷奶奶?唐松柏夫妇点点头。范虫儿摇摇头,我爷爷奶奶不是这个样子的,我每年过年都能见到他们。唐家夫妇说,你以前见的不是你的亲爷爷亲奶奶,我们才是。范虫儿五岁的智商不够用了,他说,他们不是亲的?唐松柏说,是啊,你也不姓范,你姓唐。范虫儿说,我叫范虫儿。唐松柏说,你叫唐清心,记住你姓唐,名字叫唐清心。唐家夫妇在孩子没清醒的时候已经商量好一切,包括给孩子一个姓名。范虫儿说,我叫范虫儿。唐松柏说,你如果叫范虫儿就没有饭吃,也没有人理你了。说完夫妇俩走了,把范虫儿一个人留在屋子里。

范虫儿果然没有饭吃了,也没有人看管他,他在屋里哭了半天也没人理他。在家里他能从早到晚一直吃个不停呢,不然爸爸也不会叫他"饭虫"。他太想吃东西了。他推开房门出来,唐松柏夫妇坐在屋外,他们把范虫儿当空气,开开心心地嗑瓜子,晒太阳。范虫儿站在他们身后细声细气地说,爷爷奶奶,我饿了。爷爷说,你叫什么名字?范虫儿说,我叫范虫儿。爷爷说,你叫唐清心,重复一遍。奶奶说,宝贝,说对名字就有好吃的了。范虫儿很不确定地说,我叫唐清心。爷爷奶奶开心地笑了起来。爷爷说,老婆子,快把我孙子的饭端上来。奶奶到厨房里端来一碗热气腾腾的面条,另外还炒了两只蛋,一碟萝卜干。奶奶说,等你的病完全好了,奶奶会天天给你烧肉吃。范虫儿说,谢谢奶奶。奶奶说,不用谢,你再说一遍,你叫什么名字。范虫儿说,我叫唐清心。爷爷奶奶相视一笑,大声地说,乖,乖,吃,赶紧吃。

从那时起他记得他就叫唐清心了。偶尔他会想起他曾经的名字,想起他的父母,但两位老人对他很好,和爸爸妈妈一样,甚至比爸爸妈妈对他还好。他们一个陪他玩,一个陪他写字,一个带他上山采草药,一个带他上街买各种吃的,一个陪他睡觉,一个给他讲故事,他爱他们,他一点也不怀疑他们不是他的爷爷奶奶。等上了高中,他开始了解世情,知道这世上有一种行径叫拐卖,他隐约认为很多年前他是被拐卖了。他很想去问爷爷奶奶,他是被什么人拐卖过来的,他的家乡在哪里。他不能确定他们会不会告诉他,但有一点是确定的,他们一定会伤心透了。他有自己的计划,他计划等他再长大一点,等他考上大学,等他离开这个小城,他就会去寻找自己的父母,这是他心底的秘密。

可是今天,一个似乎熟悉的人带来这么一个信息,这个信息印证了他埋藏在心底多年的疑惑,他能确定了,在另外一个地方,住着他的亲生父母。那个地址写在他的手背上,像火一样烙在他的手上。

他的父母一直在等着他。

他想他的计划得提前了。

中山路拆迁的通知下来了。这是在众人意料之中的,这条街道确实太老了。这些年来一直有拆迁的风声,刮了一次又一次,最终都不了了之。但这一次是真的了,已经有相关部门的人来各家店面收集资料,说明情况,估算赔偿。范宝盛不关心赔偿的情况,他关心的是街道拓宽店面重建以后他能不能够重新拥有这里的店面。相关部门回答说,重建以后回租的事不能保证,因为承建商来自香港,他们可能要包下店面,到时有统一的规划,不会再像现在一样乱糟糟的。还劝他,像你这么有名的店,开哪里不一样。范宝盛说,不一样,肯定不一样。

范宝盛因为这不确定的答复就变成钉子户了。政府给各家各户半年的时间,范记馄饨周围的店面一个个搬走,只剩下他的店面还开着。石水晶找了一处地方,装修妥当要把店面搬过去。范宝盛打不起精神,拖得一天是一天。他说,等钩机开过来拆墙的那一天我再搬。石水晶说,好些年不见你这样较劲了,也好,我陪着你。

钉子户作为一颗钉子最终都是要被拔掉的。

几辆货车停在店面门口,范记馄饨店里的桌子椅子空调一样样装上车子,装满一辆开走一辆。范记馄饨的招牌还好好地挂着。

柯子说,叔,我把招牌拆了吧。

范宝盛说,不急,等东西都运走了再拆吧。

范宝盛仰头看着那块招牌,回想虫儿当年学写字的样子。范虫儿看一眼招牌写一笔,草字头,三点水,横折竖弯钩……范宝盛的眼睛被一层水雾给蒙住了。

有个声音在他背后响起,请问,这里是范记馄饨吗?

范宝盛没有回头,他说,是。

对,是范记馄饨,我看到招牌了,这招牌的字一点也没变啊。

范宝盛回过头,他吃惊地看到了年轻时候的自己。

我困了，我醒了

一

　　那是怎样一锅稀饭啊？九分火候，水清米糯，汩汩吞吐小泡，一层软软的白皮浮在上头。虚弱无比的肚子再也经不起哪怕是一粒米的诱惑，泄气之时发出空谷回旋的长啸，像在庄重宣告，宣告我醒了。

　　我确实是被肚子力拔山兮的呼啸声撼醒的，首先感觉身子底下压的是硬硬的木板床。木板床提醒我，我不是睡在自己的房里，不是躺在那张软得让人腰痛的席梦思上。我急于知道身处何地，可眼睛睁不开，眼屎好像累积了一千年，严严实实地将眼皮子封住了。我伸手助眼皮一臂之力，睫毛纷纷被扯断，两只眼睛挣脱出来，它们立时被光线烫出泪水。其实屋里的光线很暗，门窗紧闭，

61

光线的来源仅是屋顶上的一块透光瓦,正是这一块补丁似的透光瓦让我知道身在何处,我竟然躺在张聚德的床上。我整个人像被谁踢了一脚猛地蹦弹起来,随即又倒下。床板嘭咚一声,十分不满。

身体和四肢并不听我的指挥,刚才那猛地一起身,它们懒洋洋,硬邦邦,一点不配合。这情形说明它们疏于管教,我好像躺很久了。我慢慢伸缩手脚,扭动脖子,在脑子里搜索睡前记忆。外面传来啪啪的拖鞋响,想是刚才床板的响声招来了注意。门吱呀裂开一条缝,一个瘦干、微驼的灰影子斜身挤进门。我暗暗嘘出一口气,不用看清楚来人的脸我就知道这人是谁,我甚至已经闻到他嘴里那股经年不散的烟草味。他走到床边掀开我的蚊帐,脑袋紧凑到我的脸上,认真地检查。张聚德又老了不少,他的眉毛稀稀拉拉,每一根都长而白,很硬气的白,像毛笔头。奇怪的是,他嘴里的烟草味没了,张聚德变成了一个没有味道的人,这让我有一丝失落。我的眼睛就这么盯着他看,张聚德还不相信我是醒着的,将一只手搭到我的额头上叫道,钉子,钉子?他的手又粗又硬,我别开头去,让他的手落空,我说,我怎么到你家里来了?张聚德的手停在半空中,嘎嘎地咧开嘴笑说,真是醒了,祖宗保佑。

天啊,我从张聚德咧开的大嘴发现他的牙齿做过纠正,过去龇在外头的两颗门牙乖乖地待在家里了。几年不见,张聚德已经不是我熟悉的张聚德了。

我两手撑着床板挣扎着要坐起来。张聚德说,慢,慢点,你得慢慢来,先活动活动手脚再起身。

张聚德的话让我心生疑惑,看来我不仅仅躺了一天两天。我的手在两腿上狠捏了一把说,我喝醉了还是被车撞了?

张聚德又嘿嘿笑了两声说,你什么事都没有,就是扎扎实实、雷打不动地睡了一个多月。他抬起手腕,看了一眼手表说,到今天下午两点半,你睡了整整27天。老子总是失眠,你小子倒好,一睡几十天……

二

27天前的下午两点钟左右我应该是和卢兰在一起的。

我们那天有一件特别重要的事——取车,取一辆我在三个月前订购的帕萨特。我和卢兰叫了一辆的士往代理商那里去。因为是周末,街上的车子像蚂蚁一样爬来爬去。卢兰的脸贴在车窗上,滴溜溜转的眼睛不放过任何一辆迎面过来的车子。她对车子的见识远远超过我。我只认得满街乱跑的桑塔纳。

这辆尼桑得三十多万,不过这牌子的发动机不是很好。瞧瞧,那一家三口弄一辆小奥拓,自得其乐的样儿还挺美的。哟,不就是辆破凌志,凭什么超我们的车,显摆呀……卢兰两片小嘴张张合合,牙齿白得晃眼。这不是因为她的牙变白了,而是因为她的皮肤比以前大大地黑了,这么一白一黑的,反差就出来了。她的腮帮子附近还冒出几块浅褐色的汗斑,让人觉得脸没洗干净。卢兰知道自己长得不是很漂亮,但皮肤不错,所以对皮肤呵护有加,大白天出门除了涂抹各种度数的防晒霜,头顶上一定还有一把伞,每个星期还要到美容院做什么自然美白。一个女人把自己喜爱的东西弃之不顾,她一定是有了更爱的东西。卢兰现今执着地爱车子。她说她爱车买车不是为了显摆,而是为了提高生活质量。

卢兰是图书馆管理员,摊上这份职业还想着买车得具备些勇气。卢兰没指望我给她掏这笔钱,不过她认为我们迟早是会结婚的,既然迟早要在一起过就应该凑钱买车,可我迟迟不表态,她只能继续攒钱。车子虽然一时半会买不回来,但学会开车却是必需的。卢兰花了3300元到驾校报了名以后,每个星期总有几天要到老远的郊外去练车。驾校的车子破破烂烂,一没空调,二没防晒玻璃,几天下来她的脸就黑了。鼻尖上脱皮,手上脱皮。因为戴着墨镜练车,两只眼圈反倒是白的,看样子像变了种的熊猫,得白化病的那种。每当看到卢兰这张脸,我心里总会软一软,软的时候就差点脱口说,车,我给你买。

钱我有,比卢兰知道的要多得多,但我不想花这笔钱。车子买回来,户主写谁的名呢?写我的,卢兰肯定有看法,甚至不高兴,写她的名字我心里也不乐意,说实在话,我还没拿定主意是不是要娶她。

人总有软弱的时候,有一天我的心软到了极点,还是把那话说出来了。我对卢兰说,车子我给你买。那天我和公司的同事在外面喝酒,喝到半夜,错过了最后一班到知了山庄的巴士。我一个人站在午夜的街头,身子像一节燃烧正旺的炭,不把它烧尽我是无法入睡的。我摸到卢兰宿舍门口,手指像啄木鸟急切地在门板上叩,快要把门啄出洞来卢兰才穿着一件宽大的睡衣来开门,她的脸蛋子黑红黑红，头发松松蓬蓬地披着。我闻到一股闺房温暖的气息，带肉香味的，心思一动，脚下打滑，做出摇摇欲坠的样子。卢兰慌忙把我架住，扶进屋里。她从热水瓶里倒了热水，温了一块毛巾替我擦脸。毛巾上卢兰的味道随着水汽在我脸上乱窜，我的心思跟它们一样活跃。和卢兰断断续续交往一年多，别人以为我们干过的我们一样也没干。卢兰是一个特别认真的人。我们刚一谈恋爱她就对我说，如果我们之间哪一天有了那种关系我们一定要结婚，哪怕是结了再离。她的观念说白了就是没有婚姻关系而发生那种事情是不可能的。她的话不一定吓得了别人，但特能吓住我，因为我最怕担责任，觉得为一时之快搭上一辈子太不划算。但我这会邪劲已经上来了，口里哇哇乱喊，我头晕，我想吐。卢兰为难了，瞅来瞅去，她九平方米的房间也只有床能让我躺着。我又哀哀地叫了两声。卢兰没有时间再犹豫了，把我扶到床上，替我脱了鞋，盖上薄被。

人一躺到床上，我就知道我的目标已经实现了大半。果然接下来的一切都按照我的预想发展。趁卢兰俯身照顾我，我拽住她的手，撕开她的睡衣，我们大概进行了三分钟的无声搏斗，最后她缴械投降。事后，卢兰起身为我冲了一杯热牛奶，她喂我喝，我心满意足，这温馨的情形让我想起了我妈。小时候，外公家的邻居养了一只奶牛，我妈每天一大早上人家家里去买上一口盅，回到家里给我煮得热乎乎的。有时我刚爬起床，热奶就递到我的嘴边。那年头没几家人能喝上牛奶，更不用说鲜奶了。我在家族中鹤立鸡群的一米八的大个子多半得益于此。

一杯热奶下肚,我打了个嗝把空杯子递给卢兰。气氛因为我的嗝稍稍有了改变,卢兰皱了皱眉头,蚊子叫般地哼哼,如果你没醉就好了。那语气里满是湿漉漉的愁怨,分明怨恨我的所作所为只是一时冲动,没有真情实意。我喜欢这种埋怨,一瞬间觉得自己的胸肌似乎膨胀了,男性的骄傲和豪迈在这小女子的幽怨中高涨,乘风破浪。我一把将卢兰搂过来说,兰子,赶紧把车学好,车子我给你买。卢兰把脑袋从我怀里挣脱出来说,喝多了尽吹牛,你给我买一只车轮子就好了。我把她的头重新摁下去说,宝贝,别小瞧了你男人,我要给你买一辆四只轮子骨碌转的小车,男人给女人买东西天经地义……

　　我在豪情中呼呼睡去,没有看见卢兰在黑暗中发光的脸庞,也没听到她一夜幸福的呢喃。我不是那种酒后糊涂的人。第二天早上我一睁开眼睛就记起昨晚上说过的话和干过的事,心里悔得隐隐发痛。卢兰还在熟睡,我轻轻将她的脑袋从我的胸口上移开。窗外的阳光好灿烂,卢兰的头发悄悄变换颜色,散出栗子的红光,我拨弄柔软的它们。这个女人值不值得我为她买一辆车?

　　和卢兰好上,绝对不是因为她的长相,我第一个女朋友李芳菲比她漂亮多了。我看上卢兰是因为她没心眼,基本上心里想的什么嘴上就会说出来,我说什么她信什么。我和李芳菲斗智斗勇三年,着实累坏了,觉得卢兰的品质可贵至极。就拿买车这件事来说,我不出钱,她也没什么意见,自己省吃俭用地攒钱买。这样的女人不多吧?当然她也是有缺点的,这一缺点经常性地破坏我们的感情。前一阵子我们就闹过一次不快,那是由一部极其低劣的古装武侠电视剧引起的。电视里，一个貌美如花的女人，为情人挡了敌人致命一剑。她的情人是一个无恶不作的大坏蛋。这个傻女人临死前梨花带雨苦口婆心劝说情人归善。

要不是外面下着大雨，我哪也去不了，我才不陪卢兰看这种烂片。卢兰一个劲地抹泪，沾满鼻涕眼泪的面纸一团团扔进我们面前的废纸篓。废纸篓神速地吃饱溢出来了。我心痛那一整盒面纸，说行了，行了，别哭了，这都是演戏，值得吗？

卢兰突然圆睁两只红兔子眼一字一字地问我，你会像这个女人那样为爱人去死吗？

我扑哧一笑说，你不觉得这个女人脑子有问题吗？

你认为她是傻子，意思是说你绝对不会做这种事，对吗？卢兰眉毛竖起来，声音尖尖细细扎得我耳朵疼。

我可不愿在这个问题上骗卢兰，不把她打醒我后患无穷。我说，一般情况下我是不会去干这事的。当然了，如果有人为我这么去死，我没准一感动也会为她去死的。

卢兰不依不饶，你意思是我必须先为你那挡一剑，你才有可能会为我而死，你自私得让人恶心。

天啊，卢兰真把自己当成电视剧里的主人公了。有时候我真痛恨那些电视剧导演，赚观众的眼泪也就罢了，还培养出一批傻子，一个个以为自己是情圣。对付卢兰这样的女孩子千万不能打马虎眼，因为她们会当真的。我庄庄重重地冲卢兰点点头，算是默认她的指责，然后换了频道，从冰箱里找出一盒冰激凌，一大勺一大勺地舀进嘴里。

卢兰的脸腾地红了,上排牙齿咬住下嘴唇,她站起来拿了自己的外套往门外冲。门砰地关上。一分钟不到门又砰地开了,卢兰一阵风旋进来,她的主意没有改变得这么快,她指着我说,这房间是我的。

卢兰暗示我该滚蛋了。我看她气得嘴唇发白,实在是认真得有些可爱。我说,可以让我吃完这个冰激凌吗?卢兰把头别到一边。我心里好笑又无奈,不得不耗了一盒冰激凌的工夫把她哄好了。不过,我知道她心里一直对这事有疙瘩。

三

卢兰的话实在是太多了,她对周围车辆的评价甚至有点影响司机。司机依照她的现场直播前前后后地打量车子,心思远离开车。我不得不叫卢兰闭上嘴。我说卢兰,你能不能帮我削一只苹果?

其实我这张嘴巴张合的频率和卢兰差不多,只不过我是在吃东西。我的手上有一大盒巧克力豆,腿上还搁着一只大塑料袋,里面有包子、板栗、花生、核桃、橘子……我上班的时间吃,坐在公交车上吃,躺在床上吃,甚至上厕所的时间我也不忘带包瓜子去嗑。在厕所里嗑瓜子能勾起我美好的童年记忆。我们小时候一帮伙伴都喜欢带着瓜子到厕所里去嗑,因为听说这样做能够捡到钱。

我在一个多月里疯长了近 20 斤。卢兰发现异常后想方设法制止我,一开始是从我手里把吃的夺去扔了,她抢去了我再买。卢兰看行不通后就和我抢着吃,是想帮我吃掉一部分,让我少吃些。她的体重也快速增加后不得不放弃,而且她实在也忙不过来。现在的情况是我们两人都很忙,她忙着练车,我忙着吃东西。

我的视线偷空从手里的巧克力豆转移到窗外,车子已经过了邕江大桥,直往廊东的方向,帕萨特代理公司越来越近,我呵欠连天,嘴巴开始发涩,口里的东西越嚼越慢,眼皮子止不住地往下盖。怎么这么困呢?我虽然是个好睡的人,可从来没有这么犯困。我手在大腿上掐了几把,疼痛也盖不住困,我实在是太想睡上一觉了。卢兰一看到了目的地,没等车子停稳,解开安全带就往外跑,看我没跟上来,回过身来推我。我顺势斜斜软软倒在椅子上。卢兰一开始认为我只是打个盹,看我的模样觉得不对了,我歪倒在椅子上,嘴角边挂着黑乎乎的巧克力汁,手里抓着的巧克力豆滚落到大腿上、座位上,这副无力软瘫的模样可不像一般的打盹。卢兰用力晃我的脖子,捶我的肩,我索性一头栽进她的怀里。卢兰把买车的事忘了,抱着我狂喊,那阵势像是我死了,她哭天抢地的也没想起送我上医院。还是的士司机老到,在一旁提醒,要不要送医院?卢兰连连点头,舌头打结,快,快,快,上医院。

几位专家经过三天的会诊讨论之后,得出结论:冬眠症。这是一个留洋博士提出的观点,称这类病人处于一种沉睡状态,可以不吃不喝,依靠自己身体里的能量储备来维持身体正常运作。又称这很有可能是一种返祖现象。

卢兰听不懂医生的理论,她关心的是我会睡上多久。主治医生告诉她,他们从来没有遇到过这样的病人,但估计病人能量耗尽了会自己醒过来。卢兰不相信有冬眠的人，傻傻地坐在我床边哭，偶尔伸手摇摇我，用手指划划我的眼皮子，希望我奇迹般地睁开眼睛醒来。医生顾不上卢兰的情绪，将两个治疗方案提出来，一是留我在医院里观察，一是接回家里自行照顾观察。卢兰对医生说，当然是留在医院里观察。医生对卢兰说，治疗方案是要家属签字的，如果你们已经结婚，你可以签字，如果你们只是男女朋友关系，要把病人的亲属找来。卢兰说，他已经没有什么亲人了，就我一个。医生说，如果病人没有亲属，他单位的领导也可以签字。医生显然信不过卢兰的话。这年头一个人要没有几个亲属还真说不过去。这问题摆在卢兰的面前她更伤心了，她发现她在这个重大问题上不能做决定，尽管我们俩的关系已经超出一般的友谊。

卢兰不情愿却不得不到我们公司去找我的领导签字。人事处的负责人把我的档案翻出来，告诉卢兰，这事情你应该找张钉的父亲张聚德。我的人事档案"亲属关系"一栏里清楚地写着"父亲张聚德，大华毛巾厂干部。母亲花红，大华毛巾厂职工，已过世"。白纸黑字卢兰不得不相信，她对我有一个在本市工作的父亲这个事感到非常吃惊，因为我告诉过她，我的父母早已过世。

卢兰找到毛巾厂。大门边的收发室里有一个老头正在用电热杯煮面条。卢兰等他把一只鸡蛋打进面条里，站在门边大声问，大伯，请问你们厂里有一个叫张聚德的吗？

老头手中的筷条在面条里搅了搅，慢吞吞地回过头来看了卢兰一眼，又回过头去搅他的面，一边搅一边问，找他有什么事？卢兰说，他儿子得了急病住院了，我来通知他一声。老头啪地把筷子扔到桌子上,电热杯的插头胡乱一拔,跑到门边冲着卢兰招手说,快带我去,哪个医院?什么急病?卢兰还有点发懵。老头说,你还站着干什么,我就是张聚德,张钉的老子。张聚德在大华毛巾厂干了30多年,退休后因身体不错自告奋勇给厂里看大门兼收发。卢兰一下无法将眼前这个衣着寒酸的老头和我联系起来,但仔细看那脸和我如同一个模子打出来的,赶快三两步跟了上去。

张聚德跟医生了解我的病情之后,把卢兰找来进行了一次深入的调查询问。张聚德问张钉最近有没有碰上什么大事?

卢兰说,大事?没什么大事,快到年终了,他好像要做明年的预算。他们公司里竞争挺激烈的,他的上司同时让几个人一起做预算,听说做得好的有奖励,还有可能升职。

张聚德嗫嗫嘴说,还有其他事吗?

卢兰说,我们订了一辆车子,他睡过去的时候我们就在取车的路上。

张聚德的眼睛闪过一道亮光,说,买车,张钉要买车,多少钱的车子?

卢兰说,十八万多。

张聚德的嘴里发出哦的一声,这一声拖着很长的尾巴,稍稍一拉就能牵扯出一大串的东西。张聚德说,我带张钉回家,过一阵子他一定会醒过来的。我担保他没什么事。

卢兰心里想医生都不敢打包票,你凭什么说这话,于是说,张钉还是留在医院里稳妥,有什么情况医生能及时处理。

张聚德说,张钉是在睡觉,只不过睡的时间可能要比别人长。

睡觉为什么要在医院睡呢,睡觉应该在家里睡。医院里的护士也不会比我照顾得好,我是他爸。

卢兰还是不同意,她认为我一定是快要死了,却没有一个人知道我的病因。张聚德在这事上根本没打算和卢兰多商量,自个去结账让我出院。张聚德跟收费的抱怨我只在医院住一两天就花费了几千元的检查费,让跟在后面的卢兰逮个正着,卢兰从张聚德的手里抢过报账单说,如果你付不起张钉的住院费,我来出。这句话把张聚德伤到了,张聚德的注意力一下从检查费回到面前昂首挺立的卢兰身上。张聚德说,姑娘,话说到这份上我也不怕家丑外扬了,张钉订的车子,你去查过了吗?卢兰说,没有。张聚德说,还是去看一看吧,查过以后你再过来跟我理论。我的儿子我能不了解吗?我的儿子我能害他吗?我说他是睡觉就是睡觉。我要把他接回家里去,等你们结了婚这摊子事你再来管吧……

四

我从床上爬起来,肚子就一直不客气地叫唤,一点不给我留面子。张聚德把我扶到饭桌旁,给我找碗盛粥。我偷偷打量屋子,这屋子和我离开时一样,几乎没有什么变化,好像只有墙上的挂历是新的。挂历上写着 2004 年 2 月 23 日,我已经有九年没有跨进这个门了。

九年前我和张聚德打了一场官司,父子关系从此破裂。官司是由八亩菜地引发的。我母亲在我 20 岁那年得了癌症,她在临死前把属于她的八亩菜地转到我的名下。这八亩地是外公留给母亲的,外公是城市的边缘人——菜农,长期在城市的边缘种菜卖菜。母亲原来跟外公一块种地,后来招工进了毛巾厂。母亲亲口告诉我,她不怕得罪父亲把菜地留给我的原因有二:一是她死后张聚德迟早是要再结婚的,肥水不流外人田;二是菜地留给我,她的孙子会有新鲜的果菜吃,更不怕没有饭吃。

那时候还看不出这八亩菜地的价值,后来,随着城市向周边扩张,八亩地成了宝。我还是一个在校的大学生时,张聚德擅自做主把地卖了,尽管张聚德说他这么做是因为我太年轻,和生意人打交道容易吃亏,我还是运用法律的武器夺得自主权。在法庭上,法官宣布最后判决的时候,张聚德的脸转向我,我看到了一张破败的脸,那种脸色和母亲弥留之际的脸色一模一样。当天,我拿了八亩地的地契,仓皇离开家,再也没有回来。

张聚德的稀饭端上来了。我问,有谁来过吗?我问的是卢兰。她早该知道我没订车子的事,不知道是伤心还是失望。无论是哪一种情绪,我都别指望她原谅我了。我这么一睡,倒是一了百了。

果然,张聚德没有提起卢兰的名字。他说,年前几天你们单位有人来过,送了水果还有你的年终奖。张聚德进了里屋,手上拿着一只信封出来。他将信封递到我手上。

我掂了掂信封,重量没有想象的重,我睡得不是时候,在年关的槛上,公司肯定会在年终奖上克扣斤两。信封口子是封住的,我刷地撕开,一沓新崭崭的人民币露出头来。我刚想点一点,突然想到张聚德就站在旁边看着,便胡乱把信封一折塞进裤兜里。

喝了两碗白稀饭,倒空几十天的胃像一只大米桶投进两把米,越发感觉空空落落。我还要再添。张聚德上前来把我手中的碗摁住说,打住了,肚子空了这么长时间,要慢慢适应。就好比一个人一辈子没吃过肉,你突然让他一顿消灭一盆扣肉,他的肚子肯定吃不消;像我,一辈子没见过几张票子,你要用钱来砸我,我准会疯……

我啪地把碗搁下了,我不爱听这种唠叨,张聚德话中提到的钱字,特别刺激我的耳朵,这不是暗示我要给他钱吗?他迟早会往这上面扯的,我早该料到了。这间屋子我没法多待。在五斗橱上头找了一支圆珠笔和一张纸,给张聚德写欠条:张聚德照顾我27天,按一天30元的酬劳支付,我共欠张聚德1110元,将于30日内付清,特立此据。

我兜里有钱,本可以立即兑现,可我想让它们在我身上多待一会,同时照顾张聚德的面子,直接把钱递给他,让他太难堪了。

30元一天张聚德该偷偷乐了,我不吃不喝也不拉,太容易照看了。这比他守毛巾厂的大门,每天一大堆芝麻蒜皮的事,就几百块钱强多了。我把欠条递给张聚德。张聚德接过来看了,嘴角立即露出我最讨厌看到的似笑非笑的怪模样,他说,老子照顾儿子天经地义,不用收钱。张聚德话中有话,他是在借机讽刺我,讽刺我从来没有照看过他,不孝顺。我不接招,说我走了,公司里有一大堆事情等着呢。

举步跨出门槛,我脚上碰到一个东西,那东西骨碌碌地滚到屋角,我眼角瞥见是只木陀螺,暗红色的木陀螺。我俯身拾起来,正是那只陀螺，我小时候唯一的一件玩具，柄子上刻着我的小名——钉子。张聚德的声音从身后传过来说，我前些天从橱柜里翻出来的，等你有了孩子还可以派上用场。我现在老了，没有这手艺了。这只陀螺是张聚德帮我做的，用的是上好的铁木。年轻时他常到越南边境销售厂里的货，一次他从当地带回来一块木头，沉得像铁。大概花了一个月时间他用这块木头把陀螺刻出来了。为了让陀螺转得久、稳，据张聚德自己说，他多次潜进文工团去看舞蹈演员跳舞，开启灵感。张聚德设计出来的陀螺确实和别人设计的有些不同，陀螺头与柄的接合处多了两根细小的支撑，转起来像一个人的两只手搭长腿上。不知是不是这两根东西起作用，我的陀螺只要轻轻一打绳就转个不停，成为方圆百里有名的陀螺王，也使我在学校里赢得了在学习上赢不到的威信。

我把陀螺撂地上，头也不回地往前走，走到路边打了一辆的士。车来车往的，喇叭声，飞扬的尘土，人流，人流中的美女，这才是我的生活，我怎么会在床上躺了二十几天呢？浪费，浪费生命。

五

当天我就回公司上班了，一进办公室的门我吃惊地看到在我的风水宝座上坐着一个漂亮的女孩，这女孩剪了一头短发，脸蛋子耳垂子清晰明丽不加遮掩充分地显露着。我的桌子正靠着窗户，光线充足，空气新鲜，这个位置是部门主管原来的位置，他被提拔后位置就空出来了。别人都说这是个风水宝地，坐上去的人准能往上提。

　　尽管女孩长得漂亮我还是不爽,她坐在我的位置上,难道顶了我的缺?我走过去站在桌边,一声不吭,用沉默抗议。她抬起头看我笑了笑,继续手中的活,在电脑的键盘上敲敲打打。她的笑容有一种说不出的妖异,我想是她的嘴角边有一粒小黑痣的缘故。我理了理思路,决定先发制人了,我以主人的身份说,你有什么事吗?她终于停下手中的活说,你好,张钉,你身体复原了吗?我叫王双双,你的新同事,我想暂时用你的电脑做账,可怎么也进不了内部系统。我心里有些暗喜,这个叫王双双的竟然一眼认出了我。我故作惊讶地说,你认得我?她指了指电脑屏幕说,我每天打开电脑首先就看到你的照片,早看熟了。原来如此,我有点失望,我希望她是通过其他渠道而不是我设成主页的照片认识我,尽管那是一张我自认为最潇洒的照片。

　　王双双说,张钉,中午能给我一个机会吗?我请你吃饭。我说,为什么要请我吃饭?王双双说,我刚来,什么都不懂,以后你要多多关照,饭不是白吃的哦。

　　我们吃的是六元钱一份的两荤两素的快餐,我和王双双挤在人群中大着嗓门点菜,我耐性比平时都好。两人挤了一身汗,各自端着摇摇晃晃的盘子挤出人群找了位子坐下。王双双把她盘子里的鸡肉和牛肉全扒到我的盘子里说,给你,我不吃肉。然后又从我的盘子里把苦瓜和豆腐扒到她的盘子里说,我爱吃素的。这一来一往的,在别人的眼里我们怎么看都是一对。我发现不少男士的眼睛往王双双的身上窜,心里更有些得意。好像人家是看得到摸不着,而我是艳福旺旺,看得见又摸得着。

王双双是一个可爱的女孩。请我吃过一次午饭后,后来每个中午我们几乎都会在一起用餐,方式是轮流请客。

杨吉对我的意见越来越大。这小子一直在暗自和我竞争,我们都知道主管的位置空着,反正不是我就是他要坐到这个位置上。这样两人之间的较量就不可避免了。这次,我睡了这么久,杨吉是最高兴的了,他巴不得我不要醒过来,睡死过去最好。去年年终上级安排了一个任务,让我们各人拿出一份今年的预算方案,说是美国总公司的副总裁要来参加评估,这是一个绝佳的露脸机会。在昏睡前,我为这个计划绞尽脑汁,也没想出什么绝招,每天看着杨吉腋下夹着一只文件夹,步履匆匆,却胸有成竹、面带微笑的模样,我的额头、鼻尖大粒大粒的青春痘像被谁挖中了老巢,一个个跑出来。好在后来睡过去了,杨吉赢了也是没有对手的胜利,胜之不武。杨吉的下场比这还坏,本来以为他可以凭这次计划露脸了,没想总公司来的人一下就否掉了他的方案,弄得我们上头灰头土脸的,也没给他好脸色。

杨吉比我大两岁,但人家离过两次婚。我没事就琢磨他离婚的原因,十有八九是太精打细算,老婆受不了才离婚的。自从部门来了个新鲜亮丽的小妞王双双,杨吉这个没老婆收拾的人,本来一件衬衣要穿一两个星期的,现在日日更新,身上时时刻刻洋溢着三种味道,沐浴液,洗发水,香水。杨吉叫王双双的名字,叫得和所有人都不一样,他叫双儿。他还借了一套DVD给王双双看,说是金庸的什么原著改编的,里面有一个千姿百媚、温柔体贴的丫头就叫双儿。我看出来，杨吉是发情了。他恨王双双老跟我混到一块。他越难受我越显摆给他看，有事没事我总在办公室里双双、双双地乱叫。

　　其实，王双双不是个简单的丫头，对人她有自己的一套。昨天早上她给杨吉带了只茶叶蛋，中午我们吃完午饭，她顺手又给杨吉带了只鸡腿。我说，双双，杨吉离过婚你知道吗？王双双说，知道，一个大男人缺了女人日子不好过。我说，双双，像你这样刚出校门的女生动不动就发同情心，会吃亏的。王双双皱了皱眉头说，你是不是和杨吉有什么过节呀？我说，都是为了你好，你倒认为我和他不对了。其实他人不错，就是脾气急些，听说他一急就打老婆。王双双的眼睛瞪圆了说，杨吉他还会打人？太可怕了，我最看不起打女人的男人，这种男人没本事。我叹了一口气说，也不怪杨吉，可能他老婆也有做得不好的地方。王双双说，不好就能打吗？谁不是父母养大的？王双双扬起拳头说，谁敢这么对我，我一定和他拼到底。我说，我是绝对不会打女人的，要打，就是女人打我。王双双被我的话逗得咯咯地笑，她一笑，妖异的味道又漫开了。

　　过了几日王双双提出和我换座位，我问她为什么要换？她说，你的位置风景好，我喜欢看风景。我说，这是个风水宝座，可不能随便和人换的，你要拿什么东西来换呢？王双双说，你看我有什么值钱的东西，有你就拿去。王双双歪头笑看着我，脸蛋凑过来，我眼睛不由自主地聚焦在她嘴唇的那颗痣上。这个狡猾的小妖精，我邀她到我家看碟，她答应了无数次，可临时总有事。今天早上我又看到她往杨吉的抽屉里塞了两盒伊利牛奶和一只苹果。我是那么好糊弄的人吗？我说，除了用你本人，什么都不能换。我凑到王双双的耳边说，我家里有好茶，晚上到我家一起品品茶怎么样？王双双笑着说，先换好了，我们再一起品茶。我说今晚喝茶，明天换座位。王双双的笑容逐渐淡了，她发现我不是在开玩笑，我说的是实打实的交换，她的眉头皱起来说，小气鬼，不换就不换。

我嘴上没有接王双双的话茬，可是我心里把话接上了，不可沽名学霸王，不可沽名学霸王。

六

李芳菲来找我借钱。她不是一个人来的，手里抱了个两岁大的孩子。

三年前我和李芳菲分了手，分手是李芳菲提出来的，她最后对我说的一句话是，我从来没有见过你这么自私无耻的男人。

李芳菲比三年前瘦了很多，以前没发现她的颧骨有这么高，现在河水干枯了，石头就露出来了。一句古老的咒语跳出我的脑子，高颧骨，苦命人。李芳菲不应该是苦命的人，尽管世人都说红颜薄命，但时代不同了，这时代受苦永远轮不到有一张漂亮脸蛋的女人。

我问候的词还没吐出来，李芳菲先表明了来意，张钉，你可不可以借我五万元？这阵势一下让我语塞。我和李芳菲好了几年，她从来没有这样赤裸裸地向我要过钱。她从我这要钱就好比一个人到银行去取钱，先要摆脱别人的跟踪，所以绕到邮局，进了菜市，再到医院，最后才到达银行取钱。她的耐性特别好。

　　过去，她如果看中商店里的一套衣服，就会拉着我去逛那家商店，将那套衣服试给我看。李芳菲的身材，试什么都差不到哪去。她在得到观者一致的赞赏之后，把衣服脱下，交回店员的手里说，太贵了，太花钱了。然而，她的眼睛还会流连在衣服上，那眼神会流露出千般的不舍。在这种情形下，是男人的都会说，穿得这么好怎么不要呢？李芳菲如果是对付一般的男人根本用不着这么费神，她要对付的人是我。碰到这种情况，我会对店员说，可以打五折吗？店员吃惊地瞪圆眼睛，我们的衣服是名牌，从来不打折，即使能打折，也不会打到五折。我会耐心地跟店员讲价钱，讲到他们的耐性一点点地消失，傲气一点点地上涨，最终我总能逮到他们的漏洞。我理由充分拍着柜台骂，你们看不起人是不是？你们觉得我们买不起是不是？你们想用激将法是不是？这衣服我们还真不要了。

　　李芳菲是唯一知道我有多少钱的女人。当年追她的人太多，我年轻气盛一时情急把财产暴露了。当时我好像是故意将存折遗落在沙发上，让她拾到。我不知道李芳菲是爱上我的人还是我的钱，反正她后来是跟了我。她在我面前尽量扮演不爱钱的角色，她想方设法让我花钱花得没有脾气，花得心甘情愿，花得莫名其妙。那次李芳菲的单位组织欧洲十日游，一人要交一万八。李芳菲说她是学美术的，如果能到法国巴黎转一圈，死也值了。她还说，我已经交了8000元，剩下的我想跟林月借，不过她也要去，不知道还有没有钱借给我。林月是李芳菲的同事，死对头，我认识，平时两人就争个你死我活的。李芳菲没少在我面前哭诉林月如何压着她,踩着她,她是死也不可能向这位姑奶奶借钱的,她又在利用我的同情心。在我看来,参加旅游团最没意思,出去十天半月看的东西看过就没了,不能揣在兜里带回来,说有多虚就有多虚。我问了李芳菲一个问题,我说,你觉得在这世上和谁在一起最幸福呢?李芳菲说,当然是你了。我说,我的答案和你一样。你们的旅游团我又不能参加,我不能陪着你,跟林月那样的人你能玩到一块吗?你离开十天我可受不了。我说得情真意切,字字感人。李芳菲的欧洲之行最终不了了之。

李芳菲在我跟前屡战屡败,屡败屡战。我其实很佩服她的耐性。我这么对她也是没有办法,我不能让祖宗的基业在我手中败落,八亩菜地啊,我不能创业总还能守业吧。

李芳菲最后和我分手是因为她的单位集资建房。我在李芳菲的宿舍里混吃混住有一段时间了,明摆着是个无房户,现在她的单位集资建房我没有理由拒绝。但我有房子,我在本市著名的知了山庄拥有一套小别墅。知了山庄在我母亲留下的八亩菜地之上。房地产开发商当时除了付我钱,还用房子来抵了其中一部分欠款。我从来没告诉李芳菲我拥有这么一套房产。我已经有房子了,当然不想再要一套,何况还是李芳菲单位分的房。

但我实在找不出不让李芳菲集资的理由。我对李芳菲说我有个远房亲戚出国了,让我去看房子,我手忙脚乱地搬出李芳菲的宿舍,龟缩进我的知了山庄。李芳菲每天通过电话向我汇报情况,填表了,讨论设计方案了,定图了,下地基了……每天她跟我说这些事,我都觉得我们之间没隔着电话线,李芳菲好像拿了一支枪面对面指着我。交首付前一天,李芳菲跟我说好,第二天请假一块去取钱交钱。我好像没说好,也没说不好,当时躺在床上晕乎乎的,一睡睡了过去,一睡睡了三天,手机响没听见,电话铃响也没听见。

醒来后听说李芳菲满世界找我找不到,跟一个过去一直对她有点意思的人借了钱,后来她嫁给了这个人。

三年时间就像睡了一觉,醒来,李芳菲站在我的面前说,张钉,你可不可以借我五万元?李芳菲不让我歇气,接着又说,张钉,我知道你有钱,这五万元拿得出。借钱我不是为了我自己,我是为了这孩子。

我心里咯噔一下,仔细看那孩子。大鼻子阔嘴巴,该不是我的种吧?孩子抱在母亲的手上,却没有一分钟是安分的,他拉扯他妈的头发,咬他妈的手,踢他妈的肚子,嘴里还发出奇怪的喊声。

李芳菲说,孩子有病,先天性耳道发育不良。说白了,他没有听力。我带他到北京做过一次手术,人工植入耳道。那次手术把家里的积蓄花光了,还欠了别人不少钱。但是手术没有成功,我打算带孩子去做第二次。我是走投无路了,我不知道找什么人,只有来找你了。你一定要帮帮我。李芳菲的话说得很快,眼波闪动惊慌和无助。

看来这孩子和我没有关系,不然依着李芳菲的性格,她早就抖出来了。

孩子的口水哗哗地流到衣服上,他挥挥手利声尖叫像是向我示威。李芳菲把孩子搂紧了说,孩子心烦,比我们大人还心烦,因为他听不见别人说话的声音,也听不到自己说话的声音。他知道不对劲,又不知道哪儿不对劲,所以他烦。

我试着叫了两声,小宝宝,小宝宝。孩子没有看我,依旧在他妈妈的怀里踢蹬。我说,他能说话吗?李芳菲说,他听不清,自然也不能说清楚。李芳菲摇了摇孩子的小手说,叫叔叔。孩子叫,哇——啊——哇——

那声音很吓人。我宁可李芳菲又是在蒙我,也不愿意这孩子是个残疾人。我打了一个呵欠,眼泪哗哗地流下来,我说真困。

李芳菲叹了一口气说,张钉,我一直弄不清楚,你是真困还是假困?和我在一起的时候你也老这样,你就这么缺觉吗?

我的手把另外一个呵欠捂住说,你怎么能这么想我呢?我当然是真困了,犯困有什么错?

李芳菲留下联系方式抱着孩子走了,我告诉她,我的钱全投到项目里去了,等凑齐了再通知她。

七

明天是我的生日,在上班的路上我就想着找个人和我一道吃吃喝喝庆祝庆祝,可思来想去,就是找不出一个合适的人来。

进了办公室,王双双迎面袅袅娜娜地走来。今天王双双穿得特别漂亮,蓝色的格子套裙,金丝围巾把脸衬得粉粉光光,这身打扮像是为我的生日准备的。我眉毛一皱,想干脆厚个脸皮邀这个美女明天一块过生日算了。前几日没跟她换座位,她对我冷淡下来,中午邀请一道用餐的人变成了杨吉。不过,她还是会给我带点小吃回来,像当初对杨吉一样。我吃着她的东西,心里没有一点感激的意思。像王双双这样的姑娘,对付我们男人说得难听就是处处留情,让每个人都觉着自己有机会,其实到头来什么也捞不着。杨吉这傻子一头栽进去,这几日脸色清清寡寡,分明是被鬼迷了。

我的嘴还没张,王双双先冲我嫣然一笑,红唇凑到我的耳边,轻轻地吐出几个字,晚上有空吗?我想到你家看碟。说完王双双的脸好像腾地红了一层。

凭空掉下来一个大馅饼,以前邀她邀不动,今天怎么会突然主动出击?难道王双双经过比较,发现了我身上不可多得的优秀品质?在目前的情况下我想不出还有第二条理由。我有点不自信地对王双双说,八点,怎么样?王双双优雅地点点头。

还差一个小时才下班,我开溜了。我先到花店买了一束红玫瑰,又到超市买了一大堆吃的,最后绕到药店买了一盒避孕套,我想到关键时候没准王双双提出要用这个,拿不出来就糟了。剩下的时间我主要用在收拾知了山庄我那套房子上,几个月没收拾过,着实花了一番功夫,我连床单被套都换了新的。最后我找出几张影碟搁在茶几上,我想这不过是做做样子而已,我敢打包票,我和王双双什么都有可能干,就是不会看碟。

八点钟,我准时把王双双接进知了山庄。一路上她对这一带的景致赞不绝口,她艳羡的表情更让我打定主意不告诉她实情。还没进入我的房子,我先给她说,房子是我一个朋友的,这哥们到处有房子,住不完,我住着算是帮他看房子。

进了房子，我将插在花瓶里的玫瑰花递到王双双的手上，王双双好像有点心不在焉，她说了一句谢谢，把花搁到一边，目光开始在四周转悠。我说我带你参观参观。我们楼上楼下、阳台厨房卧室转了一遍，王双双一点也没注意到我全新的卧具。她的情绪好像陡然跌落了，她淡淡地说，你的朋友真有钱，你的朋友对你很大方。我说我这个人没有什么长处，就是交了几个好朋友。

王双双叹了一口气说，我就没有这样的朋友。我说难道我不是吗？王双双看了我一眼说，你当然是。她走到沙发边坐下说，张钉，有什么喝的？我说，想喝什么，饮料还是酒？我这什么都有。王双双犹豫了几秒钟说，给我来一杯酒吧。我倒了两杯威士忌，王双双一杯我一杯。酒杯拿到手上，我们两人反倒没了话，在寂静而黏稠的空气里王双双一口口地喝，我也一口口地喝，我们并排坐着谁也不看谁。每一口下肚，随着一股股热力腾空，我觉得我离某个事件越来越近了，我的眼睛禁不住往卧室门瞟了瞟。

王双双的杯子终于空了，她把杯子搁到玻璃茶几上，玻璃碰玻璃发出清脆的声音，它替我们打破了寂静。我的喉咙已经完全黏稠了，拼命地咽着口水。王双双不知死活地冲我笑笑，把身边的手提包提到茶几上打开，掏出一只长方形的盒子。王双双说，张钉，给你看一件宝物。我面红耳赤地往王双双的身上靠说，什么宝物？盒子打开后，又剥开几层绸布，一只黑不溜秋的砚台露出来。王双双说，这是我家祖传的砚台，七八年前就有人出过十几万的价钱，我们没卖，现在要卖至少值二十几万。

王双双举着砚台指指点点说了一大堆古董鉴赏家才能说出来

的行话,主要的结论是:这是一方名贵的砚台。虽说我对古董这些玩意不在行,但这砚台我一看就知道不是什么特别的货色,在专营的摊上一两千就可以买上一只。王双双在这个时候拿出这么一件东西,实在是让我急火攻心。我说我对古董这些玩意狗屁不通,双双,你跟我说这些简直是对牛弹琴。王双双说,我只相信你,我想把砚台放在你这里保管。

我不知道王双双要让我干什么,但她先前说了什么十几万二十几万的数目,我想不会有什么好事。我打了一个呵欠,用手拍了拍嘴巴说,酒量太差了,一杯酒眼皮就打不开了。王双双看我这副模样有点惊慌,她说,我们一会还要看碟,你怎么就困了?我说,不困不困,我能挺得住。王双双说,张钉,实话对你说,最近我急用钱,我想把砚台押在你这里,你借我点钱,我会很快把砚台赎回去的,它是我爸的命根子。

不知道是酒的热力作怪还是王双双心虚,几道汗从她的额头挂下来,她一脸的艳妆说残就残了。仔细看看,王双双长得其实也不怎么样,让她生动起来的是唇上那粒痣,不过现在也被残粉给遮了一半。

我说,你要多少?

王双双说,十万。

这个数字从那张两片红唇里吐出来我就开始讨厌它们了。我说,双双,你这不是开玩笑吗?我这辈子还没见过这么多钱呢。

王双双说,你别骗我了,我听别人说你家底很厚实,我怀疑这所房子根本就是你的。

王双双的话让我毛骨悚然，我身上的热量一点点地从腋下溜掉。我说，双双，我手上实在是拿不出钱。我每个月的工资除了要养老父亲，还要买股票买保险和投资。我是会计出身，每分钱的用途我都算得好好的，哪里会有剩余？双双，我也实话跟你说，我现在虽然没有钱，但将来我一定会有，根据我现在的投资情况，我不出十年就要大发，我可以提供你一些信息……

　　我滔滔不绝地给王双双讲家庭理财经，王双双的眼睛直愣愣地盯着我，盯得我都有点不好意思说下去了，但我还是不得不说。王双双红彤彤的脸靠过来，靠得很近，我都感觉到她身上散发出来的热气了。她说，张钉，难道你一点也不喜欢我吗？

　　我的屁股往外挪了挪。我说，双双，今天晚上我只能说我不喜欢你，如果我说我喜欢你我就是个乘人之危的小人。

　　王双双突然一头扑进我的怀里，我跳起来，像被一只刺猬扎到了。我说，双双，你喝多了，我送你回去。我顺手把茶几上的几张碟塞到王双双手中说，这几张碟你拿回去看吧。

　　王双双脸上的光泽彻底暗淡了，她把我塞给她的碟扔到地上，拿起手提包，打开我的房门说，你不用送了。门砰地关上。我扭头一看砚台还在茶几上待着，这东西根本就是个手榴弹，我赶紧把它裹好冲下楼去追王双双。王双双刚下到楼底，听到我的脚步声，猛地一回头，两只眼睛挂了两道希望，当看清我手上拿的东西，那两道希望立马化作两道火焰。她从我的手里夺过砚台，头一摔，屁股一扭，转身走了。

　　王双双的裙子又窄又短，鞋跟又高又细，这个美丽的背影离我越来越远,实在让我难忘。

八

去年我的生日是和卢兰一起过的,我们在一家四川菜馆吃麻辣菜,那些菜辣得我们鬼叫鬼叫的。今年的生日还得过,一个人也要过。

下了班我直接到最繁华的地方找饭馆。在几家饭馆门前溜达着没敢进去。那些门口站的小姐又高又靓,嘴一张就是,先生几位?我不能跟她们说就一位吧。里面吃得热火朝天的一桌桌人,如果看见我孤零零一人进去,肯定会有想法,他们不会认为我是单纯为了吃一餐饭去的,而想我是个孤家寡人的可怜虫,借酒浇愁来了。我不想被人看成可怜虫。

还不如到去年那家川菜馆,那家川菜馆在一条偏僻的街上。有了这个念头,我心口好像被一根小指头点开了窍,灵感突发。我想,卢兰不是喜欢电视剧吗,不是喜欢巧遇和重逢的故事吗?如果她今晚去那家川菜馆,坐在去年我们坐的位置上等我,我马上向她求婚。

的士很快把我送到那家饭馆。饭馆里的人不多,我隔着窗玻璃就能看见去年我们坐的那张桌子。桌上铺着蓝白格子的桌布,正中放着一只花瓶,花瓶里有一朵半蔫的粉色的康乃馨。面对面的两个位置空空的。卢兰没来。

我还是进去了,在离那张桌子最远的地方找了位置,点两个菜、一瓶酒。估计酒不是正货,半瓶下去,我的心忽上忽下在嗓子眼晃悠。我赶紧结账出门,外边风一吹,胃部的进攻更迅猛了。我往一旁停车场靠去,选中一部高大威猛的丰田越野车,弯腰躲在它闪光的车轮后边吐。秽物像一条火枪,所到之处腾腾烧起来。有车灯徐徐从远处打过来,越来越近,我赶紧站起来,一辆的士杀到,停到三菱车边上。我头晃了晃,身子管不住地向车子扑去。司机一个急刹车,里面坐的人尖叫一声。借着昏黄的车灯,我抬眼看到发出那尖叫的声音出自卢兰。我傻呆呆地看着她。我曾看过一篇报道,说在澳洲的草原公路上,夜里行驶的车子经常会撞上袋鼠或鹿,因为这些动物看到灯光,只会傻愣愣地站着,一动不动。

我像一只袋鼠。

我嘴里叫出卢兰的名字,那声音只有我一个人听得见,因为它被惊天动地的呕吐声淹没了。

卢兰侧头对司机说了句什么,司机摇摇头。卢兰付钱下车,的士掉头开走了。

卢兰走到我的身边,递了一包口纸到我手上说,喝这么多干吗?人家的士都不敢载你。

如果说卢兰是凑巧经过此地我绝对不相信。我抽出一张口纸把我的嘴上上下下擦了一遍。我把手中肮脏的口纸扔掉。口纸还在空中飞扬,我已经把卢兰紧紧抱住了。我说,卢兰,车子我一定给你买。

卢兰拼命地把我推开,她的力气很大,一下把我推到地上。她说,张钉,今天我要跟你说清楚,我离开你并不是因为你没有给我买车,而是——因为你是一个逃避责任,没有责任感的男人。你爸爸跟我说了,你从小到大一有难事就一睡了之。你前辈子到底是什么变的,真是一只青蛙吗?……

我在卢兰的骂声中睡着了,第二天早上醒来发现我躺在公司的接待室里,我朦朦胧胧想起好像是卢兰把我送到这里来的。我上班的时候一直在想卢兰,我把她的好处放大一百倍来想,想得头都快炸了。我决定给她打一个电话。卢兰接到我的电话会是什么反应呢?第一种可能性是立时把电话挂断;第二种可能性是用一种隔得十万八千里的口气说,您找我有什么事吗?这两种预想的情况我并没有应对的方法,我想车到山前必有路,船到桥头自然直。电话拨过去,从线路接通的第一声响起,我的手掌就往外沁汗,手里的话筒又热又滑,像一只刚出锅的红薯。接电话的人不是卢兰,一个沙哑的女声说卢兰在发传真,过一会再打过来。我松了一口气,像完成一项艰巨的任务,再也没有勇气来一遍。

卢兰在干什么呢?尽管我知道少了一个人地球照样转,但我想少了我,卢兰的那颗地球会转得和以前不一样。我提前半个小时溜到卢兰工作的市图书馆对面,潜伏在一间书报亭里。五点半有人陆续出来,卢兰应该是最后一个走出来的人,她是图书馆管理员,要留在后面锁门。

我终于等到卢兰。她低头走出来谁也不看,往左拐进一家快餐店买了几只小笼包和一包豆浆。她一路走一路啃包子喝豆浆,当最后一个包子放进嘴里,她迅速地抹了一把嘴,手顺势滑到裤腿上蹭了蹭。这些动作粗鲁得让我心痛。穿过两条巷子,卢兰走进一家印刷厂的大门。大门口有门卫守着，我没跟进去，在外面候着。

我在印刷厂外边的马路上走了十几个来回，吃了路边小摊上的四盘炒田螺，时间磨到十一点多，卢兰还没有出来。我脑子里就有一个坏念头浮上来，卢兰有了野汉子，那野汉子是印刷厂的。带着这个令我悲愤的念头我在马路上又转了一圈，一圈转回来，我又觉得卢兰不是这样的人，尽管我不仁，她应该不会不义。

还是弄个水落石出的好。我昂首阔步迈进印刷厂的大门。门卫伸手拦住我说，干什么？刚才我在马路上转来转去，这门卫早注意我了。我打量了他两眼，小伙子目光威严，腰腿笔直，估计是刚退伍的兵哥哥。我说，六点钟左右进去的那位姑娘到你们这来干什么？小伙子警惕地盯住我，你认识她吗？我说，认识，认识。小伙子说，你认识她她为什么没有告诉你？工厂重地，请你马上离开。

对付这种刺头不能硬碰硬。我挂出一脸苦相说，兄弟，我不怕丢脸，实话跟你说了，我追这姑娘追了几个月了，可人家对我不冷不热的，每天晚上都说在你们这有事，我也不知道是真是假。如果她真有事我看来还有戏，如果她骗我，我死了这条心得了。

面对我这样一个弱者，小伙子的敌对心比潮水退得还快，说那姑娘是来帮我们厂搞校对的，她没有骗你。我说，不对呀，她有工作，她是市图书馆管理员。小伙子说，没听说过第二职业吗？我们这里上的是夜班，校对给的是双份工资，我要是文化水平够格也弄校对去，站门口又累又没钞票……

九

李芳菲留下的电话号码就放在我的桌上,我每天都会看到那一串阿拉伯数字,每看它们一眼我就打一个呵欠。

我跟李芳菲的同事林月联系过,得到确切的消息,李芳菲确实没有骗我,她的情况比我知道的还要糟,儿子是残疾人不说,老公也和她离婚了。林月悲天悯人地在电话那头对我说,李芳菲三天两头地跟单位请假,到处找医生,在家里陪她儿子说话,以前单位里讨厌她的人很多,觉得她太招摇,太逞能,现在,没有一个不同情她的。她这辈子就搭在这儿子身上了,也是个苦命的人。

连林月都同情李芳菲了,全世界还能找出不同情她的人吗?只不过五万元对于我来说是一个难关,这么大一笔钱要离开我,我没办法不心慌,不心乱。一定要有一个人来和我分担这个重担,这样我会感觉好一点。卢兰,卢兰是最好的人选。这事情应该让卢兰来决定,如果她没意见,这钱我就借出去了。借出去后如果钱回不来,卢兰要和我一道分担损失,这个损失主要是指心理上的损失。

我再次拨打卢兰的电话,这次拨电话我手不出汗,心也不跳,我镇定得很。因为这个电话不是为我打的,是为李芳菲打的。电话是卢兰接的,我理直气壮地说,卢兰,请你赶快到高院门口的小草坪上等我,有一个孩子的命运捏在你的手上,你的决定将会影响他一辈子。在卢兰没有完全反应过来之前,我把电话挂断了。

卢兰被吓着了,一刻没敢耽误就直奔我约定的地点——高级人民法院大门口。约这个地点很有讲究,我为什么不约在餐厅、咖啡厅、公园、电影院——这些地方都不是谈正经事的地方。高级人民法院在我们公司的大楼对面,门口有带枪的警卫守着。大门延伸出来有一小块地界,种满了树,摆了几张石凳。我经常路过就想谁会在带枪的警卫监视下在这留步呢?今天我选在这个地方,说明我们要进行的谈话有多么的严肃,坚决不带儿女私情。

隔着老远,我已经看见卢兰规规矩矩地坐在石凳上,两手夹在腿中间,低着头。我三两步走过去,一屁股坐到卢兰的身边。卢兰猛地抬起头,看到是我,脸蛋在我的注视下一点一点地熟透了。我说,卢兰,这件事必须由你来决定。我以前的女朋友李芳菲生了个聋儿子,她要向我借五万元给儿子做手术,你说这钱该不该借?

卢兰紧张得绞在一起的手松开了,她有些吃惊,你找我来是为了这件事?

我说,对,就这件事。

卢兰说,这事怎么来问我呢?好像和我没有什么关系,你的钱你决定就好了。

你明明知道我的钱就是你的钱,我不问你问谁?

卢兰一直沉默着。

我试探地伸出手去,碰了碰卢兰的手臂,她没动。我用手臂一下把她的整个身子扳过来说,以后什么事都由你做主,你不让我睡觉我就不睡。

卢兰惊慌地要摆脱我的手,说有带枪的人看着我们呢。

我说，他那是在替我们把风。

卢兰扑哧笑了。

我说，快，等着你做决定呢。

卢兰说，如果由我做主，我认为这钱应该借给李芳菲。

我心里喜忧参半。喜的是卢兰同意领受当家做主人的权利就等于原谅了我，我省去很多过程，一切都回来了，失去的阵地一一收复。忧的是那五万元钱的事，卢兰怎么就同意了呢？我说，卢兰有些情况我必须向你说清楚，李芳菲是我的初恋女友，我和她好了三年，时间比你长一倍。

卢兰说，就凭你和人家好过这个事钱就应该借给她，我不吃醋。

我说李芳菲现在停职在家，又离了婚，这钱估计她还不起。

卢兰说，反正我们又不等这五万块钱用，借给她就当存在银行了呗。

我说，她那孩子已经动过一次手术，这次手术也不一定能成功，这钱可能会打水漂，说不一定往后还要管我们借钱。

卢兰说，只要有一点希望就不要放弃……

看来谁也不能改变卢兰给李芳菲借钱的决心了，事情走到这步我还能干什么呢？我说，卢兰，我们走吧。

卢兰说，到哪？

我说，睡觉去。

卢兰的脸又飞红了。

我说，我是真困，你不要想歪了。

我困得走在马路上脚步都打晃。卢兰一路扶着我说,没事吧?

我说,没事,没事,就缺一觉。

睡了多久我不知道。我醒过来时,迷离之间,看到桌上放了五扎钱。从哪里来的五万块? 我一下从被窝里坐起来,眼睛在屋子里搜寻我的皮包,难道卢兰不打一声招呼就从我的卡上把钱取出来了?

卢兰就坐在床边,直到跟她的目光对上,我才意识到她就坐在我的身边。为了掩饰我对五扎钱的过分关注,我说,我的睡衣呢,替我找睡衣。

卢兰从我的腋窝下把睡衣抽出来递给我说,你再不醒我又要送你上医院了,你已经睡了整整一天。

我把睡衣套上说,是吗? 现在是什么时候了?

卢兰说,现在又是晚上了。

我说,既然是晚上就接着睡吧。

卢兰说,你不能再睡了。人家李芳菲急着用钱,你给人家送过去吧。看你睡得香,我先把自己的钱取出来了。

我说,你的钱,你哪来这么多钱?

卢兰说,这半年我在一家出版社兼了一份工,再加上以前攒的,就这么多了,本来打算用来付车子首期的。

我抱起卢兰亲了一口说,兰子,你太善良了,我太爱你了。

温存了一会,在卢兰的催促下我给李芳菲把钱送了过去。我对李芳菲说,这钱是我女朋友的,她本来想买车的,现在先给你急用,借条你就写给她吧。我怕李芳菲不打借条,先把丑话说了。我看到李芳菲好像冷笑了一下。她说，替我谢谢你女朋友，这样的女人还让你找着了。

五万元借出去了，开始一两天我就盘算什么时候取五万出来给卢兰补上，卢兰那边没有什么动静，没提钱也没提车，她不积极我更懒了，反正借条是写给她的，那钱我贪不了。

十

事情的发生根本没有任何预兆。那几天王双双的电脑老死机，一死机她就想将手上的工作甩给我。我没那么傻，让她用我的电脑自己做账。杨吉在这种关键的时候倒是不露脸了，说他爸病了，三天两头地请假。

谁知道这对狗男女在酝酿一桩大事呢。

天大的事情在一夜之间发生了。我们公司的账上被人转走二千多万，王双双和杨吉双双失踪。

往下的半年时间一直是调查取证，有几笔款项是以我的名义转出去的，尽管最后判定是王双双和杨吉以我的名字登录网站，偷了密码，但我作为公司里的主要会计师无法脱离干系，按渎职罪被判刑一年，缓刑一年。

我的前途彻底地毁了，谁也不会再雇我，我没有工作，没有薪水，那八亩菜地将要被我一点点地啃掉。早知道有今天，我何苦花钱费时间在学校里苦读那么多年；早知道有今天，我何苦在公司里苦干那么多年。一切说完就完了。我想不通啊。想不通就拼命地吃，天天鸡鸭鱼肉、糖果饼干。看到我这么吃卢兰眼里有了恐惧，她说要带我上医院，我说我没有病。卢兰说，上次你突然昏睡之前也是这样大吃大喝了，你一定要上医院检查检查。

我咆哮起来，你这是给我心理暗示，我根本没有想睡觉，我一点也不想睡觉，我现在根本不能睡，我还有很多事情没有想明白……尽管吼骂卢兰，但我的心虚了，我说卢兰你赶快去买十斤茶叶，回来给我熬汁喝。

大把大把的茶叶放到锅里，加了水，像熬骨头汤那样熬，熬出来的汁黄绿黄绿的，黏黏稠稠的。我手里总是拿着一只茶杯，盛满苦涩的浓茶，我要想问题，我不能睡。我想不明白这事情怎么会变成这样。我的事业一下子全毁了，毁在一个女人的手上。我相信杨吉不会有这样的胆识，这些主意全来自王双双，那个嘴角边有一粒痣的女人。从她拿那个假砚台来骗我的时候我就该长点心眼了。

有一天，我跑到火车站，站在售票亭，跟着长长的人流排队，那时候我脑子里只有一个念头，把这对狗男女找到，绳之以法，我还可以领到公安局奖金，在一定程度上弥补我的损失。等我排到窗口我却不知道要往哪里去，售票员说，要哪的票？我说随便。售票员扔出一张往新疆去的软卧票。这个售票员把我当傻子占我的便宜，给我选了一条和我们这距离最远的路线。我说，我不去新疆，我要到你老家去，操你奶奶。售票员愤怒的脸一下凑到小拱玻璃窗边，说你怎么骂人，你是不是有病？她出不来，我也进不去。我得意地又骂了一句，操到你老家去。

更多的时候，我像一条被圈养的猪，躺在床上昏昏沉沉地睡。那天我迷迷糊糊爬起来上卫生间，墙上挂的镜子里照出一个人，那个人把我吓了一跳。为了证实那个人是我，我向前走了一步，那人也向前走了一步。镜子里的人迟迟疑疑摸了摸像猪头一样浮肿的脸，嘴里挤出一句话，操你妈的王双双。

咚咚，房门被人敲打着。卢兰有钥匙，除了卢兰谁我也不想见。门外的人不依不饶地敲打着门板。我怒气冲天从卫生间冲出去把门拉开，张聚德和两只箱子站在我的面前。

张聚德说，钉子，帮我把这两口箱子扛进去。张聚德弯腰扛起其中一只箱子说，这些东西都是你小时候用的玩的东西，放在你这里，留给我孙子。

我抱起另外一只箱子说，孙子，你的孙子在哪？

张聚德说，你结了婚不就马上有孩子了吗？

我说，陀螺呢，我那只陀螺王在吗？

张聚德说，当然给你收在里面了，那是传家宝啊。

两口箱子收进了壁柜。张聚德拍拍手上的灰尘说，我前几天登记结婚了，没通知你是因为你后妈说一大把年纪的人了办事要低调。

张聚德终于还是结婚了，我母亲花红果然料事如神，她的预言在十年之后兑现了。我说，改天我和卢兰去看看你们。

张聚德说，不用，我明天就和你后妈回她老家去，她退休了算是告老还乡。张聚德从兜里掏出一个本子说，我把那套老房子过到你的名下了，而且已经替你找好了租户，是个长期租户，给钱也大方。你即使没有工作,这钱也够日常开销了。

我把房产证接过来,觉得这事不太可能,张聚德就两手空空地走了?我又把房产证递给张聚德,我不能要,上次我欠你那一千多块钱还没给你呢。

张聚德说,你不要难道让我带走?我可是记得你妈的话,肥水不流外人田。

我悲从中来,突然像一个小孩子,捂着嘴哭得很凄凉。在我妈死后我就没有这样哭过。我说,爸,你不是因为我才给人家当上门女婿的吧?

张聚德说,这么老的上门女婿人家愿意要我们也不吃亏,对吧,儿子。

十一

张聚德的房子变成了我的房子后,我带卢兰去看了一回。

租户是外地来做生意的,看样子是要长住,重新刷了墙,铺了木地板。见我和卢兰在院外边转,租户招呼说,进来坐坐吧。我进去没坐,手里拿着他们泡的茶,里外看了一遍。租户跟在我后面,笑着说,这个月的房租我已经打进你的账户,收到了吗?我点点头。他们以为我是来催租的,我实实在在是为了看房而来。

这套房有 20 多年的历史了,是张聚德转干的第六年分到手的。张聚德跟我妈是在厂里堆放原料的油毡棚里结的婚。他们的新婚之夜弥漫着油毡的胶臭味,花红捂着鼻子不愿和张聚德亲热,张聚德当下跟花红发誓,没有房子我张聚德决不要孩子。

我是独生子,是搬进新房的第二年出生的。当时国家还没有实行计划生育政策,张聚德也想多要几个孩子,可花红生不出来。我一抱着张聚德的腿让他陪我玩陀螺,张聚德口里就埋怨,你妈怎么不多生几个陪你玩?

花红恨听这话,顶了回去,我们住油毡棚的时候,干劲多大?!那时要生我一年能生一个。就是你死要面子,说等有了房子再生。新房子我是住上了,你不行了,我也老了,还能生得出来吗?

张聚德和花红的吵闹声似乎隐藏在这房的砖墙里,我一进屋就挤出来让我听到。

看房回来的路上我问卢兰,看我住过 20 年的房子有什么感想?

卢兰说,我觉得你好幸福。

我说,真的?

卢兰说,为什么要骗你呢?

我说,那你向我求婚吧,让我这个幸福的人把一半幸福分给你。

卢兰哈哈大笑,笑得腰都闪了,她一手扶着腰,一手指着我的鼻尖还在笑。我静静地看着她,等她完成这次笑。卢兰的笑终于停了,她掏出一张面纸把眼角溢出的泪水擦掉说,你不向我求婚是不是怕我以后拿这个来说事,你占不了上风。

我说,兰子,时代不一样了,女人应该掌握主动权。

卢兰点点头,表情变得肃穆庄重,她拉起我的手说,张钉,你娶了我吧,我对你是认真的。

我说,现在就要给你答复吗?

卢兰说,不要让我等得太久。

我说,好吧,我现在就可以回答你,我——愿——意。

卢兰的求婚结束了。我们谁也没有笑,我们相互看着对方的眼睛,看来看去,鼻尖近了,身子近了,手握紧了。

我到财产公证处把我的所有动产与不动产进行公证,不动产主要是知了山庄那套别墅。公证处的办事员是个老男人,一边翻我的资料一边问,要结婚了吧?我说,没有,怎么,办公证还要问这个?老男人斜了我一眼说,随便问问。

这家伙分明是在讽刺我。我反击道,办一项公证,就两张纸片,你们收费400,逮到我们这些人你们真是不吃白不吃啊。

老男人也不生气说,我们不吃,你还求着我们吃呢。他把一张表格扔到我的面前说,填好了给我。

人活在世上有些气是不得不忍受的。手续办完后我把卢兰带到知了山庄,向她宣布,你将是这幢房子的主妇。卢兰站在房子的中央,忧郁地说,钉子,这房子要花很大一笔钱的。我说,反正是跟银行按揭,现在不住难道等我们老了才住吗?

卢兰还是高兴不起来,在房子里转了几圈又转到我的面前说,钉子,我们的车子先别买了。

我说,为什么?

卢兰说,我不想让你的压力太大。

我拍了拍卢兰的头说,压力是给男人扛的。你什么事情都不用管,张罗你的嫁妆吧。

十二

傍晚时分,布置新房的人一一离去,卢兰随她父母离开的时候,故意走到我旁边,在我手臂上捏了一把,低头晃了一句,明早见。

剩下我一个人站在门边,我把门关上,把自己关在屋内。明天是我人生的一个重大日子,我29岁,要娶26岁的卢兰为妻。

房子上上下下里里外外全布置好了。门上、床头、镜面、椅子……到处贴了红喜字,连床上都摆了红喜字,好像这床晚上不睡人了。

我心里躁躁的,总觉得有些事在等着,又想不起是什么。这时间离上床睡觉太早了,我从桌上拿了一盒给客人预备的香烟,点燃一支,走到窗边,打开窗,让烟味透出去。窗外的树叶哗哗地摇动,一股热浪涌进来,原来是要下雨了。我认为这就是我心躁的原因,干脆拿起整盒烟掩上门到楼下去吸。

楼下有一块小草坪,除了种草还种花,花是那种会发出浓烈香气的千里香。我不喜欢这种香味,它和烟草一起混入我的肺部,让我有一种酒后的恶心感。雨零零星星滴了两滴做预告,一滴在我的额头,一滴在我的手背。我把手上的烟掐灭,伸伸腰,吞吐几口新鲜空气,又往楼上走。

房门一推就开了,我一边往里走一边将外套脱下。外套脱了一半，两只衣袖还没有完全从两只手臂上滑下来，卡在手肘附近，它们突然不再往下滑了。有一只手从后面把我的外套翻上来反套到我的头上，我的手立时像被反绑住了，眼睛什么也看不见。

虽然我知道身后这只手不是卢兰的，但我还是忍不住颤颤地唤了一声，卢兰？一件沉重的东西敲打在我的头上，做了回答。

我很快醒过来了，醒来的时候那人还在绑我的脚，他用的是插排的花线，那插排不时拖拉在地上，啪啪地响。我吞了一口唾沫，发现嘴里没有塞上东西，他根本不怕我叫唤。这里一幢别墅离另一幢有几十米远，叫了别人也听不见。我现在知道为什么有些大款宁愿在市区买几套连在一起的房子将它们打通也不愿买别墅了，大隐隐于市。我竟然被人绑架了，这么一想我一口气差点上不来，快晕过去了。为了不让牙齿打战，我使劲咬住它们。我的头可能动了动，那人马上发现我醒了，呵斥了一句，别动，动就捅死你。这人的声音不是我熟悉的，但他显然故意变了嗓音，音质夸张地粗硬。

我从牙缝里挤出话，你要干什么？我明天结婚，什么东西都齐，你要什么就要什么吧。

那人加快了手上捆绑的速度，最后一下使了狠劲，花线勒进我的肉里。我哟地叫起来。那人踢了我一脚说，钱放在什么地方？

我说，在鞋柜的最下排的第三个鞋盒里。

过了一会那人回来了说，怎么只有三万多？

我说我就这些现金，还是明天用来打点岳母娘的。现在谁也不会在家里放很多现金的。

那人说，拿不出钱你就得死，张钉，我知道你有钱。

对方一下子将我的名字说了出来，他说得太顺畅了，以至于他本人也没发现。这暴露了他的身份，杨吉，这人是杨吉。他每次叫我的名字，吐出钉字时总流出一种把我钉在地上的感觉。他不是和王双双卷款逃跑了吗？怎么又回来了？他们害得我还不够吗？我的恨意将胆怯暂时击退。我说，杨吉，是你。

杨吉那边沉默了半分钟，他把蒙在我头上的衣服一把扯开说，你还真是个聪明人，竟然能猜到是我，难怪王双双骗不到你。

杨吉的脸白了，胖了，腮帮上胡子拉碴。我说，你不是跟王双双逃了吗？怎么又找上我？

杨吉呸了一口说，那个妖精已经逃到泰国，把所有的钱都卷跑了。

我说，那你可以去自首，提供线索，公安把王双双抓起来，我们的恨都解了。

杨吉说，自首？这么大一笔钱我要自首还不得把牢底坐穿了？出来我已经成了废物，还不如搏一把。

我说，杨吉，冰箱的冷冻层有一个塑料盒，里面有一张存单，卧室窗帘的最上头也缝了一张存单，我就这么些钱，你都拿去吧。

杨吉一脚踢到我的下巴上说，你以为我是傻子吗？存单的钱我能取得出来吗？别以为你比我聪明，别以为我们以前是同事我就可以放过你，现在你在我的手里，我要现金。他妈的，我也要去泰国，人家要六万块过路费。

我被杨吉踢得差点痛晕过去，以前我说杨吉的坏话全遭报应了。我跟王双双说他打老婆,现在看来他真有暴力倾向。我说,我家里确实没有现金了,一分也没有了。

杨吉沉默了一阵,转来转去,嘴里唠叨着,还差三万,还差三万。

电话铃突然响了,我憋住气,杨吉也一动不动。六声过后,铃声终于停了。我兜里的手机接着又响了起来。我说,这电话可能是我女朋友的。

杨吉想了想把手机从我兜里翻出来,递到我的嘴边说,你叫她过来,带三万钱过来。杨吉把一件冰凉的东西搁到我的颈边轻轻拉了一下,那感觉就像手指被稻草的叶子拉了一下,有一点轻微的辣痛,然后我感到颈窝处湿了。杨吉说,别玩花样,我不管你用什么方法,就要让她把三万块钱送过来,送不来,你就去死。

我对着手机喂了一声。

卢兰的声音压得低低地说,还没睡吗?

我说,睡不着。

卢兰说,你平时那么能睡,今天怎么睡不着了?

我说,你不在我睡不着。

卢兰,再忍一晚上吧。

我说,不,你马上过来,快过来。顺便拿三万块钱过来。

卢兰有些吃惊说,要钱干什么?

我说,我忘了给你爸妈准备彩头了,为了让他们高兴,你最好拿点钱过来。

卢兰说,我爸妈都在外屋睡着,再说了明天一大早花车就过来接人了,我怎么能过去?

杨吉不耐烦了,手中的刀子又搁到我的脖子上。我也不耐烦了,恨恨地说,卢兰,对我好就表现在今晚上,快点带三万块钱过来。

卢兰沉默了,我心里喊起来,千万别挂断电话,谢天谢地,她没有。她说,我一会就过去。

等待卢兰的时间很漫长,这段时间我把我的 29 年回忆了一遍,我试图说服自己,我的人生不是碌碌无为的,我的 29 年胜过别人的 80 年,即使发生意外我也是今生无憾了。我没办法说服自己,我不想死。

卢兰的钥匙串在门锁里转,我听到了,眼泪溢出我的眼眶,我第一次承认我是一个自私无耻的男人,我把自己的女人骗来了。杨吉也听到响声,他迎她去了。我听到砰的一声和一声短促的惊叫。事情出了偏差,因为外面下着雨,卢兰打着伞,她进门的时候是伞先进来的,杨吉手中的棍子只打中卢兰的手臂。卢兰本能地往门外跑,嘴里喊,张钉,张钉。杨吉眼见卢兰就要逃出门去,低低吼了一句,如果你走我就杀了张钉。这句话把卢兰钉在原地。

杨吉看这话起了作用继续说,明天你不愿做一个寡妇吧。

我叫起来,兰子,兰子,我在这里,你不要走。

卢兰说,你到底是谁,要干什么?

杨吉说,我不想对你们怎么样,你只要把手上的三万块钱给我,我马上就走。

卢兰说,你先把张钉放了,钱我马上就给。卢兰说着又往门边退了退。

　　杨吉骂了一句他妈的，把我从地板上提起来。他手中的刀就架在我的脖子上。我想卢兰应该看得见这刀的光芒。

　　那一瞬间发生的事是谁也无法预料的，卢兰一看到杨吉将刀架在我脖子上就发了疯地冲过来，她的头撞向杨吉的胸口，她把全身的力气都用上了，杨吉被撞跌在地。卢兰拉起我的手往外跑，可我脚上还绑着绳索，我扑通一声绊跌在地。杨吉爬起来，样子很怕人，他的手中握着刀子追过来。卢兰拼命把我拽起来，我刚站稳杨吉已经近在咫尺。卢兰迅速和我调了一个位置，将我挡在她身后。杨吉手中握的刀子一下插进卢兰的身体，一点声音也没有。杨吉僵住了，他没想到他的刀子这么快，这么准确地插到人的身体里去了。

　　杨吉一步一步地挪到门边，他摊开手说，张钉，我不是故意的，我没有想要杀她。他凄惨地叫了一声捂着脸冲出门去。

　　卢兰为我挨了刀子，她真的可以为我挨刀子。她倒在地上，很重的一声。我的脚刚迈开，也绊倒了。我躺在她身边，看到刀子插在她左肋下边，露出一截金色的刀柄。我抱起她的头说，痛吗？

　　卢兰干咳了几声说，你觉得我傻吗？你说过这是傻女人干的事。

　　我说，傻，你比谁都傻。

　　卢兰的上衣被洇出来的暗红色的血浸透了。我的眼睛开始迷离，眼皮子往下合，我说，兰子，别怕，我送你上医院。

　　我要解开脚上的绳索，可腿硬了，手硬了，解了很久绳子才离开我的脚。卢兰的脸色越来越灰暗,我想她要死了。我的呼吸越来越弱,我知道我马上要睡着了。我说,兰子,我好困,我抱不动你了。

卢兰说,钉子,不要睡,为了我,你不能睡。

我吃力地点点头,把卢兰抱到我的腿上,慢慢起身,我又摔倒了。卢兰的血好像快要流干了。我说,兰子,对不起,我走不动,我想睡觉,我没办法把你送到医院,路太远了,太难了。

卢兰突然抬起身子,嘴一口咬着我的手,咬得很重。她从牙缝里挤出话来,张钉你不能睡,我不能死,我明天是你的新娘。

卢兰的嘴紧紧吸在我的手上,像一只水蛭。我身体里的静止找到了突破的口子,它们四处流窜。我的手开始暖起来,脚板开始热起来,肌肉开始松软。我站起来,我的腿很轻,步子迈得很大。我抱着我心爱的女人冲向夜色。

不能掉头

一

胡金水骨碌碌从床上滚到地上，硕壮的身子赫然睁着九只刀眼，使他看上去活像一条泄漏的油管。血雾很有力气地喷射到发黄的蚊帐、干爽的草席、暗黑的瓦顶，还有黄羊苍白的脸上。黄羊手里握着一把匕首，锋刃上新鲜的血珠一滴滴往下坠，黄羊听得到黏稠血珠落地的声音，就像那下了一夜的雨，在黎明时分将最后几滴眼泪打在青瓦上。

胡金水的血快流干了，身体渐渐瘪下去。还有一道工序，黄羊将握刀的手重新举起来，有一点艰难，手像从面团里拉出来，拉出来落下去，胡金水下身的那玩意一下到了手中。黄羊掂量掂量，没几两重，他抛起来，握刀的手在空中挽了几个刀花，那物遇刃化整为零,落英缤纷。

原来让一个鲜活的人变成一具沉默的尸首太容易。笑声从黄羊的嘴里钻出来,叽叽咕咕,嘎嘎嚓嚓,这么难听的笑和山上的老鸹叫的一模一样。黄羊被自己的笑声吓了一跳,可他控制不住,那笑声像是躲在他身体里的另外一个人发出来的。笑声让夜变得更为凄凉,黄羊迈步出门,投身于微凉的夜幕。屋外是白色雾水的世界,它们腐蚀他的身体还钻入他的鼻孔,它们像是安眠药,黄羊的眼皮突然重得睁不开,他跄跄跄跄,东西不分,终于,腿一软倒在地上。

这样的睡眠是长不了的,黄羊醒来的时候周围还是一团黑暗,他直起身,呆呆坐了三分钟,前尘往事在三分钟的隧道里重现,一切鲜活,比花开还灿烂。黄羊把手放到鼻子底下,一股血腥味在指间如蚯蚓般焦躁地游窜。他的身体开始抖动,抖得脚下的尘土瑟瑟飞扬。他站起来在蛐蛐欢叫的夜色中飞奔,他要寻找一条河,只有一河的水才能洗掉可怕的血腥,安抚狂乱的灵魂。

不知道跑了多远的路,眼前有一条隐于草林间的河,哗哗从西向东流。黄羊不探深浅,双脚并拢跃进水里,冰凉的河水迅速没过他头顶,他张口衔住一两根飘过嘴边的水草,腥腥的,滑滑的。鱼儿舔掉脚丫上的脏泥,流水冲掉毛孔里的血腥,黄羊缓缓浮出水面,浅黄的月光抚摸他精瘦的身体,他的皮肤如初生婴儿般纯洁细腻。清风拂面,夜很安静,也睡着了。恍惚间,黄羊觉得什么也没发生,自己什么也没干。

但是,不可能,刀子已经刺进去,血已经流出来,一切都如这河水向前不回头。黄羊想,他只有逃,头也不回地逃。

借着黎明淡金色的晨曦,黄羊看见河岸上有一条和河流一样弯曲的公路。

二

大哥,你的车到哪?

花坪。

捎我一程吧。

……

师傅,你的车到哪?

紫竹林。

带上我吧。

……

大叔,你的车到哪?

巴河镇。

巴河镇在什么地方?

远着呢,离这里有三百多公里。

越远越好,师傅,我坐车斗,带我一程好吗?

开车的想路途遥远,有个伴也好,点点头让黄羊上了车。黄羊手脚并用爬上货车后面的空车斗坐下,头靠在双膝上,手抱头便睡。他已经马不停蹄地走了一个月,换了十几趟车,包括货车、班车、拖拉机，甚至还有牛车。车轮滚动，黄土飞扬，坡月镇离黄羊越来越远。他现在感觉坡月镇是一个很虚幻的地方，就像只搭了一个空落落的架子的楼房。坡月镇有一条四季充盈的河流横贯整个城镇，即使它街道两边都是葱绿的芒果树，一到夏天橙黄的果子挂满枝头，香飘百里；即使它的秀色让每一位异乡人赞不绝口，坡月镇还是虚幻的，像沐浴在雨雾中，让黄羊的记忆无法接近。

醒着的时候，黄羊想得最多的是母亲刘兰香。在想象中刘兰香只有一个动作，佝背坐在阴暗的屋子里抹眼泪。他想母亲怎么能不哭呢？家里的屋梁快被虫蚀空了，没钱换新的，干了一辈子的水泥厂关门大吉，现在她的儿子又成了杀人犯。除了抹眼泪，刘兰香不会有多余的动作。

黄羊偶尔也会想起胡金水。胡金水还是那般生龙活虎的模样，一张油红的脸，一颗颗饱满的青春痘，粗着嗓子，挥动手臂，嘴皮翻飞，似乎还在教训人。这样的人早该死了，黄羊一点不后悔杀了胡金水，甚至一想起收拾胡金水的情形就莫名兴奋，他觉得这一举动是他的成人礼，是他在这世上活了 20 年做的最有意义的一件事。

胡金水和黄羊同岁，这在外表上根本看不出来。胡金水比黄羊高一个半头，刚进入青春期下巴的胡子就跟地里的野草一样密密匝匝。每逢有赤身裸体的机会胡金水从不放过，例如打篮球，胡金水一上场就把上身的衣服扒光，露出一身横长的黑肉。为了吸引更多的目光，他经常错位抢球，最拙劣的是无谓地与对手争球，让比赛缓下来看他和对手从裁判员的手里重新争球。在比赛场上，胡金水能感觉到周围异性烟熏火燎的目光，火力集中于他裸露发达的胸肌和结实的腹肌，当然，一叶知秋，女人们想到的会比看到的要多。没什么比这更让胡金水得意的了，赢不赢球他才不管呢。

胡金水得意的地方正是黄羊自卑的地方。镇上人都说黄羊长得像他妈。按民间说法，男孩长得像母亲有出息。可黄羊的女性特征过于明显，皮肤白白嫩嫩，嘴唇红绯绯，肩膀瘦瘦削削。最要命的是，黄羊到该长胡子的年龄，一根胡子也没长出来，也没有要长的迹象。看着伙伴们嘴边一茬茬往外冒青芽，黄羊急了，听人说用刮胡刀在皮肤上经常刮拭，就能长出胡子，他从刘兰香藏钱的筐箩里偷了十元钱，上街买了一把刮胡刀和一盒刀片。直到把刀片全用钝、用断，把脸刮得脱皮发炎，黄羊脸上的胡子还是没长出来。

胡金水断言黄羊不仅上面没长胡子，下面也没毛。胡金水说黄羊下面没毛的时候，一脸坏笑，是对着全班同学说的。有的人说没见过，不能随便冤枉人。胡金水的斗志被鼓舞起来，冲黄羊招招手，黄羊紧张地往后退了两步，胡金水的眼睛鼓起，嘴里发出嗯的一声。黄羊像是被这威严的嗯的一声牵着，低头一步一挪地走到胡金水跟前。胡金水干净利索一把扯下黄羊的裤子。从来没穿过内裤的黄羊下身空荡荡展露出来，那只孤零零的鸡仔抖索索的，果然一根毛也没有。班上同学哗地笑成一片前后起伏的潮水。胡金水拍拍黄羊的肩膀，好像很赞赏他配合自己完成了一项出色的任务。黄羊，没什么大不了的，只要长着那玩意就行，没有掩护队，我

113

们照样打炮,胡金水说。

黄羊不是第一次被胡金水拉下裤子,他知道这也不是最后一次,胡金水已经把扯他的裤头当作一件乐事。什么时候才到头呢?黄羊想除非胡金水死了。

胡金水还向所有人宣布了一个秘密,黄羊一只卵蛋大,一只卵蛋小。黄羊的卵蛋确实一只大一只小。黄羊 14 岁那年得了睾丸炎,刘兰香带着黄羊到镇卫生所看病。镇卫生所就一个人上班,皮无双兼任所长和医生。皮无双是胡金水的妈。按照当时黄羊患病的情形,只要连续打一两个星期的青霉素就可以消炎。可刘兰香拿不出钱来。刘兰香坐在皮无双办公桌的对面哀求,你先让孩子打针消炎,钱过后我一定补上。皮无双本来和刘兰香是近日无仇的,可她听说自己家的男人镇长胡大国和刘兰香有点说不清楚。自己的男人是什么货色皮无双能不清楚吗?她在胡大国那里不敢闹,对刘兰香却是早恨出油来了。皮无双说,我这是国家单位,做的不是无本生意,不能赊账。黄羊这点大的人那见不得人的地方怎么会疼呢?没干什么见不得人的事吧?哎哟,真是造孽。

刘兰香平素就不太会讲话,给皮无双一顿夹枪带棒的讥讽弄得又羞又怒,她拉着黄羊的手出了卫生所。没有消炎针打,黄羊老握着下身叫疼,叫得刘兰香心烦。刘兰香说,我还是去死得了,死了就听不见你叫了,我也活够了。刘兰香整日说着要去死,说得上了瘾,半夜里一把掀开黄羊的被子说,儿啊,我们一起找你爸,好不好?刘兰香的眼睛闪闪发光,夜里就像两团鬼火。黄羊吓着了,身子往床里边缩,说,妈,我不想死,我不想死。刘兰香说,别怕,我琢磨着那地方也不错,不然你爸去了怎么也不见回来,想是被迷住,顾不上我们母子了。黄羊听着更怕了,扑通跳下床跪在刘兰香跟前说,妈,我不想死,我也不要你去死。刘兰香呆了,叹一口气,摸摸黄羊的头顶,悠悠地回自己床上去了。

黄羊躺在床上再也不敢睡,偷偷监视刘兰香,他怕母亲真的想不开找他爸去了。这时候黄羊特别想念父亲黄草。如果父亲还在,日子就不是这样了。那年,坡月镇的百鸟岩发生火灾,镇里的干部都赶去救火,黄草只是镇政府里一个打扫卫生的,也跟着去了。火势随风走,一阵突如其来的逆风把大火的方向改变了,黄草被围困在灌木和野草堆里活活烤焦。等大家把黄草从火堆灰烬里扒出来的时候,黄草已经成了一节炭了。刘兰香抱着这节炭哭了几天,才松手让亲戚拿去葬了。黄羊只有八岁,头顶缠了一圈白孝,只知道张着一张缺门牙的大嘴对天哭。

黄草不是正式职工,镇政府象征性地发了一点抚恤金。刘兰香觉得丈夫是为国家和集体的利益牺牲的,一次一次地找镇长解决问题。镇长胡大国平素对胡搅蛮缠的妇女很有一套,刘兰香在他眼里更是小菜一碟。看刘兰香还有几分姿色,胡大国就将刘兰香弄了。弄完后写了一张纸条,同意镇里每月支出 29 元抚恤金给家属,但是刘兰香必须每个月都要来讨他一个签字才能领钱。刘兰香拿着单子每月跑镇政府领钱,领到钱后,她会坐在自家后院的门槛上,对着日头,嘴里一遍遍磨着一句话,断子绝孙的胡大国。

三

　　黄羊跳下车,膝盖一软跪到地上。他卷起裤腿,发现两只腿肿胀透明,待他把两只粘湿的球鞋除去,脚板底积了厚厚一层白色死皮,这是长时间坐车脚不沾地的结果。他的脸也比原先肿胀了一圈,这又是没有好睡眠和好饮食的结果。黄羊坐在地上搓揉脚板,伸长脖子打量四周,这里没有山,这里的人讲话像鸟叫,走路特别快,这是什么地方呢? 黄羊想连我都不知道走到哪,公安更猜不到我在哪了。

　　有了这么一个想法,黄羊的脚步缓下来,他不那么急着赶路了。他买了一张地图,在地图上找出坡月镇大致的方位,然后圈了一个圈。这个小圈代表坡月镇,他不在乎走到哪,只要是远离这个圈就好。

　　黄羊靠打小工来维持和改善他的行走。他有时在火车站附近替人扛包,有时在客运站替人卸货。他喜欢在这两个地方干活,挣了钱可以马上走人。有雇主来的时候黄羊会奋力挤在同行的最前列,人不断往上蹦跳,嘴里把"雇我吧""雇我吧"喊得山响,雇主还是不太喜欢雇他,他们喜欢在人群中挑选那些个头高大、肌肉结实的。但是,从别人指缝中漏下来的活也够黄羊做了。黄羊干活的时候不省力气。在日头下干活,别人兴许还会头上戴顶帽,黄羊绝对不戴,更多时候他还把身上的衣服脱下来,半裸奋战。他希望日头把脸晒黑,把身上的白肉晒成黑肉。一开始很难,脱掉一层皮后黄羊的皮肤又会白得跟从前一样。但他坚决的不吝惜使得一身的白皮也泄了气，不愿再被折腾，日渐黑了下去。

平时，黄羊和在城市里打工的各色人混住在一起，他们的住所一般是城市周边非法搭盖的大棚，一个大棚住20多个人。夜里汗臭、脚味、鼾声把整个大棚弄得热乎乎、臭烘烘。睡在这样的地方，黄羊是连梦都没有的。但住在这种地方很安全，所有人只有一门心思——挣钱。从来没有人会问你从哪里来，叫什么名字。

一个叫忠伯的老头和黄羊搭档了几次，歇息时经常扔给黄羊一支粗劣的香烟。黄羊点燃香烟，吸两三口，口腔里立即抹上一层厚重的烟臭味，黄羊虽不解其味，但努力学习。忠伯喜欢跟黄羊讲人生哲理，他的主题有：不要跟女人掏心窝；不要羡慕城里人；不要以为自己很特别；等等。黄羊稍感兴趣的是"不要以为自己很特别"这类听起来有点现代意味的话题。忠伯说，年轻时我路过鱼塘，总有几条鱼会蹦跳起来，我就以为自己不是一般人，爬过山梁的时候往往又会有一阵凉爽爽的风吹过来，更认为我确实不是一个一般的人，以为老天爷另眼相看，我是一个做大事的人。转眼几十年过去才发现在我的生活里什么特殊的事都没有发生过，我彻头彻尾就是一个普通人。

黄羊相信忠伯说的话和忠伯的感受，不过他有点疑惑，问忠伯，如果一个人杀了人，他还有没有可能做个普通人？忠伯想也没想就说，不可能，一个杀过人的人怎么可能做回普通人？即使他的外表普通，他的心情已经和普通人不一样了……讲这些话时，忠伯像是个勘破世事的人，不过，一见有雇主过来，他立马把手里的烟扔掉，以不比年轻人慢的速度冲上去。黄羊舍不得扔掉手上的烟，再吸一两口,忠伯已经被人雇走了。黄羊便想他不但会爱上这种粗劣的烟,可能还要变成忠伯这样的人。

隔一阵子黄羊会奢侈地住一次旅社,因为旅社可以洗热水澡、洗衣服,还可以美美睡上一觉。这种时候那个梦就如约来了——寒光闪闪的匕首,一刀、两刀、三刀……一共九刀,刀子如一只翻飞的蝴蝶。胡金水骨碌碌从床上滚到地上,硕壮的身子赫然睁着九只刀眼……

一开始做这样的梦黄羊总是被惊醒,额上一层汗珠,他不明白为什么发生过的事情会一点不变地在梦中上演。他把压在枕下的匕首取出来,认真打量这把刀,刀身如雪,靠刀柄的地方有一道小沟槽,里面藏了黑乎乎的脏东西。黄羊想这脏东西一定是胡金水的血和魂,刀上附了胡金水的魂,夜里那魂就溜出来钻进他的脑子。黄羊想得脊背发凉,他跑到一座桥上要把刀子扔了。桥很高,只要他一松手,刀子就会掉进深不见底的水底。黄羊盯着浑黄的水面,把捏住刀柄的指头一一松开,全松开的一瞬间黄羊后悔了,另一只手伸出去在半空中将刀子截住,刀子被抓在手里,不过抓到的是刀刃,锋利的刀刃把黄羊的皮肤划破,血很快溢满整只手掌。黄羊说胡金水,你果然藏在里面,还咬了我一口,我不会把你扔了的,我一个人东奔西跑,扔了谁陪我呢? 从那时起,黄羊对从刀里出来的梦就没有了害怕。

同样的梦做得太多,黄羊便不把它们当梦了,他把做梦当作看电影。每一次重播,黄羊都能发现以前没有发现的细节,比如有一次他听到胡金水叫了一声他的名字,还有一次他发现胡金水的脚在最后一刀落下去的时候抽了一抽,大脚拇指蹬动把草席戳出一个洞。

　　黄羊在一个可以称作铁路枢纽的城市待了一段时间。这儿南来北往的车子很多,黄羊挣钱容易,便不急着离开。有一天,火车站公告栏跟前突然聚集了一大堆人,更多好热闹的人继续从四面八方包抄过来。和黄羊搭档的搬运工顾不上雇主的怒斥,撂下担子跑到公告栏前。黄羊扛不住好奇,也跟了过去。刚挤进人群,黄羊就听到有人说了一句,这小伙子斯斯文文的,怎么看也不像一个杀人犯。又有人照着上面的内容念,报告公安局通缉犯的线索,奖金10万。人群发出一阵嘴唇打架的哑哑声,更有奋勇向前的趋势,好像谁揭了榜就能拿到那10万元。如果这个杀人犯在我们这一带出现就好了,我一定能认出他来,站在黄羊前边的一个搬运工说。

　　虽然没看到公告的内容,黄羊已经感到大事不妙,他的心抽了一下,腿肚子也跟着抽了,脚一软,往前涌的人流立即把他挤出来。所有的人都往里挤,只有黄羊朝着相反的方向退。广场上掠过一阵风,或许没有风,不过刚从热闹人群里出来的黄羊感觉到了那阵风,黄羊想终于来了,跑了大半年,一张索命的纸还是像长了腿一样追来了。

　　黄羊认为他是以一种不引人注意的速度在缓慢行走,其实他的步子越迈越大,手甩得很开,根本是在飞奔。他从地下隧道进入货运的轨道,这些日子他已经把这一带摸熟了。老天爷照顾,铁轨上正停着一辆要出发的货运车,黄羊攀住扶手跃到车上。火车没多久开动了,黄羊从一堆麻袋里站起来,眼睛匆忙收藏窗外的景色,试图在最后时刻最大限度地留住有关这个城市的记忆,毕竟,他在这里生活了一段日子,蜻蜓点水般来去匆匆的生活让他特别珍惜那种叫作熟悉的感觉。

货运车走了两天半。除了半夜偷偷在一些停靠的小站弄点水喝,黄羊几乎没吃过东西。当车子到达目的地的时候,他已经很虚弱,没有那些麻袋支撑他的身体,他可能早倒下了。肚子是空的,听力还不错,老远的,黄羊就听到有一群人朝着火车的方向走来,从来人掷地有声的脚步来判断,这些人都是他的同行,是来卸货的。黄羊逮着机会,混入他们的队伍出了站。

这是个小站,来往的人不多,甚至没有一个像样的公告栏,但是,黄羊还是看到一张十六开的纸张招摇地贴在靠通道的大柱子上,大大咧咧地跟他打招呼,黄羊认定是那张长了腿的通缉令,他想这一次是在劫难逃了,没准前一站已经有人认出他,警察在这设有埋伏。难道还要跳上另一辆货运车?让人心悸的饥饿和虚弱使黄羊打消了这个念头,他想吃饱了该怎么样就怎么样吧,要上断头台也是没有办法的事。

黄羊站在离通缉令不远的一个摊点买了三个大馒头和两只茶叶蛋。黄羊打量卖东西的人的脸,那人根本不看他,那人的目光放在远处,搜索着潜在的客源。黄羊想如果在这里能够找到一个善良的人,和他商量,让他去告发自己领奖金,然后他们两人把赏金对半分,那该有多好啊!他那份就给刘兰香养老送终。到哪里去找这样一个人？黄羊暗暗地呐喊。

　　三个大馒头和两只茶叶蛋支离破碎滑进黄羊的食道。在黄羊把自己喂饱的过程中他发现没有一个路过的人把目光多投给他一下，难道这些人都瞧不上 10 万元吗？那张通缉令孤单地待在那里，就像孤孤单单的他。黄羊胸中涌起一股豪气，他决定走过去看一看，看一看那上面用的是他哪张照片。他照相的次数太少了，记忆中只有两次。一次是七岁那年全家到县里的照相馆照了一家全家福，第二年父亲就死了，这张照片一直挂在自家堂屋的正中央。另外想得起的就是高三的毕业照，当时，胡金水从镇上文化馆借了一台相机，装模作样地调焦距，把全班人摆弄来摆弄去，最后，他拨动快门，飞快地跑到黄羊身边，把手搭在黄羊的肩膀上。咔嗒一声，黄羊和胡金水像难兄难弟一样搂着肩的形象定格了。现在想起来，这张照片很具有讽刺意味。但是，黄羊认为通缉令采用这张照片的可能性比较大，因为这是他唯一一张近照。

　　黄羊朝着公告走去，脚下情不自禁数着步子，一二三四五六七八，走了八步，通缉令上的每一个字他都看得清清楚楚了。照片上的人不是他，那是一个学生模样的人，长得斯文漂亮，确实一点也不像通缉犯。

　　黄羊摸摸腰间的钱包，还有一定的厚度。他晚上住旅舍，要了一个单人间。夜里洗澡的时候，黄羊香皂打到大腿时定住了，本来光光溜溜的地段摸上去不顺畅，手掌溜到一片缥缥缈缈的东西。黄羊用水将腿上白色的泡沫冲掉，昏黄的灯光下，他看到从脚踝开始，一直延伸到大腿根，一片初生的黑毛就像春天的嫩草，随意铺散开。他的腿不再是两条白生生的瘦腿,在奔亡的路上,它们已经硕壮起来,成为草原生长的肥沃土地。哦,草原,美丽的草原,应该歌唱的草原! 黄羊将手上的肥皂泡一股脑儿地抹到眼睛上,眼睛疼啊,生疼生疼的! 他拉长脖子喊着,妈啊——妈啊——妈啊——泪水从眼眶冲刷而出。

黄羊第二天醒来的时候有了新的决定,他要到车站选择一趟班车,无论把他送到哪,他就在那里想方设法待下去,好好生活。

四

黄羊买了一张夜班车票,按那个售票员的说法,一觉醒来,三江口就到了。黄羊曾经听人说起过这个叫三江口的地方,那里是三条江的汇合处,又是出海口,渔民靠养鱼养虾赚钱,日子过得很富足。

黄羊最早上了车,他的座位是最后一排靠里的上铺,这是他特意选的最不招人注意的座位。黄羊一上车就头朝里,眼睛闭上,他已经很善于利用坐车的时间休养生息。黄羊右手边位置的主人一直到车快开的时候才到。那人一躺到黄羊身边,一股肉体的热量立即进攻黄羊的后背。这具肉身的主人,同时将油炸豆腐、烤牛肉、酸萝卜的味道,还有津津有味的吧嗒声和吮吸声传递给黄羊。黄羊晚饭只吃了一碗面,身后的热辣油香让他心慌,他的身子忍不住动了动。这微小的动作立即让身后的人发觉了,有脆脆的女声说,你没睡着,要不要吃点东西? 黄羊尚在思忖这话是不是向他发问,一只手已经在他背上捅了捅。黄羊慌忙回转身子坐起来。一个两只手上全拿着吃的的姑娘笑眯眯看着黄羊,手上的东西往黄羊的嘴边递。黄羊摇头摆手说,谢谢,我不要。姑娘趁黄羊张口,把一串肉塞进他的嘴里说,你不吃,我一个人不好意思吃。肉到了口中,香酥的味道被口水泡开,黄羊的牙齿情不自禁地嚼动起来。姑娘调皮地笑,吃得更起劲。一串炸豆腐,她只要咬住竹条的底端,头一偏,一整串东西就捋到嘴里去了。那些东西饱饱满满地塞住她的嘴,管不住的油水顺着唇角流下来,她尖尖的舌头偶尔跑出来溜上一圈,便将那些油水又捞进嘴里去了。

姑娘自我介绍说,我叫何甜。和一个姑娘躺在一起,肩并肩,大腿碰大腿,这种感觉很奇妙,黄羊的身体松懈了,神经松懈了,他告诉姑娘,我叫黄羊。

黄羊喜欢看这姑娘吃东西,她吃得像明媚。热爱吃小食的明媚在干什么?胡金水死了,她一定很伤心,一个女人和一个男人有了那种事,再无情也不会无动于衷。胡金水有什么好?明媚为什么会中意他?如果不是这样,胡金水也许可以多活几年。

高三那阵,同学们都忙着复习。黄羊一早就知道明媚考不上。明媚的脑子不是用来读书的,明媚的脑子绝顶聪明,却用在了打扮、吃小食上。她会用丝线织好看的发带和围巾,发带系在她乌黑的头发上,人本来长得就好看,那些飘扬的发带更把别人的心撩得痒痒的。明媚还特别喜欢吃。她三天两头潜到人家地里偷南瓜,瓜子炒了吃,瓜瓣去皮切薄片晒干制成果脯,吃起来又甜又粉。明媚还能在叫不出名的野生植物里找出能吃的。

有一种灌木,枝叶上全是又长又黄的毛,看起来挺吓人,明媚偏让黄羊去割了一大捆。她用小刀将这些带黄毛的树皮一一剥掉,再把绿绿嫩嫩的茎秆扔到沸水里煮,煮好了放过夜。第二天,锅里的东西变成绿色透明的羹。明媚给黄羊盛了一碗,这羹清甜里带点酸,味道好得不得了。黄羊吃的时候很担心,明媚,这东西你吃过吗?明媚说,没有。黄羊说,那你怎么知道能吃呢?明媚说,我认为它能吃就能吃,你怕中毒就不要吃了。我一个人吃死了就死了。黄羊一听抢先把一碗吃下去,告诉明媚,你先别吃,过半个钟头看我没事你再吃。明媚笑了,说你就这么怕我死啊?

明媚家和黄羊家是邻居,两家中间只隔了一堵矮墙,没事两人就隔着墙说话,明媚经常打发黄羊去帮她偷吃的,等她加工好了,她用一个小口袋装上一些从墙那边扔过来。黄羊想等他日后和明媚结了婚,他要做的第一件事就是把这墙拆了。

估计明媚过不了高考关,黄羊也懒了,虽然他心痛刘兰香付的学费,但还是管不住自己懒下去,最后他如愿以偿没有考上。听到黄羊没考上明媚妈还挺高兴,说没考上明年陪我们家明媚再复读一年。

刘兰香对黄羊说,没福气读书就不读了,找份工作吧。刘兰香托了亲戚朋友打听,一个在县里的远房表亲递了个信,县上新建好的第二招待所食堂招工。刘兰香想在食堂干也不错,起码不愁吃了。她开始替黄羊打点行装。黄羊偷偷溜到矮墙根下喊明媚,那头明媚正在吃生黄瓜,这阵子实在是找不到什么能吃的新鲜玩意,明媚的嘴无味得很。黄羊说,明媚,县上成立二招,食堂招人你去不去? 明媚听说是食堂,口里咯咯响的嚼动声停下来。当天夜里明媚家里的动静闹得挺大,明媚要进城,她妈却希望她认真复读,再考一次。明媚妈拗不过明媚就来数落刘兰香说,我怎么也是个民办老师,明媚再不济也应该读个中专吧? 她怎么能和你们家黄羊一样去做个伙夫呢? 刘兰香回到房里就敲黄羊的头怪他多事,头上的板栗吃得货真价实,黄羊一点也不觉得疼,反正他很快就会和明媚在一起了。

出发那天是三个人一起上路的,多出来的人是胡金水,明媚将这个消息告诉了胡金水。胡金水也没考上,但他爸胡大国马上把他安插在镇政府,专管查水表电表的。胡金水嫌这事做得没趣,明媚一招呼,他立马打点行装开溜。

早上,黄羊在自家的院里喊,明媚,收拾好了吗? 胡金水的声音从明媚家那边传过来,黄羊,路上吃的我带足了三个人的,你就带两条腿上路吧。兴冲冲的黄羊当下像被人抽了一记耳光,面红气喘地呆站着。刘兰香把行李包撂到地上,用手指着黄羊的额头说,你看,你为什么人寻了方便? 刘兰香担心的是工作竞争的事,黄羊想的是另一回事。黄羊一言不发回到屋里,爬上阁楼,翻开盛放父亲黄草旧衣物的箱子。他从箱子里翻出一把匕首,别在腰上。这把刀是父亲黄草的一个朋友从新疆带过来的,特别快,每次父亲跟别人上山打猎都会带上这把刀。黄羊对这把匕首一直很是崇敬。带上这把刀某个念头就长在他心里了。

食堂招几个工种,有洗菜的、洗碗的、烧锅炉的。胡金水在面试中一连打碎几个碗就被安排烧锅炉了。黄羊被掌勺师傅看中,要他打下手。在所有被招的人员当中,给厨师打下手是最高级的活了,以后学好本事可以升做大厨。明媚运气最好,因为长得漂亮,调到招待所当服务员去了。

招待所把招进来的所有员工集中到一起学习内部纪律。每个人都穿着新发的白色制服,薄涤纶面料做成的,也没分大小码。胡金水因为身材高大,把制服撑得满满的,而制服在黄羊的身上就显得太浪费面料了,下衣摆差不多挨着膝头,裤腿因为挽了几圈明显短了,这一来黄羊的身子似乎离地面更近了。

组织学习的人还没有来,胡金水坐不住了,开始发布新闻:我前天到夜眼睛发廊洗头,那个洗发妹手软软的,把我的头发洗得又香又松,我付了她 12 元。昨晚快 12 点的时候,我看到县文工团的那个最著名的女演员王曼丽,偷偷摸摸进了二号楼……除了黄羊,好像其他人都喜欢听胡金水胡扯,明媚还问了胡金水一句,你去发廊就是为了洗头?胡金水说,当然是为了洗头,我对那些女人没什么想法,我还没发现有谁有你一半漂亮的。明媚眼睛一眨不眨地看着胡金水,好像非常欣赏他在人前的口才和表现。黄羊忍不住说了一句,你不是说洗发妹嫌你烧锅炉的头上灰大,另外加收钱才同意给你洗头吗?

胡金水的话头一下滞住了。他一开始有点不相信地看了黄羊一眼,然后,脸上浮起笑容,脚步慢慢移过去,走到黄羊的跟前说,我头上是灰大,人家洗发妹不愿给我洗头。黄羊,我什么都没你能,就一样比你强。胡金水说着一把扯下黄羊的裤子。黄羊的裤腰本来就太肥大,胡金水一扯,裤子顺当地滑到地上,圈成一团。胡金水爆发出撕破喉咙的笑声,众人的眼睛都落到一个点上。黄羊不看胡金水,不看别人,他只看着一个人的眼睛——明媚同情地看着他。什么叫目光能杀人,这就是。

黄羊给食堂掌勺的白师傅打下手,白师傅看黄羊勤快肯干,比较照看黄羊,平时剩些好菜就让黄羊带回去吃。黄羊特别喜欢得到猪肘子、卤鸡爪、炸花生这样的菜。他能包在油纸里留给明媚吃。明媚一拿到这些吃食特别高兴,当着黄羊的面就会捏住油腻腻的猪肘子啃起来。黄羊看明媚吃比他自己吃还要高兴。明媚说如果天天都有这么多好吃的东西就好了。黄羊说,以后我把师傅的手艺学会了就天天做给你吃。明媚说光有手艺有什么用? 要说手艺我不比你差。黄羊没能接上话,明媚说的是事实,这些猪肘子在家里他一年到头也没吃过几回。

胡金水因为烧锅炉,早上起得早,晚上睡得晚,别人都不愿意跟他一个房。他就跑去和黄羊住一个房。胡金水喜欢谈女人,因为县招待所经常有漂亮的女人出现。有一天胡金水不和黄羊谈别的女人,他和黄羊说到明媚。他说,黄羊,我怕是在县上干不长了,明媚太骚了,我担心把她肚子弄大了,她肚子一大我们就还得回坡月镇去。黄羊冷冷地哼了哼说,胡金水,你要吹牛找别的女人吹牛去,不要糟蹋明媚。胡金水也不生气,过来搂住黄羊的肩膀说,黄羊,我看出来你对明媚有意思,但这个女人又馋又骚,你是拢不住的。黄羊觉得胡金水说明媚的不是就像在谈论他老婆的不是,他跳下床,冲着胡金水挥动手臂,你再不闭嘴我就揍你。黄羊有生以来第一次讲这样的狠话。胡金水脾气特别的好,摆摆手说,你不信我也由得你,明晚轮到我烧夜灶,明媚肯定要来找我,你不信就来看吧。

第二天夜里黄羊怎么也睡不着,偷偷下了床摸到锅炉房。锅炉房的门紧闭着,黄羊的眼睛贴上去,除了红红的灶火和热气腾腾的锅炉,里面空无一人。黄羊松了一口气,转身走了,经过厨房的时候,一声很细微的笑声传进他的耳朵,黄羊的脚步停住了,厨房里有女人的笑声。为防老鼠,厨房原来的窗户全封死了,另外在灶台的上方开了一个透气的口子。黄羊慢慢地爬上去,爬得很高。在这个位置屋里的一切全在眼中。胡金水和明媚躺在地上,确切地说是躺在面板上,白师傅和面的板子有门板那么大,现在变成他们的床板了。两人赤身裸体,胡金水躺在下面,他的身上洒满了萝卜干和花生米,这些东西是从橱柜里偷出来的。明媚趴在胡金水的身上,像一条母狗,舔着这些食物,从上到下。

那晚雾水很大,黄羊回到自己屋里的时候,全身上下都湿透了。他躺到床上,感到自己冰凉的身子渐渐烧起来,烧得他的头痛,他爬起来喝了一碗水,又打开柜子把那把匕首摸出来。他想我一定要杀了胡金水,不杀他我就要烧死了。

胡金水半夜回屋很快发出了鼾声,这种疲惫不堪的鼾声深深地刺伤黄羊的心。黄羊把匕首藏在被窝里,刀子已经被他的身子捂烫了。黄羊叫了一声胡金水,胡金水没有答应。于是,他慢慢起身,摸到胡金水床边。胡金水睡得很安详,一点也不知道有一把刀子正在往他的身上招呼,刀子下去很快,插到第三刀的时候胡金水才喊痛,喊痛的时候已经晚了。黄羊继续完成要完成的数目,血如雾一样喷射……

谁在哭?哭声越来越大,把黄羊从梦中惊醒。车厢漆黑一片,黄羊用了半分钟来适应这种黑暗,终于辨出身边的座位空了,何甜不在座位上。哭声是从下铺传来。车上的情形很怪,尽管有人在声嘶力竭地叫喊,所有人却死一般睡着,车子在铺满昏黄月光的公路上毫无知觉地向前行驶。

哭的人在挣扎,每挣扎一次就被扇一巴掌。黄羊靠到外铺,头往下探看,心口吓得扑咚咚跳。一个矮胖男人双手压住何甜的腿脚,另一瘦干的影子扑在何甜身上,狂亲乱摸。矮胖男人发现了黄羊的脑袋,朝黄羊呸了一口说,不怕死的货,等下让你看个够。

黄羊缩回脑袋,仰面躺在铺位上,气喘得厉害。躺了一会,黄羊的气渐渐调均匀了,他突然想到一件事情——这世上还有什么事值得他害怕?杀人偿命,他活到今天已经是赚了。这个道理似乎很简单,但直到此时此刻黄羊好像才顿悟。黄羊蹬腿翻身下床,立在两个流氓面前说,你们赶快把人放了。黄羊对自己喉咙里发出的声音不是很满意,那声音略显单薄,不够威严和粗犷。矮胖子哼了一声说,就凭你,老子连你一块做。他话音未落,黄羊先发制人,把别在腰上的匕首掏出来顶到他喉咙上,手上用了劲往下一压,矮胖子疼得叫起来,不敢乱动。瘦子见矮胖子吃了亏,依依不舍地起身帮忙。黄羊没等他动手,上前抢先在他的大腿上扎了两刀,瘦子扑通跪到地上,嗷嗷地叫。黄羊仍然把刀架回矮胖子的脖子上说,只要你们身上长的不是肉,不怕扎,再来试试我这把刀。这句话黄羊说得比先前顺畅多了,气势也出来了。两个流氓被这气势压着没敢动。

何甜脱了困境,抹着泪,整理衣服。黄羊对司机喊,停车,开门。司机赶紧踩刹车,车停了。黄羊踢了一脚趴在地上的瘦子说,还下得了车吗?瘦子用手撑地要站起来。黄羊把矮胖子往前一推说,你扶他。矮胖子从黄羊的匕首下解脱,赶紧上前扶起瘦子。两人挤到车门边跳了下去。

当车门关上,车子重新启动的时候全车的人好像在一瞬间全醒过来了,大家七嘴八舌议论,有人说这条路上经常发生这样的事,今晚已经不知道是第几起了;有人说应该把车子开到公安局去;有人说刚才应该在那两个流氓的要害多来两刀……

何甜和黄羊反倒是置身事外了,他俩回到座位上静静躺着。何甜还没有完全从惊悸中恢复过来,两手紧紧地抱着黄羊的一只胳膊说,今晚如果没有你,我不敢想会怎么样。你让我见识了什么是不怕死的男人。

黄羊的脸在暗夜里红了。

何甜说,这几年,我一直在外面打工,没料到想回家过个中秋节就遇上这种事。

黄羊说,中秋节快到了?我好多年没过中秋节,连月饼是什么味道都记不得了。

何甜说,那你到我家过节吧,也让我有个机会感谢你。我家在三江口的斜阳岛,风光很好,我爸我妈特别好客……

黄羊答应了何甜的邀请,不仅仅因为何甜的热情,他实在是想家了,且把他乡当故乡。

何甜的父母都是本分的渔人,见女儿带人回来,二老赶紧出了一趟海,打回活蹦乱跳的鱼虾,弄了满满的一桌菜。听黄羊说是想到三江口找事做,二老都很积极地推荐黄羊找何甜的伯父何海,因为何海弄了一个养虾场,正找人看管。暗地里,二老也藏了私心,觉得女儿好像挺喜欢这个小伙子,希望女儿能因此留在三江口,不到外面的花花世界去疯了。

在到达三江口之前从未见过大海的黄羊,一下被无边无际的海水迷住了,觉得这海能包容他的一切。岛上只有十几户人家。海风,海水,太阳和宁静的空气是那么的富足,即使多了他一个人,他仍可以拥有饱满丰实的一份。黄羊几乎没有犹豫就接受了虾场的工作。

何海带黄羊去看虾场。他是用审视侄女婿的眼光来看黄羊的,他觉得这小伙子人长得斯文清秀,配得起他侄女。斜阳西下的滩涂橙红一片,何海指着四五个刚砌好的虾池说,虾比较娇气,有些人靠养它们发了大财,有些人却倾家荡产。黄羊,等池里下了虾苗,你的任务就重了,除了给虾宝贝喂料,一天要测三次水温,测一次酸碱度,事情多着呢!

何海在虾场边上盖了一间水泥砖房,屋里什么都预备好了,有床有柜有锅有灶。何海对黄羊说,这就是你的家了。一个人在这住着会有些闷,想我们的时候,你随时都可以上岛来,但你得赶紧学会划船,不会划船哪也去不了。

何海一走四周完全静下来,只有风在椰子树上穿梭的声音,黄羊觉得这片天地是属于他一个人的了。他脱了鞋在沙滩上先是走,然后是跑,飞快地跑,嘴里喊,我有家了,我又有家了,胡金水我把你杀了又怎么样我还是有家了……黄羊跑了一两里路,脚板底被细沙磨得热辣辣的,嗓子也喊哑了,他把自己摔到绵软的沙滩上,仰面朝着蓝色的天空。多美的地方啊,如果能把母亲接过来一起住就更完美了。黄羊想起李逵背母的故事,李逵在梁山落脚后马上回家接老娘上山享福,可怜老娘在半道上给老虎吃了。黄羊替李逵难过,也替自己难过,他什么时候才能见着母亲,会不会永远见不着了?

入夜,海风又湿又凉,从窗户爬进来,把黄羊的额头舔湿了。火塘里有隔夜不灭的火炭,忽明忽暗地闪光。黄羊把身上的被子裹紧,对面的墙上映着他臃肿的影子,他动墙上的影子就跟着动,看起来像一个垂死的人在挣扎。黄羊抽出藏在枕下的匕首,匕首的寒光晃了晃他的眼。他下床用脚尖点地行走,摸到一张床边,掀开蚊帐,对准胡金水硕壮的身体一刀、两刀、三刀……胡金水转头发出哼嗯的一声,骨碌碌地滚到地上,身上睁着九只刀眼……

这是黄羊在小屋住的第一夜,他的脑子又放了一回电影,情节和色彩是那么的生动,让他沉迷。早晨,太阳刚跳出海面,何甜就带热稀饭和海鸭蛋从岛上划船过来了。她敲打门板,生生把黄羊从梦里拽出来。黄羊将门打开,眼睛眯成一条缝。何甜说,住得惯吗?有没有做好梦?黄羊拍拍额头说,做梦?哦,是做梦了,正梦到一位老朋友。何甜嘴角笑弯了,提着篮子从黄羊的身边穿过,将稀饭和鸭蛋摆到桌上。她认为黄羊的梦里有她。

过完节,何甜果然没有回城里打工的意思,她勤快地往黄羊这边跑,主动担起给黄羊送米送菜的任务。来的时候,如果赶上黄羊喂虾,她会从黄羊手中分一半的料,跟在黄羊后面把饲料一点点投入虾池里。

一天傍晚,何甜爸捞到一只足有八九十斤重的八爪鱼。何甜爸跟何甜妈说,老婆子,明天一大早你把这家伙拿到海鲜仔酒楼,他们最喜欢收购这样的大家伙。何甜她爸这边还没交代清楚,何甜那边已经把八爪鱼的几根大须割下来,说我带去给黄羊烤着吃,他这只旱鸭子一定没吃过这么新鲜的八爪鱼。那只失去手足的八爪鱼躺在网兜里扭动身子,二老对视了一眼,这一眼让何甜逮到了,何甜嗔怪道,小气,不就是一只八爪鱼吗?过几天我下海,赔你们更好的东西。二老笑了说,女儿,欠我们的你赔得清吗?把你卖了也赔不清。何甜不敢再听,拿了篮子赶快跑。

何甜划船从对岸过来,黄羊已经吃了自己弄的简易晚饭,提着马灯正要去查看虾池。天比往日黑得快,海上起风了,天气预报说这几天会有暴风雨。何甜摇动橹桨的身形像风雨中舞动的一枝荷花,黄羊站在岸边,心也跟着荡漾起来。

船靠岸,何甜扔下木桨,举起一只篮子说,给你送好吃的来了。黄羊伸给何甜一只手,何甜握住这只手跃下船。下了船她还一直拉着这只手进屋坐到火塘边。黄羊说,你不用忙了,我已吃过晚饭了。何甜把火红的火炭扒拉开，从篮子里把收拾好的肉用铁叉串了，架到火上说，这是你没吃过的好东西，等会你真不想吃，我全部代劳。等到肉开始飘香，何甜才把配料涂上去，再烤一会，肉金灿灿吱吱响。何甜专注地做事，火把她的脸烤得彤红发亮，黄羊在一旁看傻了。温暖流淌肉香的屋子，火的亮光和充满爱的女人，黄羊想这样的生活属于他吗？一个亡命天涯的人怎么可能有这样的好生活？

肉烤好，何甜夹了一块递到黄羊的嘴边，黄羊要用手接住，何甜说，张嘴，我喂你，不要把你的手弄脏了。黄羊听话地张开嘴。肉入口鲜嫩无比，黄羊说，真好吃。何甜说，不好吃的东西能拿给你吗？何甜又喂了黄羊一两块，看黄羊吃得香，她忍不住也往自己嘴里扔了一块，嚼了嚼说，哇——好吃死了。何甜憨馋的吃相让黄羊走了神，明媚的影子像一只蹿过野地的兔子，黄羊说，小甜，你真像我认识的一个人。何甜说，是个女孩吧？黄羊无言以对。何甜脸色变了，扔下烤肉的铁叉，起身走出屋子。

等黄羊追出去，何甜已经在沙滩上走了一段路。海涨潮了，一浪追一浪，追上的翻起浪花，溅得很远。何甜膝头以下的裤子全泡在水里。黄羊说，小甜，风大，你还是赶快回家吧。何甜停下脚步，剧烈抽动的肩膀告诉黄羊她伤心了，她在哭。黄羊从刚才的温柔乡里清醒过来，他让她伤心了，是因为她喜欢他，他也很喜欢她，但是他不能连累她。黄羊站到何甜身后说，何甜，你还不了解我，我不是不喜欢你，我是配不上你。何甜说，说说看，是什么地方配不上？黄羊想难道告诉她自己是一个亡命天涯，只知道今天在这，不知道明天在哪里的杀人犯？他脸上堆了苦笑说，要让我说实话吗？何甜点点头。黄羊说，难道你没发现我和别的男人有点不一样？我没长胡子，我脸上一根胡子也没有，你见过不长胡子的男人吗？黄羊认为自己没有说谎话，他说的也是事实。何甜的肩膀不再抽动，转身捶了黄羊的胸口一拳，说，谁说不长胡子就不是男人了？你就知道欺负我，故意说什么配不上的话，其实你在想其他女人。黄羊说，我说的是真心话，一个没有长胡子的男人其实算不上是男人……

天空连续打了几个闪电，闪电的光暴露了正在海上积蓄力气的云层，它们已经堆了厚厚的一层。黄羊拉着何甜的手往船边走，说赶快回家，暴雨马上来了。何甜舍不得走，说，我在海边长大的，什么天气没见过，这算不了什么。黄羊还是把何甜推到船上。

送走何甜，黄羊回屋取了马灯去看虾。和虾池还隔着一段距离，黄羊就发觉不对劲了，老远听到池面上发出哗哗啪啪的声音。黄羊跑动起来，他被眼前的一幕吓坏了，昏黄的虾池浮起一层白白的东西，全是垂死的虾在拼命挣扎。黄羊扑倒在虾池边。

一个通宵在暴风雨中拼命打捞，战果就只有几盆奄奄一息的虾。黄羊拒绝了所有送到他头顶上的伞和雨披，他的下半截身子泡在虾池里，手上不断重复一个动作，把虾从水里捧起放下，捧起放下。死了，全死了，怎么会这样？黄羊喃喃道。是他亲手将一只只小虾苗放进虾池里的，看着它们的身子慢慢长长，慢慢变重，就差一个月，虾子就上市了，这是胎死腹中的疼啊。

何海比黄羊冷静，从岛上赶过来他并没有做太多的挽救工作，凭他的经验,他知道这些虾是保不住了,当务之急是要找出虾死亡的原因。可能性一一排除,最后的疑点集中到新近买回来的饲料上。

黄羊说,饲料是县政府派来扶持养虾户的技术员推销的,会有问题?

何伯说,附近好几家都用了这种饲料,明天去打听打听。

问题果然是出在饲料上,用了饲料的十几家虾场,都陆续出现同样的情况。十几家联合到县上去告,县政府回答说,派下去的技术员找不到了,要把人找到了才能了解情况。几家人被打发回家等消息。

等了好一阵子也没有任何消息。何海托了县上的熟人打听,知道那个技术员叫张君华,确实已经很多天不到单位上班,连他家里人也说不知道他上哪里去了。何海说,张君华肯定是听到风声躲起来了,只有找到他,县政府才推脱不了责任。

虾池在日头下发出阵阵恶臭。黄羊每天坐在虾池边,好像嗅觉失灵了,他眼睛盯着池水,好像多看一眼就会有虾儿从池子里蹦出来。何甜受不了臭气的熏扰,躲得远远的,站在屋檐下和黄羊说话,这个黑心肝的技术员把大家都害惨了,大伯那块要起新屋的地看来是保不住了,他当时用了那块地来抵押养虾的贷款。最惨的是东头的崔伯家,他儿子出了车祸,就等着卖虾的钱来动手术,现在根本指望不上了……

第二天,何甜四处找不着黄羊。黄羊在桌上留了一张条子:我出去散散心,过几天就回。何甜想这段时间为了死虾的事,黄羊成天憋闷着,出去散散心也好。

黄羊到县城,先到张君华家附近埋伏了几天,从早到晚,果然没见张君华的影子,看来张君华真是跑到别的地方躲风头去了。黄羊打听到张君华有一个妹夫是县公安局局长。他断定这个公安局局长肯定知道张君华的下落。

公安局局长程树中午下班没有回家,在单位门口的粉摊吃了一碗米粉。他这么随便地打发中餐是想到附近的一家叫康全的保健中心按摩。这一年多来他已经养成这种习惯,隔两三天就要按摩松松身子。

进了康全,换好休闲睡衣,程树躺在床上准备睡觉。平时,保健师的手只要在他的身上捏弄不到十分钟他就睡着了。这一个中午他同样睡得很香,醒来的时候嘴边挂了长长的涎水。程树擦擦嘴角,抬头看墙上的钟,刚好是要上班的时间。程树表扬替他按摩的保健师,其实也就是个小姑娘。程树说,不错,手法不错,你是几号?下次我来再点你。姑娘说,我是 38 号。程树下床换衣服,走到衣柜前,他刚舒张开的脊背突然僵住了。放置衣物的小橱柜上的锁绊已经断掉,锁头形同虚设挂在上面。程树一把拉开柜门,衣服还在,他掀开衣服,衣服底下的黑色公文包也还在。只有一样东西不见了——手枪。以前听到别人丢枪的事,总认为那些人都是傻逼,这种事不会轮到自己的头上,没想到今天就来了,程树脑子里不断冒出一句话,我这个公安局局长当到头了。

程树把 38 号弄房里至少审问了十遍,你给我按摩的时候有谁进来过?

38 号说来说去都是一个答案,我给你从头开始按,我按到腰上的时候,有个小伙子进来告诉我,有个朋友在对面的邮局等我。我看你睡着了,就偷偷跑出去,可到了对面的邮局我根本没见到我的朋友。等了一会我就回来了。38 号回答完程树的问话,好奇地反问程树,先生,你丢了什么东西?

程树气急败坏地吼道,丢了——丢了钱包。

38 号紧张地问,那你今天不能买单了?

程树拳头砸在桌上,买单? 老子一会把你抓起来。

38 号吓了一跳,趴在按摩床上哭了。隔壁听到姑娘的哭声都趴在门上看,眼里全是暧昧。程树看事情越弄越乱,拿了包冲出按摩院。回到局里,他把门关上,烟夹在手上,一支接一支地抽。他考虑这件事情要不要马上向上级汇报,报了又怎么样,都是死路一条。

桌上的电话铃突然响了,把程树吓了一跳。程树不想接,它就一直响着,好像知道程树就坐在旁边。他拿起话筒吼,谁?

对方一句话就把程树的火打住了,你的枪在我手上。

程树来了精神,压低嗓音说,你是谁,为什么要拿我的枪?

对方说,我不图什么,也不想害你,只要你做一件事。

程树警惕地问,什么事?

对方说,你姐夫张君华躲什么地方去了你应该知道,现在很多人都在找他算账。你把他交出来,我就把枪还给你。

程树说,我不知道他躲在什么地方。

对方说,我不跟你讨价还价,如果三天之内张君华还没有抓到,我就把枪扔海里。

程树气顿时短了,我怎么知道你是不是骗我?

对方说,信不信由你,你也只有赌一把了。

程树确实知道张君华躲在什么地方。假饲料一出问题,就有人传了话,让张君华出去避避风头,张君华临走前还给他这个妹夫打了电话。

程树大义灭亲把张君华从外地押回来的事轰动了整个县城。程树的耳边没有一刻是清静的,老婆大姨的骂声不断,他此刻体会到做一个男子汉大丈夫的苦处,那就是有苦说不出,打碎的牙齿往肚子里咽。他权衡过,和丢枪的事比,姐夫的事算小事,大不了就是赔钱,而他枪丢了,不但乌纱帽不保,事情弄大了可能还要出人命。他这番道理又能找谁去说呀!

给程树打电话的人说话算话,把枪从窗户扔到程树的办公桌上。

枪回到手上,程树心定了,威严和精明也慢慢回来。对他来说,枪被偷是奇耻大辱,他每天都在想这事,暗暗咬牙发誓,老子一定要把你这个偷枪的贼找出来。

程树把事情的前因后果重新理了一遍,以一个老公安的经验,他判断偷枪人就在那些养虾户当中。从当时偷枪人打电话的口音判断,尽管那人用了假嗓子,还是听得出不是本地人。

程树到斜阳岛转了好几次,那些养虾户因为赔偿的事有了眉目,大都开始清理虾池,准备重新蓄水养虾。养虾人见了程树都客客气气,说上几句感谢的话。程树没有发现特别可疑的人。

后来,程树与黄羊碰了面。头两次程树来,黄羊都待在屋里,因为何海在,他不用出去应付。可今天何海采购虾苗去了,虾场只有他一个人。黄羊见到程树点了点头,继续测海水的酸碱度。程树背着手站在一旁看,耐心地看了半天问,何海不在? 黄羊说,他买虾苗去了。程树说,我头两次来好像没见过你,听口音你不像本地人。黄羊说,我是从外地来的,何伯雇我看虾场。程树说,前段时间这一带虾发瘟,你知不知道谁的损失最大? 黄羊说,每个人的损失都很大。虾不是发瘟,是吃了劣质饲料死的,大家都想把那个推销假饲料的人扔进海里喂虾……

程树点点头说,原来是这样……

黄羊从程树那里将枪偷来的时候就明白他快要与斜阳岛告别了。一个杀人犯找上公安局局长,这个险冒得太大,也许他被通缉的资料还存在人家的文件夹里,翻一翻就知道他不仅是偷枪的贼,还是个杀人犯。

这是在小木屋住的最后一夜了。黄羊不想将最后一夜浪费在睡觉上,他要多吸收一些斜阳岛的空气,吹一吹斜阳岛的风。虾池漾着细小的波纹,虾苗已经投放下去了。何海说,前一次算是用钱买了经验,这第二次一定有大收获。何甜说,大伯,等这些虾上市,你可要感谢我,是我把黄羊带来给你的,不然你到哪里去找这么负责的工仔。何海笑了说,如果你能嫁得出去,这批虾就算大伯送给你的嫁妆……

　　黄羊沿着漫长的海岸走了很远的路，天边渐渐现出一点青灰色，一只海鸟从崖边飞出，在海面上盘旋一圈又飞回崖石上。是要走的时候了，对岸，何甜一定还在梦乡里，黄羊似乎又看到何甜在海上摇着木桨，她的身形像一朵风雨中的荷花，摆啊摆……

　　黄羊只带走来时带来的东西，匕首别在腰上，手上提着一只装了几件衣服的小包。黄羊以为这么早不会碰上什么人，这季节不是鱼汛期，出海打鱼的人用不着起这么早。黄羊碰上的不是起早的人，而是夜归的酒鬼。酒鬼是斜阳岛上的人，在邻村喝了酒现在才踏上回家的路。酒鬼认得黄羊，指着黄羊的脸嘻嘻笑说，老弟，是海风还是太阳把你整老了？酒鬼又摸了一把自己的下巴说，你这东西长得比老子还麻乱，后生可畏啊！酒鬼说说笑笑，撂下一股酒臭走远了。黄羊皱起眉头，他搞不懂酒鬼胡言乱语什么，难道自己的脸没洗干净？黄羊的手在整张脸上搓了一把，似乎碰到什么顿住了，手迟迟疑疑重新在腮帮和下巴上细细摸索起来，他现在知道刚才酒鬼为什么会做摸下巴的动作了。胡子，他的胡子从腮帮、下巴，积累了二十多年，用一夜的工夫钻出来，硬挺挺的像一块针毡子。黄羊掐住一根，掐紧了，用力往外一揪，黑油油的有一厘米长。第二根，第三根，黄羊连拔几根，痛得眼角溢出了泪花。

　　五

　　谁都知道张干是六山矿的老板，这就好比谁都知道矿区那一家春衣饭庄是张干的相好宋春衣开的。据说饭庄的资金是张干出的，宋春衣好像饭庄上飘扬的那张酒幌，只是一张摆在外边给人看的旗子。

整个矿区就这一家饭庄，饭庄的饭菜有时做得好吃，有时做得不好吃，但从来不缺客人。因为，矿上那些长时间回不了家的男人，很乐意将种种实现不了的念头扔到饭庄里。饭庄卖得最好的是酒。厨房里有炒菜的师傅，宋春衣亲自给客人上菜或斟酒。有人说宋春衣本来打算请个姑娘干这份活的，但她担心店里有了其他花草，张干不安分，所以作罢了。

黄羊每次推开饭庄的玻璃门，看到坐在柜台边上的宋春衣，就觉得那里悬着一轮月亮。宋春衣有一张白如凝脂的鹅蛋脸，细细长长的脖颈，还有一双十指尖尖的玉手。看到黄羊进门，宋春衣会站起身招呼，给他比别人多几分的笑容，这笑容让那轮皎月冉冉升上天空。黄羊这时候总会自卑，他觉得自己身上的肮脏和粗野都在这月光下暴露了。来到六山矿，一待就是五年，自己身上还有哪个毛孔不被煤烟找到呢？连掌心最细微的纹路也被煤灰封死了。何况还有香烟和烈酒，几年来它们毫不手软地掳掠了他肌体中的坚强。想到这些，黄羊在进入春衣饭庄大门的时候，头会低下去，背会佝起来。他在矿上没有朋友，经常一个人光顾饭庄，找一张靠角落的桌子，点两个菜，喝一壶酒，想自己的事，听听旁人的闲聊。

今天是大年三十，店里没有一个人，黄羊推门进来，依旧是找了一张靠角落的桌子坐下了。宋春衣端了一盘菜从厨房里走出来说，你来了，再坐一会，还有两个菜。黄羊点点头，从碗橱里找了碗筷在桌上摆好,还从柜台里的大酒缸里斟了一壶米酒。

这已经是黄羊在矿上度过的第五个大年三十,矿上又只剩下他和宋春衣两个人。春节期间,矿上的人都陆陆续续回家过年。黄羊没地方可去,依旧留在矿上。宋春衣也没有地方可去,因为张干回城和老婆孩子一块过节,她只能在矿上等。两个没有去处的人就在春衣饭庄里过年三十,他们就是这么熟络起来的。宋春衣做他们两个人的饭菜,两人吃着聊着一年就过去了。

宋春衣一手端着一碗扣肉,一手端着一盘辣子鸡出了厨房,搁到桌上。她把腰上的围裙摘了说,菜齐了,倒酒。黄羊把他和宋春衣跟前的酒杯斟满,举起酒杯说,春衣姐,我祝你新年万事如意。宋春衣笑了笑把杯中的酒一口干了说,其实没有什么话比这几个字更好了,想什么就有什么,其他什么都不用说了。

宋春衣重新把酒杯斟满,举杯敬黄羊说,姐祝你早日找到心上人,成家立业。黄羊也笑着把酒喝了,说春衣姐,我们同样的话都说了五年了吧?宋春衣蹙起眉头想了一会说,可不是,五年就这么不知不觉过去了,我想不老也不行啊。黄羊说,谁说你老,我觉得你一点没变。宋春衣说,少说我了,老弟你都30了,你不要嫌姐啰嗦,三十而立,姐帮你说一门亲事好不好?黄羊说,我一个人过得挺好的。宋春衣说,一个人过怎么会好呢?像姐这里平时热热闹闹的,等别人一家子热热闹闹的时候姐孤家寡人一个,这份冷清你也是看得见的。

黄羊说,春衣姐,有些话我说了你可别生气,你为什么一定要跟着张老板呢?为什么不找个人嫁了好好过日子?黄羊和矿上的人都不喜欢张干，每次看到张干那张干瘦无肉的脸，黄羊就觉着这人心里透着狠和硬。

宋春衣说，我从 20 岁开始跟张干，跟了十几年，爱也爱了，恨也恨了，早错过嫁人的年月，懒得去想了。宋春衣说着又给自己和黄羊倒满酒，她把杯子举到黄羊跟前说，喝吧，多喝点，喝了好睡觉，睡了什么都不想了。说这些话的时候，宋春衣的眼睛溢满了五颜六色的彩光，黄羊知道宋春衣又进入那种状态了，每次喝酒喝到一定的程度，宋春衣就开始尖着嗓子唱歌。唱的是黄羊听不懂的家乡小调。唱歌的宋春衣是一个小女孩，在水上漂流，在林间奔跑。她的脸色透明，在另一个地方快乐。宋春衣的快乐只有在酒后，在迷离与虚幻之中。这种时候黄羊会在一旁静静看着，听着，他遗憾自己不能进入她的世界，与她畅游，更不能为她保住这份快乐。

酒喝干了，菜吃残了。宋春衣趴在桌子上睡着了。黄羊从柜台里取了一张小毯子盖到宋春衣的身上，把饭庄的灯熄了，门轻轻带上。

从饭庄到黄羊的住处就十来分钟的路，黄羊的脚软软地踏在地上，他也喝了不少，眼睛随时可以闭上，身子随时可以倒下，他只用一点理智就把这念头控制住，其他的信马由缰。他早爱上这种飘飘忽忽的感觉了，那些过去的、现在的，呼之即来，挥之即去，他想哭就哭，想笑就笑。今夜他想着宋春衣说的话，30 岁了，他已经30 岁了。不用别人来提醒，他应该比别人更清楚。十年前的一切如同在昨天，一路奔走的不仅仅是他，还有时间。

黄羊推开宿舍的门,摸到床边,躺下。床是冷的,他的身体是热的,他知道今夜一定有梦。这几年,他收拾胡金水的那个场景已经很少播放,偶尔有的却都是有关胡金水在坡月镇上的日常生活,胡金水不是死的,胡金水是活生生的,早上起来刷牙洗脸,骑着自行车上班,下班在街边的菜场带回一两块肉……做这种梦,黄羊的心情会晴朗许多,在暗无天日的矿下挖煤眼前也会掠过一两道彩色,因为他觉得那个在坡月镇上生活的胡金水是替了他,替他在做一个脚踏实地的坡月镇人。

　　今夜的梦确实离奇,黄羊梦到胡金水和明媚结婚了。胡金水穿着黑色西装,明媚穿着红色套装裙,两人并排站在家门口迎客。胡金水和明媚看上去不是特别光鲜,脸上挂着那种大龄青年过了适婚年纪不得不仓促地凑合到一起的尴尬,这尴尬不奇怪,怎么说他们也是 30 岁的人了。黄羊奇怪的是,他们怎么等到现在才结婚? 黄羊虽然有疑问,梦仍继续上演。客人一一被请进内堂去就座,人群中除了一个人大家都喜气洋洋,摩拳擦掌等着开吃。刘兰香一个人落寞地坐在酒席的最后一桌,最靠边的位置上。她的眼睛没有一刻离开过胡金水和明媚,她的神情复杂,有时似乎很迷茫,有时又很愤怒。黄羊能看清母亲的白头发,电风扇的风将这些白头发吹散,吹到黄羊的手边,近在咫尺,可是,当他的手伸出去的时候,抚到的却是冰凉的夜气。

　　黄羊醒了,他真不愿意从这种梦里醒来,因为,他和坡月镇的联系全靠这些梦来维系着。

　　第五个春节似乎是平静结束的,却带来了不平静的春天。张干年后回矿山特别晚,回来的时候还带了另外一个姑娘,说是他的表妹罗舒。罗舒那张脸虽然木无表情,却青春秀丽。张干让宋春衣把罗舒安排在饭庄里。宋春衣就安排罗舒做上菜的服务员。罗舒做了一两个星期突然不干了。张干来到店里找宋春衣商量,让罗舒管收银。宋春衣说,为什么?张干说,上菜的活又累又不体面,人家一个大姑娘家的做不来。宋春衣一口气堵到嗓子眼,张干,饭庄里一直都是我上菜,怎么就没听你说过不体面呢?你体恤她,让她管收钱,我干什么?张干说你看着办吧,摔门走了。

宋春衣头一阵眩晕,她感到自己胸口那颗心破碎得再也无法收拾了。这些年很多事情清楚、明白,她只是不愿捅破,她还想维持最后一点自尊,可张干连这点自尊都不给她。宋春衣立在空荡荡的店堂里,她摸了摸身边的一张红漆木方桌,这些餐桌椅子是她从老远的地方一张张运回来的,桌布是她用缝纫机一张张做出来的,还有厨房里的灶台,锅碗瓢盆哪一样不在她的手下滑过。这些年,她把春衣饭庄当作自己的闺房,当作家,她守在这里等一个人。既然那个人已经等不来,这饭庄要来又有什么用呢?

宋春衣把饭庄的账本收拾好,拿到张干的办公室。宋春衣将所有账本推到张干的跟前说,这是春衣饭庄这几年的账本,我把饭庄还给你了。张干瞟了一眼账本说,你有什么打算?宋春衣说,离开六山矿再作打算。张干说,你用不着闹得这么僵,我张干是那么无情无义的人吗?宋春衣还没应对,罗舒出现在办公室门口,她目不斜视地走进来,拉开一张椅子坐在张干和宋春衣对面。宋春衣看着这张冷漠却美丽的脸,心更冷了,转身出门。罗舒看宋春衣出门赶紧把账本捞到跟前说,我看看她这几年赚了多少。

　　张干已经把衣服穿上,正在系扣子,罗舒翻滚到床边,伸手抱住张干的腰说,不准走。张干说,好几天没到矿上走了,左眼皮老跳,也不知道有什么事,我那几个侄儿平时就知道喝酒,矿交给他们管我的心老悬在半空中。罗舒说,我可以帮你管。张干拿起枕边的皮包说,你先管好饭庄吧,听说现在吃饭的人越来越少了。罗舒说,这些煤黑子,我提了点菜价,他们就一个个怨气冲天。放心,过一阵子就好了,不上我那吃还能上哪去。

　　往矿上去的路上,张干的手机就响个不停,果然出事了——井下坍方。张干赶到出事的井口边,原本齐刷刷伸长脖子探往黑咚咚井口的人群拥到他身边,七嘴八舌地要给他说明事况,有人说是放炮炸穿了顶,有人说是这段时间的大雨把土泡软了……说来说去,没一个人说得明白,张干知道真正的知情人都在井下。他问,今天下井的有多少人?一个管事的侄儿拿着登记簿翻看说,好像有8个人。什么好像,怎么没有一个准数?下井前不都是要登记名字的吗?侄儿说,今天下井的人分了几拨,来得早的先下了,第二批刚要下去就出事了。张干听了皱着眉头一言不发。

　　矿警和救护队也到了,干坐着,没有采取什么行动,都等着张干他们把井下的情况弄清楚。张干的几个侄儿一边看张干的脸色,一边忙着分析下面的矿道走向。在谁也不注意的时候,一个黑乎乎的人缓缓地从井口爬上来,像从地狱里冒出来似的,走了两步栽倒在地。救护人员上前把人扶起,扛到担架上,给他喂水。张干像见了救星，两眼发光，快步凑到担架前问，下面情况怎么样？那人想坐起来，身子动动又倒下了。张干抓起一块布，亲自给那人擦脸说，不急，你先休息一会。有人叫起来，黄羊，黄羊。那人脸上的黑灰被擦掉，露出一张胡子青茬茬的脸，这胡子是黄羊在矿上的招牌。不少人也跟着叫起来，是黄羊。

尽管张干心急火燎，也不得不等黄羊缓过神来。黄羊在逃出生天的路上耗尽力气，而且为突然遭遇的险情心悸气短，足足休息了一个小时才开口说话，离井口最近的平台上还有四个人，他们都活着，只是找不到出口。黄羊发布的消息鼓舞了大家，矿工们议论纷纷，赶快把下面的人救上来。

救护队的小头目问黄羊，矿道坍塌的情况怎么样？黄羊说，当时我只感觉脚下晃动，下意识就往出口跑，具体情况不是很清楚，但是那几个在井口附近的，只要有人下去给他们带路，肯定能把他们带出来。救护队还是不愿立即行动，说谁能保证下面没有坍塌，再等等。黄羊说，不能等了，矿道里开始透水了。所有人都把目光投向张干。张干的心很乱，井下有活人不实施抢救说不过去，可弄不好又会再添一两条人命。黄羊见张干迟迟不表态，猛地从担架上站了起来说，我下去，你们赶快给我准备照明灯和绳子。一些平日和黄羊熟悉的矿工说，黄羊，这里这么多人，你逞什么能？你的命也是刚捡回来的。黄羊说，下面的地形我熟，我知道他们困在什么地方。张干的脸松弛了，看着黄羊，眼里充满了渴望，他当然希望黄羊下去，矿上出事他一肩扛着，多救出一个人，他的罪就少一分。他心里这么想嘴上还是说，你的身体吃得消吗？黄羊点点头。

张干拍拍黄羊的肩膀，头转向他的几个侄儿，学学人家，平时给你们好吃好住，关键时刻一个也用不上。

一切打点妥当，黄羊说，张老板，我争取这一趟下去带回几个人，不过我有一个条件，不管我还回不回得来，你要答应我办一件事。张干和颜悦色，说吧，什么事？黄羊说，把春衣饭庄还给春衣姐，那是她多年辛苦应该得的。张干一脸尴尬，他以为黄羊会提钱的事，没想到黄羊是替宋春衣说情。张干挤出笑脸说，当着大家的面我把话说清楚，今天黄羊自愿下井替我找人，他交代的事情我一定照办。

四个小时之后，黄羊带回了五个人，比他预计的还要多一人。

张干兑现他的承诺，把春衣饭庄还给了宋春衣。

宋春衣依旧回到春衣饭庄。选了一个日子她早早关门，做了一桌好饭菜，宴请黄羊。

宋春衣在饭桌上摆的是大杯子，她说，我们今天要喝个痛快，像过春节那样。来，每人先干三大杯，喝痛快了，想说什么就说什么。

黄羊说，今天我也特别想喝，三大杯就三大杯。

几大杯酒下去，两人的喉咙和胸口都被火点着了，谁也说不出话来，手中的筷子飞快地在盘里拈夹，把各种菜蔬塞进喉咙，把酒力打压下去。一轮猛攻，等稍事休息的时候，两人坐着看着互相指着鼻子呵呵笑了。

宋春衣说，黄羊，我还没跟你说谢谢呢，谢谢你为我要回这家饭庄。不过，当时我要在场，我一定不让你下井，为张干你犯不上把自己的命送了。

黄羊说，我不是为了张干，为的是井下的人，他们一个个有妻儿老小，不像我黄羊孤身一人，能把他们救上来，我一辈子都开心。

宋春衣说，就像你帮我，你是不是也特别开心？

黄羊说，我是希望你开心，我觉得这个饭庄应该是你的，你付出了很多。

宋春衣说，其实我对张干的心早死了，这个饭庄对我意义已经不大。宋春衣酒劲上头，沉重的脑袋一顿一点地就要埋到手臂里去了，她说，想来想去，我就想不出一个可以去的地方，可到什么地方去也比这好。宋春衣手一挥说，我要离开六山矿，走，走得远远的……

宋春衣白皙的脖颈在黄羊的眼前晃来晃去，他很想伸出手去摸一摸，他的手伸不出去，他能帮她什么呢？把她留在身边还是让她远走高飞？黄羊给自己倒了一杯酒，一仰头送进喉咙。黄羊还是觉得喝得不痛快，干脆拿了碗倒酒，一仰头又是一碗下肚。

宋春衣用手托住下巴看黄羊，眼前这男人身上的男人味越来越浓了。五年前这小伙子刚到矿上的时候还略显单薄和柔弱，吃了几年矿上的煤灰，迅速长成一个成熟的男人。矿上没有一个男人比他更威猛，更有男人味。每当他穿着单薄的衣衫，风就经常流连在他的身上，非把衣衫底下的硬块肉搋出原形不可。还有他那一脸络腮胡永远泛着青黑的光，她曾经发现他刚刮了胡子进饭庄吃饭，几个小时后离开饭庄时下巴又是青黑一片了。如此旺盛的生机是从哪里来的？这么棒的男人偏偏孤身一人，就像一窟无人开采的上好富矿待在寂凉的深山中。宋春衣的目光有些痴迷了。

皎白的月亮这么近距离地照着黄羊的眼睛,他发现这月亮不像往常那样清凉,变成一轮火烧月,火焰扑扑地跳动,每一跳都牵着他的心。

两人不知不觉坐看了很久。一只蛾子从灯上掉下来,落到杯里。宋春衣醒过来,掩饰着将杯里的酒泼掉说,蛾子真多,看来又要下雨了。

黄羊的心也有些躁动,这段时间雨总是不断,我还是早些回去吧。说了这话,他人慌乱地站起来。

听黄羊说要走,宋春衣的心头莫名涌上一阵悲凉,鼻子竟酸了。她用手撑着桌子站起来说,我送你。

宋春衣摇摇晃晃像要摔倒,黄羊伸出手扶了一把,这一扶手是放在宋春衣的腰上,宋春衣的人往前倾了,黄羊突然看到宋春衣的眼里有泪水,吃惊地说,春衣姐,你——

宋春衣把黄羊推开说,走吧,赶快走吧,我送不了你了。

黄羊再也压不住,双手紧紧地叉住宋春衣的腰……他们是如何离开饭桌,是谁拉住谁的手,是谁的嘴挨上谁的嘴,是如何紧紧拥抱在一起,问他们他们也不知道……

蛾子在无人的灯下越聚越多,扑腾着翅膀往灯上撞,跌落了再飞起来,继续往灯上撞……

黄羊说,春衣姐,你是我的第一个女人,我在这个世上活了30年,第一次晓得女人的滋味。我真的很喜欢你,很早以前就喜欢了。

宋春衣爱怜地把黄羊抱紧说,我知道你对我好,你如果不嫌姐老,姐愿意跟你一辈子。

黄羊说,姐,我有十年没回家,刚才那阵子我以为我已经回家了。啊,姐,回家的感觉就是在天上飞,在云里走……

心爱的女人躺在臂弯里,黄羊有一种强烈的冲动,将他隐藏了十年的秘密全说出来,在他和心爱的人之间还有什么秘密呢?他从此以后要轻轻松松地做一个好男人。黄羊说,我的家乡在坡月镇,我杀了一个叫胡金水的人……黄羊说他的坡月镇,说他的亲人和爱人,还有他的罪。说着说着,他的身体轻了,他轻轻飘飘地飞到云上。

黄羊是被窗外的雨声唤醒的。他翻了一个身,手触到身边的席是凉的。黄羊闭着眼睛继续躺了30秒,想起什么不对,人忽地坐起来,屋里一片漆黑,宋春衣不在床上,她搁在床边的衣服也不见了。黄羊到厕所店堂门外去找,什么地方都没有宋春衣,宋春衣像是被这场狂暴的雨溶掉了。这样漆黑的夜她会到哪里去呢?也许——可能——黄羊记起昨夜在最狂乱的时刻,他告诉她——他杀过人,他是一个杀人犯。她是害怕逃跑了,还是告发他去了?毕竟,她只是一个女人,一个需要舒适安稳生活、需要男人支撑的弱女子。

黄羊站在雨里,一个闪电,闪过他那双聚集了云和雨的眼睛。他想起多年前忠伯说的话,一个杀过人的人是无论如何做不了普通人了。

六

　　黄羊是不会忘了那场雨的,就像他不会忘了十几年前他曾经把一个鲜活的身体变成一具沉默的尸体;就像他曾经把肚子里的一切倒出来交给一个女人,又在惊悚中把一切收回来,收得太快,连同一场夜雨的寒气都收进肺里。在那以后,只要空中飘散着雨滴,他的鼻子就会堵塞,他的头就会胀痛,他的喉咙就会不停地咳嗽。

　　逃离矿区后,黄羊一直往南走,在南方一个大城市的建筑队上做水泥工。由于他勤劳苦干、不惹是生非,工头曾经要提拔他做监工。黄羊拒绝了这种提拔,说把自己手头上的活干好比让所有人都把手头上的活干好要轻松得多。工头把这事当作酒桌上的笑话和别人说了一回又一回。

　　黄羊低头拌了六年砂浆。他觉得拌砂浆挺有趣,像读中学时做化学实验,把水泥、沙石等加水混合,用铲子搅拌又像是炒菜,勺子大了,锅也大了。

　　卢明是刚到工地上来的小孩,和黄羊搭伴拌砂浆,他没有和黄羊一样的兴致。干活的时候眼睛总往别处看,不是水加多了,就是把砂浆铲到脚面上。卢明跟黄羊说,这种拌泥浆的活我只能干一年,明年我满20,不能再玩泥了,没出息。

　　黄羊说,你想干什么呢?

　　卢明的目光在工地上逡巡了一番,看到躲在阴处乘凉的陈七,下巴就往陈七的方向扬了扬说,黄羊哥,看到陈七了吗?人家活得多自在,不高兴骂你几句,高兴也不见得夸奖你。只要背着手在工地上走来走去就可以了,挣的钱还不少。

卢明气呼呼地发牢骚,厚厚的嘴唇周围一圈茸毛一翘一翘的。还是个孩子啊,黄羊心里感叹,他鼓励卢明,那你勤快努力一些,争取当监工吧。

卢明说,勤快就可以吗?我发现这几个监工都是工头的亲戚。

黄羊说,工头还有很多亲戚砌砖刷墙抡大锤呢,要想被重用必须先学会老老实实地干活。

卢明并不服气,手上的铲子还是一铲高一铲低,把泥浆溅得到处都是。

离春节还有半年时间,卢明就告诉黄羊,我今年一定要回家过年,把赚到的钱交给我妈存起来,估计明年我家的楼就可以往上再盖一层,这样一来,我家的楼房就是全村最高的了。

卢明最终没有当上监工,也回不了家过年。

眼盼着春节要到,心急的人都到火车站买票去了,工地上却阴云密布,一个工人因为高烧不退,送进医院没两天就死了。

这件事刚在工地上传开,所有的工人就发现不对劲了,他们得了通知不用再上工,原地休息待命。不用上工,有些人闲不住想上街溜溜,却发现所有的出入口都有人把守着。消息灵通的人奔走相告,我们被隔离了,前两天死去的那个人得的是传染病,这种传染病听说很严重,根本没有办法医治,一个唾沫星子就可以传染。

工人们领了消毒液将宿舍厕所厨房等地方消毒了一遍又一遍,每天每个人测三次体温,还能喝上两大盅板蓝根冲剂。

黄羊和卢明都很熟悉那个死去的工人，因为他是掌管伙食的常师傅。卢明把平日和常师傅的交往想了又想，想得小脸发青。卢明跟黄羊说，我怀疑我染上病了，每天打菜我都特地和常师傅套近乎，让他多给我打一些菜。都说唾沫星子能传染上病，我吃了他不少唾沫星子。

　　黄羊已经看出卢明这孩子心事重了，说卢明，得这种病就好比像摸奖中大奖，你买过彩票吗？

　　卢明说买过，买过很多次，就是没中过奖，连最小的奖励五元钱也没得过。

　　黄羊说这就对了，得这种传染病的概率就好比中大奖，你连小奖都没中过，怎么可能中大奖呢？我们工地上有几百人，和常师傅住一个屋的李进都没事，你怎么会有事呢？

　　黄羊安慰卢明的话支撑不了多久，因为工地上陆陆续续有人因为发烧被送到医院里去了，和常师傅住一个屋的李进也倒下了。那天黄羊在门外的空地转了几圈，脑袋里突然像起了雾，湿湿沉沉的，他摸回房间躺到床上，就弄得气喘吁吁，额头上的汗潮乎乎一片。黄羊用体温计测了体温，39度，心顿时凉了，他想原来是摸中了大奖，挣扎起身向守卫的人报告。

　　黄羊很快被送进医院。被送走前他最担心的就是卢明，他平日里和卢明最亲近，他如果得了病，卢明一定逃不掉。

　　黄羊的病情迅速恶化，持续高烧不退，人一时清醒一时糊涂。清醒的时候黄羊很平静，他想自己东奔西跑十几年，也不知道死里逃生多少回，这些年月算是赚来的，遗憾的是终究要做一个异乡鬼。而糊涂的时候,黄羊就回到了坡月镇,回到斜阳岛,回到六山矿,回到所有他走过的地方,看见他想见的人……

每天对着白色的墙壁和天花板,一动不能动,黄羊想自己的眼珠子一定染白了,他只是奇怪,日子一天一天地过,他的身子好像日渐轻松了。有一天,几个医生站在黄羊的床前宣布,你的病已经治愈,可以出院了。黄羊很奇怪,为什么那么多人都死了,我反而活下来了?他把这个问题拿去问医生,医生说,我们专门研究了你的病例,你以前经常感冒发烧,还得过肺炎,体内类似的抗体很强,我们估计是这些抗体让你渡过难关的。黄羊想原来多年前那场暴雨是为了这场病下的,还救了他一命。

黄羊并没有因为好起来而高兴,躺在病床上折腾的日子,他早想过人死如灯灭,过去的事一了百了,而现在他没死,有些事情就没有完结。黄羊的忧郁表现被医生理解为对前途的担心。因为很多病人治愈出院,在外面遭到歧视,工作没有了,朋友没有了,自尊心也没有了。医生们齐心安慰黄羊。

黄羊从隔离病房出来才知道,工地上先后有 30 多人染上病被送到同一个医院治疗,卢明就在这 30 多个人里。

黄羊直接找到医院院长问,像我这种病愈的人体内真的有抗体吗?

院长说,是的,在一般情况下你不会再染上这种病了。院长耐心地安慰黄羊。

黄羊说,那我可不可以留在这里做护工,打扫卫生,洗床单什么的我都可以干。

院长没想到黄羊突然提出这样一个要求,他劝黄羊,你好不容易把病治好,家里人一定很高兴,你应该早点回去跟他们团聚。

黄羊说,我几十个工友现在还躺在病床上,他们有的人可能会活下来,有的人可能以后就见不着了,我想为他们做点事情。

院长虽然不是十分相信一个工人会有这样的觉悟,但医院确实人手紧张,在黄羊签了一份不要医院负责的协议之后,院长让人安排黄羊到病房消毒和打扫卫生。

黄羊见到了卢明,他见到卢明的时候,卢明已经是一具尸体了。黄羊亲手用白布把卢明的尸体裹好,卢明细瘦的身子告诉别人,他还是个孩子。在卢明尸体火化的前一刻,黄羊摘下厚厚的口罩,让卢明能更清楚地听到他说话,他说,卢明,你黄羊哥是个坏人,是个杀人犯,他怎么也想不明白不该死的人死了,他这样该死的人怎么没死?

黄羊是一名恪尽职守的护工,无论干什么活,他都想象着是在和一种看不见的病毒打交道,他不给它们任何存活的机会。地板洒一遍消毒液就可以,他要洒三遍;床单泡一个小时就可以,他要泡三个小时……他干起活来可以不睡觉,不吃饭,黄羊自己都认为自己是个超人。后来他的脸色出卖了他,所有看到他的人都说,黄羊,你的脸色很难看,你怎么瘦得这么厉害?

半年以后,这场突如其来的恶疾渐渐被消灭了。黄羊在医院里干得很出色,医院领导感动了,表态要给黄羊在医院里安排一个稳定的工作。黄羊很乐意在医院工作,哪怕继续做一个临时工他也愿意,但这个愿望最后还是泡汤了。因为这所医院在消灭恶疾的战斗中取得了卓著的成绩，新闻媒体不断上门采访，采访医生又采访护士，报道了一系列感人的事迹。这时，就有人说，我们这里有一个特殊的人，他本来是一名患者，病愈后自愿留下来和我们在一起战斗。所来媒体的眼睛都亮了起来，他们四下寻找这位可以成为头版头条的主角，黄羊不得不离开医院。

黄羊来到火车站，像过去一样，他还是迷茫，不知道该往哪个方向走。黄羊坐在一条长凳上，懒洋洋地想，从阴凉的早晨想到暴晒的下午，已经有人注意到他了。那人起码观察了黄羊一个小时，最后认定黄羊是他的顾客。那人坐到黄羊身边，屁股一点点地往黄羊的方向挪动，他的屁股在合适的位置停住了，他不看黄羊，只给了黄羊一个侧面，说兄弟，我看你精神不是很好，要不要提提神？黄羊没有反应，在想自己的事。那人干脆把头转过来对准黄羊说，兄弟，我的货是实打实的正品，包你满意。黄羊突然被动地和一个陌生人对视，他从这个人的眼里读出神秘和阴暗，脑子里冒出一个词，这个词把他吓坏了，他从椅子上站起来，一路小跑往人群聚集的地方去。那人见黄羊突然离去，一脸的迷惑。

黄羊在人堆里扎了很久，见那人没跟上来心慢慢定了，继而愤愤不平，把我当成那种人，我像吗？黄羊带着疑问上洗手间，不知道有多久没照镜子了，他要认真瞧一瞧。黄羊站在洗手间的镜子前仔细端详，镜中人黑黑瘦瘦，巴掌大的脸还被青茬茬的胡子遮了一半。两只大眼泡不知道是什么时候长出来的，把眼睛挤成两只浑黄的小核。他伸伸脖子，脖子上的筋就拼命上下拉扯，跟抽风似的。黄羊全身虚软，对镜中人说，你哪像是人呐，比鬼还难看。

黄羊出来就到售票口买了票,他没有丝毫犹豫和挣扎,他开始朝着坡月镇的方向前进。黄羊想,是回家的时候了,借着母亲给的身体东奔西跑整整15年了,该回去让母亲看看,哪怕是让他看到一个千疮百孔、破败不堪的儿子,毕竟他回来了……

七

黄羊的脚板再次踏在坡月镇的石板街上。无论在外跑了多少路,耗了多少年月,一说回家,家很快就在眼前,黄羊觉得自己好像根本没舍得跑远。

坡月镇不再是虚幻的,它又是黄羊记忆中的坡月镇了。从镇中央横贯的河流还如过去那般从容流淌,街边的芒果树在结果的季节毫不含糊地负重累累,果香四溢。

黄羊与许多人擦肩而过,他的语言,他的步伐,他的神态,他的容貌,本出自这里,现在又完全地融了回去,像一滴雨水,欢快地落入河里。黄羊享受着这种感觉,从镇的东头走到西头,这时候,他最希望听到有人叫唤他的名字,在坡月镇的街上大声地喊,黄羊——黄羊——,这样他的魂也回来了。

脚板其实是人身上最有记忆的部位,黄羊没有给它们任何提示,它们也一步步朝着家的方向前进。眼前就是阔别多年的家了,门前没有长满野草,墙壁没有坍塌,两扇门板是新的,上面贴的门神新崭崭威风八面。黄羊的心真真正正落到实地——屋子没败,母亲仍在。

门前有两个孩子，一男一女。两人蹲在地上玩得好好的，女孩子突然扬手打了男孩子一巴掌。女孩的手很小，打的巴掌却干脆响亮。看起来男孩比女孩的年龄大，但是他没有反抗，委屈地捂住脸说，我爸说了，男人不能让女人跨过身上的，跨了一辈子就抬不起头来了。小女孩扎着两条神气的长辫子，眼睛圆圆的，噘着嘴说，你不让我跨，就不要来找我玩，我才懒得搭理你。

男孩子是个小胖子，腮帮子肉鼓鼓的。他被小姑娘的话吓着了，眼睛流露出犹豫，苦苦斗争着是不是要改变主意。

黄羊会心一笑，弯腰对小姑娘说，小姑娘，他是你的朋友，有话要好好说，你不应该打人。

女孩子辫子一甩说，就打他，他才不是我的朋友，我奶奶说了，他们家是我们家的仇人。

仇人？这个词太重了。也许这两个孩子的父母他认识。黄羊先问男孩子，你爸爸妈妈叫什么名字？

男孩子说，我爸叫胡金水，我妈叫明媚。

黄羊的耳朵发出嗡嗡的鸣叫，近来他的耳朵时常发出这种鸣叫声，如果他的耳朵没有毛病，他就是听错了。女孩子等着黄羊问她，见黄羊不出声，主动上前说，我爸叫黄羊，我妈叫宋春衣。黄羊盯着女孩圆圆黑黑的眼睛，他想他一定是进入了鬼魅之地，这里不是坡月镇，这里是鬼居住的地方。

两扇门里飞出一个女人的声音，黄花，不要再玩了，快回屋写字。

黄羊的眼睛转向那两扇门，他不敢相信门里边说话的人也是鬼,他要看这个鬼一眼。他走上前,拍打门板。小女孩说,这是我家。说着抢在前面一边拍门一边叫喊,妈,有人找,你快开门。

宋春衣把门打开,门外的日头迫使她的眼睛眯起来,等眯合的眼睛重新睁大的时候,宋春衣和来人之间几乎没有距离。他们挨得很近。因为黄羊要比宋春衣高一个头,所以,黄羊的嘴对着宋春衣的额头,宋春衣的嘴对着黄羊的脖子。宋春衣的脸庞还和当年一样白皙秀丽,她神色沉静,手放到心口上说,老天爷,和我想的一模一样,黄羊,我知道你会回来,你出现在我的面前就是这副样子。

黄羊告诉自己,这些都不是真的,如果他不是在做梦,就是死了。可这样的结局最好,让他魂归故里,亲人团聚。黄羊一把将宋春衣抱住,抱得紧紧的,好像这一来,那些流逝的岁月就不会从他们中间溜走。

女孩和小男孩都站在门边看两个大人。女孩子不高兴母亲与别人亲热,抱住宋春衣的大腿说,妈,你抱我。宋春衣抱起小姑娘对黄羊说,她是你女儿,叫黄花。

黄羊笨拙地从宋春衣手上把黄花接过来说,我的孩子?天啊,我有孩子了。黄羊在黄花的粉脸上狠狠啄了几口说,叫爸爸。

黄花用小手推开黄羊的脸说,讨厌。

黄羊呵呵笑说,黄花,你奶奶呢?

黄花说,她在别人家里打牌。

黄羊把黄花放到地上说,你去把奶奶叫回来好吗?

黄花点点头,撒开腿跑出门去。小男孩急忙也跟着跑,两条胖腿撤得开开的,像鸭子。

宋春衣说,这男孩是胡金水的儿子,叫胡德,比我们的黄花大两岁。

黄羊的胸口发出一声沉闷的呻吟,他脚跟晃了晃,上前抓住宋春衣的手说,春衣,我和胡金水都有孩子了,我们的血海深仇怎么算呢?他如果要还我那九刀,你又要等我多少年?人到底能死几回啊?哎呀,如果到时候我回来找不到你怎么办?胡金水上辈子和我过不去,这辈子难道还要和我过不去?……黄羊的手又湿又黏,说着话,手拉着宋春衣在屋里走来走去。他不停地翻飞两片嘴唇,唾沫星子如雨般飞溅到宋春衣脸上。

黄羊的焦躁和失态让宋春衣的心像挂了铅球,一路往下坠。六年前她来到坡月镇的第一天,她就为黄羊哭了,因为她见到了胡金水,见到了明媚,还有他们俩的孩子。可怜她的黄羊流落在外,只是做了一个杀人的梦。多么离奇——到底那个梦有多真,能让黄羊沉迷不醒。很多个夜晚,她一想到黄羊还蒙在鼓里,不知流落到哪个地方,她的心都绞痛难忍。真相对黄羊太残忍了,残忍到她不忍心说破,可是,梦总是要醒的。

宋春衣说,黄羊,你听我说,我在坡月镇等了你六年。六年前的那天晚上,听了你的故事,我知道你已经把我当作你的人。你睡着以后,我一刻都等不了,我立即去找张干,告诉他我不再需要什么春衣饭庄,我要和你一块离开六山矿。可是,等我回来的时候你不见了。后来,我发现有了你的孩子,就到坡月镇等你,终于把你等到了。黄羊,你应该相信你眼睛看到的,它们是真实的,这是你的家,你回来了。刚才你没有感觉到我的身体是热的吗?我是活生生的宋春衣,你也是活生生的黄羊。

　　黄羊的眼睛迅速地眨了眨说,春衣,这几年你等我一定很辛苦,要不我们一起去求求胡金水,把前辈子的恩怨一笔勾销。黄羊突然又扑哧一笑说,其实,胡金水未必认得出我,他以为我是不会长胡子的,你看我的胡子这么长……

　　宋春衣忍不住打断黄羊,黄羊,你没有杀过人,胡金水好好地活着,他和明媚一直在找你,说有一天晚上你突然失踪了,再也没有回来。你的母亲一直把胡金水当仇人,认为是他把你害了。15年前你做的只是一个杀人的梦,只是一个梦啊。

　　黄羊用力把宋春衣推开,他的脸变得苍白,汗水一滴滴滑落。他说,你这个臭女人,为什么跟我说这些谎话?我15年前是真的杀了人,我现在才是在做梦,对了,我现在就是在做梦。黄羊的手颤抖着,他用了很长的时间才把藏在腰间的匕首拔出来。刀刃还是锋利如雪。黄羊十分骄傲地说,看见了没有,15年前我就是用这把刀把胡金水杀了的,一共是九刀,我记得清清楚楚——

　　黄羊的话硬生生地停住了,因为他看到了刘兰香,刘兰香牵着黄花的手出现在门前。刘兰香的白发在风中飘,和黄羊在梦中见到的一样。

　　刘兰香伸出双手,叫了一声,我的儿啊——

狩猎季

一

在李绿的思维中，没有什么好事是自己找上门来的，别人走狗屎运是别人的事，对她，这种梦她做都不允许自己做。

得到董固业的确切答复是刚下班的时候，李绿把消息压了两个小时，回家吃了饭洗了澡，稍事打扮才拿起电话。预料中，周启今晚没有应酬待在家里。李绿说有好消息，周启说既然是好消息赶紧说，好久没听到好消息了。李绿说这样的好消息不能在电话里随随便便地说，他得请她喝水果酒。周启又如预料中地说，好，好，赶紧到家里来吧。

周启离婚后就搬公司楼上住了。公司的写字楼是商住两用的，周启上下班抬抬腿的工夫。李绿去过他住处好几次，都是汇报工作。

在李绿的预想中,今天的工作汇报会和往常不一样。她为周启工作了三年,周启也恰好是三年前离的婚。不过那桩离婚与李绿没有任何关系。李绿只听公司里周启的裙带传出闲话说,周妻无生育能力,离婚是迟早的事,拖到今天周启算仁至义尽了。周启一直把李绿当人才,尊重、重用,带她一起出差应酬,没有半分轻佻,稍微出格的话一句没说过。倒是李绿这边经常做好了思想准备,她算得上是个职场美女,男人想占便宜不奇怪,在圈子里打拼多年这类事她见多了,也经历了,只要对方付得起代价,她没什么看不开的。

周启的君子行状让李绿对他上心了。她死心塌地为他跑业务,拉客户,这几年公司业绩的增长与李绿的卖命是分不开的。据李绿的观察,周启离婚三年来没有什么固定的女人,他一心扑在公司业务上,她就幻想着能成为周启的女人。这一来,公司是他们一家人的,她怎么付出都值得。她应该是配得起他的,他离过婚,年逾四十,手上这个公司不大不小,既不大富也不大贵。她呢,尽管出身寒微,学历平平,但凭自身努力早已洗去一身土气和穷酸,当然,也捱不起韶华流逝,三十一,该嫁了。

李绿深谙在男女关系中如果一个女人主动去献身,无疑要在这场战争中失去上风,但等待也不能是无限期的。她觉得在她和周启之间需要一个突破,有了突破,如船过险滩,往后就顺风顺水了。

周启接完李绿的电话马上给朱丽娟挂电话,他告诉她,公司有急事要处理。朱丽娟不多话,你忙你的,有空再联系。周启说,好,你早点休息。朱丽娟是位中学教师,朋友介绍周启认识不久,今晚上他约她到住处来,节目也是品尝水果酒。放下电话周启觉得朱丽娟这样的女人不错,识大体性情温和,要来当老婆还是合适的。

抛开这点儿女私情,周启开始琢磨等会儿李绿来要说的事,他隐隐约约能猜到点端倪,一边想着就把两瓶不轻易让人喝的果酒从储藏室拿出来。周启是酿酒世家出身,虽然是小城镇的酿酒作坊,但也有上百年的传承。平时他的一个爱好就是用自家蒸酿的土米酒,浸泡各种时令的水果,泡制出不同口味的水果酒,喝起来别有一番风味。他还试图推入市场,难度太大放弃了,于是单纯让这一手艺变成生活情趣,酒经常拿出来让朋友们品尝。这番雅趣也毫不逊色于艺术家作画、作曲与友人同乐。

李绿到时,周启已经把酒水备好,还摆了两碟水果。李绿坐下来没再卖关子,说下星期四我们陪董固业到云霄山玩一趟,来回四天。

周启惊喜万状,太好了,太好了,快说说,你到底用了什么招,我想都不敢想,这位大爷会和我们一起出游。

李绿轻浅一笑,这招别人没法子跟我们学,也只有我能用。我外婆家在云霄山一带,那地方你可能听说过,号称千年鸟道,是候鸟南飞的必经之地,现在正赶上季节了,每年这时候打鸟的人满山遍野。你也知道董固业是从部队转业到地方的,我听说他经常到郊外的打靶场去玩射击,所以,我向他提议上云霄山打鸟玩几天,他一听果真爽爽快快地答应了。

周启频频点头，这么看来，我们的单子有希望了。

李绿说，前期我们该打点的都打点了，可和别人没什么两样，我们能给的别人也能给，眼下这个关键时候，他愿意和我们出去，就有胜算了。

周启把酒杯递给李绿，来，干一杯，预祝一下，李绿啊，你真是我的福星，没有你这些事谁也办不成。两人碰了杯，把杯里的酒都干了。

李绿舔舔嘴唇说，真香，今天终于喝到你的好酒了，看来不替你卖命还没这口福呢！

周启笑着说，早知道你喜欢喝，我天天供应。你现在喝的是香芒果酒，那芒果香很实在吧？我藏五年了，来，再尝尝这一种。周启换杯子又倒了另一种酒，酒呈晶莹透明的青绿色。

李绿说，看这颜色我就喜欢。她细细地品着说，用百香果泡的吧？

周启说，嗯，这是我泡制年份最久的果酒，有八年了，果汁与酒全融到一块，像蜜糖一样稠，这酒除了我，你是第二个喝到嘴里的，也只有这一瓶了。

李绿眼波流转，哦，那我可不可以提个要求？

周启说，说。

李绿说，既然只剩这一瓶，我们就把它干了吧，让这一款珍贵的百香果酒具有某种特殊的意义。李绿说完这话脸蛋艳丽非常，如玫瑰花开。

周启说，什么意义？

李绿说，先喝完再说，你不会不舍得吧？

周启说，对你我有什么不舍得的，来，喝了。

他们的杯里充满了青绿色的液体，甜香的液体从嘴里滑进胃里，当瓶子空的时候，他们相视而笑。两人嘴里都散发出酒的甜香，脸都微微灼热，空气也有点纠缠不清的味道了。

李绿感觉身上的热气蒸腾开来，她把围在脖子上的丝巾扯开，随手搁在沙发上。她穿的薄羊毛衫领口开得很低，原先全仗着丝巾掩饰，眼下乳沟毕现，春色满溢。她的声音也变得无比的柔弱无力，周总，听说越香甜的酒越容易醉人，我恐怕是醉了。

周启尽量不让自己的眼睛被那片雪白牵引，故作镇静地说，这酒醉人也是舒舒服服的，比按摩泡脚都舒服。

李绿娇嗔一笑，身子在沙发上转动，慵懒、放松，似乎现在就处在按摩的情状里。

周启把酒杯倒转过来说，你还没告诉我，这已经被我们消灭的酒有什么意义呢？

意义就是——它在这世上只属于我们两个人。李绿的语调里似乎带着一种幽怨。

周启暗暗心惊，他捕捉到李绿发出的信号了。在他的经验里，李绿这样的女人已经不是真正意义上的女人了，她们有太多的故事，像男人一样拿得起、放得下，更豁得出去。所以，他才对她一直重之却远之。但他迅速地做出一个判断，当前用人之际，唯有相亲相爱才是最强的联盟，何况，她对他也未必是动了真情，至于后果他应该还是担得起的。

这么好的氛围里,怎么能没故事发生呢?周启站起来,李绿也站起来。他的双手搂在她的双肩上,他比她高出十几厘米,以一个很和谐的从高往低俯瞰的角度,正适合亲吻,他盯紧她的眼睛说,在我眼里,你比任何人都重要,这个单子要能签下来,我们就有好日子过了。

李绿等待这一刻已经很久,她主动将嘴送上去。周启有一点点小小的迟疑,在这种时候任何拖泥带水的行为都是消极、无能的表现,与爱情无关,与面子有关,当然也与利益有关。在李绿还没有捕捉到他这丝迟疑之前,他积极地配合了。他还含混不清地喊了一句口号,这个合同我们一定要签下来。李绿原谅了他这稍稍破坏气氛的举动。

周启说了,我们就有好日子过了。在李绿看来,这句话就是一种承诺,她已经实现突破,现实照着她预想的目标前进。

二

从那天起,李绿便处于一种亢奋状态。她的眼睛亮晶晶扑闪闪,内里水分充盈,脸上红晕如霞。作为一名芳龄 31 岁的熟女,她当然能觉察出自己的异态,她不喜欢这样,只是控制不了。她还喜欢盯着手腕上那条嵌了细钻的铂金链子出神,脑子里都是良辰美景。链子是周启新送的,如果送戒指会更让她欢喜,不过,手链到戒指的距离应该不太远吧。

前往云霄山那日,董固业见到李绿也连声赞叹,小李越来越漂

169

亮了！转头又对周启说,看来你这个老总当得不错!

周启说,这没我的事,姑娘家的,肯定是谈恋爱了,是吧,小李?

李绿明白这里边的撇清之意,恩爱不需现在人前,这点她懂。她早把自己与周启看作是一体的了。她说,我哪有人追啊?等周总给我发的奖金够买套房的首付我就辞职不干了,再干下去真嫁不出去了。

董固业说,这对你们周总来说还不是小事一桩?

周启说,李绿啊,你要想尽快嫁出去该找的人是董处长,董处长这里成全,你想什么时候嫁就什么时候嫁。

李绿说,对啊,董处长,你不能不管我的终身大事啊。语气像小女孩般的撒娇。

董固业呵呵笑着不应,他的嘴可不松。

在轻松的氛围中云霄山之旅启程了。进入山区,那路是大石山中间劈出来的,像蛇身一样弯来拐去,车子越走越慢。周启招呼司机,不急,不急,安全第一。李绿坐在驾驶员旁边,回过头抱歉地说,这路太难走,辛苦处长了,您就当下乡体验生活吧。董固业宽宏大量地摆摆手说,比这难走的路我走多了,没事,没事。

李绿一路充当导游的角色。她说,云霄山山高林密,很多地方的原始森林保持得很好,是野生动物的天堂。每年九月中旬开始,南迁的鸟儿陆续飞来,多的时候,天空黑压压一片,像有黑云把天空罩住,不过,这种盛况现在不多见了。每个出生在这里的孩子,满月后吃的第一口人间饭,必须是用柴火熬出来的鸟汤。那一天孩子的家长会上山打鸟,把鸟汤熬得稠浓,都说孩子们喝了身子强健,还如鸟儿灵巧,将来飞得高站得远。

董固业说,好风俗,这才是真正的靠山吃山,靠水吃水呢。

周启听着他们聊天,偶尔插上一两句嘴,他最在意的是董固业的情绪,一笑一怒皆如情人一般让他心头牵动。

李绿事先已经安排好,他们一行住她舅舅家。

舅舅家就在前往云霄山的公路边上。早年舅舅一直在外地打工,后来因为得了眼病,眼力不好使便回乡了。舅舅用所有积蓄在靠近公路边的地方开了一家旅馆,小旅馆还是因着这来来往往进山的人开的,类似于农家乐。自己家有田有地,再招呼些南来北往的客人,日子过得还是不错的。

车子可以直接开到小旅馆跟前。李绿提前和舅舅打过招呼,说有贵客来。见到车子,舅舅跑出来迎接。舅舅穿了一身齐整的衣服,头发似乎也是新染的,没有一根白发。舅妈尾随其后,张罗着帮拎行李。李绿向他们介绍周启和董固业,舅舅舅妈脸上浮出谦卑的笑容。舅舅说,领导们辛苦了,我们这穷山沟,路太难走了。舅妈说,阿绿说有贵客来,这两天我们忙着收拾房间,床单用具都是出去买新的。董固业像领导接见一样与舅舅舅妈握手说,谢谢老人家了。

李绿抽空问舅舅猎枪借到没有,这几年管制得紧,她就怕这事有差池。舅舅说,你就放一百个心了,管制归管制,有钱总能借得到的,你没看这满山走的谁手上不拎一杆子?

董固业住旅馆顶楼,坐阳台上可以看三面环山的风景。李绿和周启替董固业安置好,叮嘱他稍事休息。周启和李绿住二楼,门对门。

李绿一直没看到表弟许宽道露面,问舅舅,宽道呢?舅舅说,他一大早带人上山了,有一个大学老师带了几个学生出来收集资料,和宽道是相识的,这几年年年来。

许宽道是舅舅的独子,二十出头,在农村也算是大龄青年了,到现在仍然不愿意讨老婆。父母托人说了好几个姑娘,他不但不愿意见人,还威胁老人说,如果逼他娶老婆他就离家出走,老两口气归气,也不敢逼他,拿他没办法。

李绿知道她这个表弟是有些怪,话少,不喜与人交往,唯一的爱好就是进山玩耍,有时一连几天猫在山里也不知道干什么。别人家的孩子进山大多是为打猎物去的,返家时少不得带回些飞禽走兽,许宽道从来没有。他爸开着农家乐的小旅馆,那些野味却是跟别家采购来的。别人家也笑话许家说,你们家的儿子是当宝养的哦。舅舅家只得自嘲了,有什么办法,我命背了。

小时候李绿家没少得到舅舅的接济,长大后作为家族中飞出山门的第一个大学生,李绿有什么好的都想着这个表弟,她工作以后经常寄钱寄衣物回来给许宽道,姐弟俩的感情还是不错的。

黄昏时分,许宽道果然带着好几个人回来。一个男子看上去三十七八岁,瘦、黑,背着一只大背包,胸前挂着相机,脸上有几分傲然的表情。凭着这几分傲然的表情李绿判断这可能就是什么大学的老师了。还有几位学生模样的,年龄与许宽道相仿,手上各拎着一两只奄奄一息的鸟儿。舅舅奇怪了,凑上来看,说,你们打的鸟?黑瘦男子脸上马上现出不悦说,我们怎么可能打鸟?这是我们从那些打鸟人手里高价买来的，全是受伤的。舅舅满不在乎地摇摇说，看样子挺不了多久。男子说，我们会尽力去救治，不能看着它们死。舅舅没再说什么，继续回厨房协助舅妈做菜去了。

许宽道见到李绿有点冷淡，只点了点头，连姐都没叫一声，以前李绿来他不这样。李绿不放过他，站到他跟前说，认不得人了？许宽道被迫叫了声姐。李绿说，明天跟我们上山。许宽道说，明天我还要带苏老师他们上北坡。许宽道指着那个黑瘦的男子说，这是苏玉石副教授，在南安大学教生物，他是野生鸟类保护协会的，这几年一直在收集我们云霄山的鸟类资料呢。许宽道的语气里充满了自豪，好像介绍的人是个多么了不起的大人物。他又跟对方介绍说，苏老师，这是我表姐，叫李绿，她也是从南安来的，带了客人要进山。

苏老师向李绿点点头说，你好。

李绿说，苏老师，山上打鸟的人多吗？

苏玉石说，眼下这季节，哪里不是捕鸟的人？

李绿说，你是鸟类保护协会的，进山除了收集资料，还要跟人做宣传不让打鸟啰？

苏玉石仔细研究了一下李绿的表情，看李绿到底是讽刺，还是真心实意问他这么个傻问题。苏玉石还未解答，有个学生抢答了，这里捕鸟的人凶得很，人手一杆枪，我看都敢杀人，谁敢劝他们呀？

苏玉石打住学生的话头，我们已经收集了不少有用的资料，我们会呼吁全社会关注这里生态破坏情况的。

李绿貌似很认真地听着，她哪里有心情管这门闲事，她只是不喜欢许宽道舍了他们而如此看重别人。她说,好,很好,早就应该有人做这样的事了。

李绿看着许宽道跟苏玉石一行进了一楼的一间客房,他们人进去,门就关上了。

初来乍到的第一顿饭是重头戏,这里特色菜是全鸟宴。舅舅把李绿拉进厨房向她介绍今晚要准备的菜。李绿在厨房里看到了老鹰、凤鸟、野鸭等硬邦邦地吊挂着,甚至还有一只天鹅,盆里还搁了好些已经褪掉毛的鸟儿。舅舅指着那些鸟说,宽道那死仔成天上山不见带得一只鸟回来,你说是贵客来,让我们好好准备,我们专挑好的跟人买,价可不便宜。李绿说,钱不用省,你们给我把人招待好。舅妈正在灶前翻炒,热油满面地说,我们是把看家的本事全使上了,就不知道你那领导满不满意?!李绿说,舅妈的手艺我还没听谁说过不满意的。

晚饭很丰盛,烧的烤的炖的,还有一道最让董固业赞不绝口的百鸟汤。不过,大家都很自觉,没有一个人问这是什么鸟,那是什么鸟。焚琴煮鹤的事做了也是只能意会不能言传的。董固业说,鲜得我的舌头都要掉下来了。李绿看董处长胃口很好,很有把握地说,处长,明天我们上山现打现烧,肯定比这还要鲜上百倍,不过,我们都没什么百步穿杨的本事,只能给您做跟班,就指着您吃野外大餐了。周启说,对,对,那跑上跑下拾鸟的任务就交给我了。董固业呵呵笑了,别的不敢说,在野外能让你们吃饱我还是可以保证的,我干侦察兵的时候……

李绿心里有事,好不容易吃饱了,也听饱了董固业的传奇故事,她赶紧找许宽道去。明天他们上山没人带路可不行,舅舅年纪大了,眼睛又不好使,许宽道是最好人选。李绿在许宽道房里找不到人,就跑到一楼敲开苏玉石的房门,果然,苏玉石的房里很热闹。学生们在看电脑上的照片,许宽道混在其中,指指点点地参加议论,也像个大学生了。李绿凑上前去看,大量照片和录影摄的是鸟被猎杀的场面,很多是在夜晚拍摄的,不是太清晰。

李绿说,这些照片你们是怎么拍到的?

苏玉石有些炫耀地说,那还用说,千辛万苦冒着生命危险拍来的,都是罪证啊,我已经跟电视台联系好了,准备编辑成一部专题片,将这里的情况公之于众,我就不信到时没人管!

李绿不免担忧起来,就像白日里那个学生说的,那些个专门上山猎鸟的,都做成产业了,没几个是好惹的,他们拍这些照片时如果让人发现,后果很难预料。李绿让许宽道出去一下,她有话跟他说。

许宽道极不情愿地离开房间,刚走出门就问,什么事啊?

李绿推了他一把说,你这傻仔,我有什么对不住你的,你对外人比对你姐还亲啊?

许宽道知道李绿为什么要这么说,没正面回答,反问一句,你们明天要上山去打鸟?

李绿说,我们主要是上山看看风景,顺便娱乐娱乐。

许宽道一脸不屑地说,还是要打鸟的嘛!

李绿急了,你脑子进水了,我们打几只鸟又怎么了,难道你也加入什么保护鸟的协会了?

许宽道说，是，加入了，我去年就加入了。

李绿一下被噎住了，差点没说出话来。她用手点着他的脑门说，我看你是被那个姓苏的给忽悠的，你一个乡巴佬，参加这有什么用处？把那些个亡命之徒得罪了，人家的枪可不光打鸟。

许宽道不耐烦地说，我不怕，个个都像你这样想，我们山里的鸟早晚要被打光了。苏老师说了，这样捕鸟会让鸟绝种的，我反正不希望你带人上山打鸟，我更不会带人上山打鸟。

李绿说，行了，行了，跟你这个苔仔说不通。她心浮气躁地回房，一路上盘算着明天该让谁陪他们上山。周启在她门口打转，吸着烟。李绿转忧为喜，她对这几个外出的夜晚早有憧憬，离开公司他们是自由自在的，应该好好享受一下独处的时光。

周启的口气却不太好，你到哪去了，打手机也不接？

李绿说，手机放在房里了，刚去找我表弟聊了一会儿。

周启说，跟他聊什么，你来又不是访亲戚的，我们这一趟的任务是照顾好董处长。

语气有些重了，一个老总对一个属下这么说没问题，但情侣之间用这样的语气就让人难以接受了。李绿没有分辩，低头不语，转动手上的链子。是手链提醒了周启他们之间有另一层关系在。他的语气缓和下来，手放在她肩上说，我的心情你应该能理解，对吧？

李绿说，那我们陪董处长出去散散步？这里晚上空气很不错。

周启说，那你赶紧去。

李绿说，你不一起去？

周启说，两个大男人有什么好聊的，还是你去，一个美女说什么别人都爱听。

李绿皱起眉头看周启,她不愿意朝某个方向想,却忍不住朝那个方向想,她觉得周启的意思不仅是让她陪董固业散步聊天吧?她把这个很破坏感情的念头压下去,尽量显出自己贤良淑德的一面。她说,那我去了。

李绿敲了敲董固业的房门。董固业显然是刚洗了澡,头发湿乎乎的,身上散出一股香皂味。李绿说,处长有没有早睡的习惯?没有的话,我们出去走走,这山里的空气好得很。

董固业说,懒得出去了,反正明天都要上山了,先把精气神养好。

李绿说,哦,那我就不打扰您休息了。

董固业说,现在还不到休息时间,进来聊聊天吧。

李绿硬着头皮进了房,坐在董固业对面的沙发上。董固业落落大方,还掏了烟问李绿要不要来一支。

李绿摆摆手说,我没养成这习惯。

董固业自己点了一支烟,吸了两口说,小李到南安多少年了?

李绿说,从读大学算起,加上工作这么些年,前后有十年时间了。

董固业说,还好,也算是闯出来了。

李绿说,饭是有得吃了,但要说有安全感,那还差得十万八千里呢。刚毕业那阵子我找不到工作,几个人挤一间宿舍,一天才吃一顿饭,唉,什么苦都尝了。

李绿对外人是不太谈论自己出身的,当然她是有选择的,例如对董固业这个同样出身于农家的子弟她并不讳言。她滔滔不绝地回忆自己的革命家史，说自己小时候打着赤脚上学，跟个野孩子一样，一年吃不上几次肉，考上高中来到城里才见识了电视，上了大学才知道蛋糕是什么味道的。在李绿的嘴里，过往的苦处有如诗情画意一般，是她纯净朴实的背景。

董固业感叹，真是不容易，不容易，像你这样从山里走出来的孩子太不容易。

李绿说，是啊，所以说我总觉得没有安全感，天下的老板都差不多，他们看重的是我们的工作效率，如果我们工作没有成果，说让你走人也就走人了。

董固业说，我看你们周总还是很器重你的，这次你们公司的合同要能签下来，你功劳最大。

李绿一句没提合同的事，她想表达的，已经隐藏在上面的话里了，如果这个人有心，他会帮，如果无心，说透反而不美。现在，她终于等到董固业一句有所关联的话了。她发自肺腑地说，董处长，事要能成，最应该谢的是你，你是我的贵人。

董固业很大度地挥挥手，自以为很幽默地说，我还不是怕你嫁不出去嘛。

李绿拍手附笑，对，对，处长是怕我嫁不出去了。

李绿发现董固业还是好说话，和善的，不像平日那样高高在上，人嘛，就缺个了解的过程，有时间了解，谁都不难处。李绿从董固业处告别回自己房时，看到周启房中还有灯光从门底漏出来。她本想敲门，临了换成拨打手机。她说，董处长休息了，我回来了。

周启说,你们谈到项目的事没有？李绿说,没谈。她不想把董固业的表态马上告诉周启,她要等他的表现。可这男人的表现欠佳,一听说没谈项目的事,语气便没了半分精神。他说,你早点休息吧,明天上山还得辛苦呢。李绿本以为周启会邀请她一起共度春宵,那么她可以在温存之时把董固业说的"我还不是怕你嫁不出去嘛"这句话对着那个她想嫁的男人说上一遍,然后两人再一同来构建美好未来,但这男人没给她这个机会。她不愿去深究周启的真心占几分,她更愿意从另一个角度来度量,那就是,男人的功利心无论多大都是可以原谅的,这是他们的天性,前提是,他没有别的女人。

三

因为许宽道不愿带路,舅舅只好亲自陪同他们上山。李绿昨晚上给了舅舅六千块钱,算是招待费和向导费。舅舅尽管眼力不行了,但对这片山林还是烂熟于胸的。

司机开车子把他们送到半山腰上,省了好些脚力,但真正进山猎鸟的路,必须还是得靠脚走出来。舅舅带他们去的是相对来说较好走的云霄山南坡,山势比较平缓。舅舅一马当先,拎着杆老式鸟铳走在前头。李绿许久没有这么走过路了,但底子还在,周启就不行了,走上几里喉咙直拉风箱,喘得脸发白,头发湿成一团团的。李绿看着都有些心疼了,让舅舅停下来歇歇。董固业不愧是当兵出身的,大多时候能追上舅舅的步子,两人一路攀谈,所以,他有资格取笑周启,小周,你比我小十来岁吧,力气哪去了? 唉,肯定是夜生活太丰富,虚了。周启说,冤枉啊,真是夜生活丰富我也认了,但根本就是忙出来的,像我们这样的人,钱没赚到几个,身体全坏了。

大家一路说笑着前进,气氛不错。绿树山花养眼,鸟虫鸣声悦耳,李绿为了让气氛更山野一些,敞开喉咙唱起了当地的山歌,那音色出奇的清亮,在林间宛转回荡,大家鼓掌喝彩。李绿唱了一首接一首。董固业的情绪被感染,也豪情万丈地来了一首《打靶归来》。周启满心欢喜,他想在这样的氛围里还有不成事的吗?

在他们行进的路上有许多树起的木桩,上面挂了大小不等的网,要不是有木桩提示,那些浅色的网是不易看出来的。网上零零星星地挂着些已经不再动弹的鸟儿,这画面看上去有些怪异和凄凉。像是为了给他们解说这网的用途,一只小鸟莽莽撞撞横飞出来,一下粘挂在网上,鸟儿用力扑腾翅膀,利声尖叫着。李绿上前仔细看了看,她把鸟儿从网上解下来递到舅舅面前,语气里带着惊喜,舅舅,你看,是琴鸟。舅舅点点头说,是琴鸟,在云霄山好些年没见着这种鸟了。

关于琴鸟,在李绿和舅舅之间有个故事。李绿七八岁那年到舅舅家过年,正巧舅舅捕到一只琴鸟。琴鸟不只毛色鲜亮,叫声也很清脆,是许多玩鸟人的宠物。舅舅打算把鸟儿拿市场上去卖,李绿又哭又闹就是不让。舅舅说,卖了给你买新衣服。李绿说,我不要新衣服。舅舅说,卖了给你买糖买饼干吃。李绿说,我不吃。舅舅没办法,只能把鸟儿留给李绿。李绿逗鸟儿玩了半天,后来把鸟儿给放飞了。舅舅过后很有点心疼地数落她,你把你的新衣服糖果饼干给放天上了,你就等天上给你掉这些东西吧。

二十多年还真就是一眨眼的工夫,现在李绿又把一只琴鸟捧在掌上,她让它慢慢站稳,琴鸟惊魂不定地在她掌上扑闪了好几下才站稳。李绿心疼地说,这满山都是拿枪候你的人,你身上能有几两肉呀?行了,机灵点绕着飞吧。琴鸟张开绚丽的翅膀,忽地飞入林子里了。

周启站到李绿身边,用肘碰了碰她,轻轻地说,你都说些什么呀?

李绿反应过来,有些尴尬地扫了董固业一眼。

董固业根本没留意李绿说的话,他问舅舅,这是捕鸟的网吧?

舅舅说,是啊,这种拉网捕鸟的方式最祸害鸟了,现在满山遍野地张挂着,一天下来成百上千的鸟就着了道,说是天罗地网也不过分。你看现在网上没几只鸟,估计是张网的人刚把鸟收走了。

董固业说,那有关部门不管吗?

舅舅说,山高路远的,哪里管得了这么多。

董固业说,作孽呀,你们知道网开一面这个成语是怎么来的吗?

大家都摇摇头。

董固业说,传说商汤这个人心肠很仁慈,有一天他看到一个捕鸟的人一边下网一边说,四面八方的鸟啊你们全都到我的网里来啊。商汤听了很不舒服,他不让这捕鸟人四面全下网,而是让他网开三面,只能下一面网,给鸟留生路,后来这故事传下来就变成网开一面了。

李绿说,哦,网开一面是这么个来由啊,董处长真是能文能武,好有学问。

周启说,呵,我听说处长家里最多的就是书了,喜欢看书,肚子里装的东西可多呢。

正说着话,听到一阵叽叽喳喳的声音,天上一片迅速移动的灰云,是一大群鸟儿朝那边山头飞去。舅舅赶紧招呼大家说,你们注意看,那边山不知道有多少人举枪候着呢。貌似寂静的山谷突然响起鞭炮一样密集的枪声,鸟儿纷纷坠下,剩下的惊慌失措地改变方向,瞬间一片云变成若干小点飞散了。

董固业反应敏捷,立马做好战斗的准备,手往后一挥说,大家准备好,马上有鸟儿要到我们这边来了。果然,好几十只鸟儿从那边山头折飞而来。董固业不慌不忙抬起枪,随着枪响,鸟儿惊鸣声乍起,只见好几只鸟儿直直往林子里坠去。周启这时候顾不上喘了,跑得比兔子还快,顺着鸟儿下坠的地方奔去,十来分钟后,手里拎了三只鸟回来。

舅舅甄别后说,是凤鸟,不太容易打到的。

李绿说,开门红啊。

周启拎着一只鸟细细研究,招呼大家看,说,大家请看,这一枪是从眼睛穿过去的,董处长不就是传说中的神枪手嘛。

李绿看那血糊糊的鸟儿,想到刚才它们还欢实地在天上飞呢,心里有些不忍,恭维的话没说。

董固业哈哈大笑,摆摆手说,这是基本功,没这基本功也不敢出来了。

李绿说,周总,你趁这机会好好跟董处长学上几招,拾鸟的事我去。

周启说,别让我出丑了,我要能打得到鸟,那鸟也是自己撞枪口来的菜鸟。

大家哈哈大笑,继续在林中穿行。凡可听见鸟声处,董固业的侦察员特征立即显露,他马上能判断鸟的大致方位,虽不是枪枪准,但也有个七八成的准头。

李绿拿了相机帮大家拍照,董固业的神枪手风采一一被录进镜头里。周启还把董固业打的鸟集中起来,挂在枪头上,那张照片中董固业雄姿英发,扛枪而立,就像一个满载而归的猎户。镜头中那些失去生命的鸟儿羽毛被风吹得零零散散,成为董固业英雄照的背景。

下午四五点大伙开始安营扎寨,准备晚饭,因为舅舅说了,打鸟的黄金时间是在晚上。早点吃晚饭,养精蓄锐,夜场更精彩。

李绿和舅舅搭灶做饭。除了从山下带来的米饭蔬菜,董固业的战果全部摆在桌面上。大家都说,要没有董处长,我们只有找野菜吃了。舅舅煲了原汁原味的鸟汤,焖了一锅干笋鸟。李绿本来是要打下手帮忙的,看那些鸟儿突然觉得恶心,全都推给舅舅干了。大家对汤水赞不绝口,说这才是真正的鲜呢,昨晚上喝的汤跟这一比才知道那算不了什么。周启说,这是当然,这鸟儿下锅的时候身子都还暖着呢。

饭后,李绿将事先备的炭烧着,大家围着炭火堆坐着。舅舅闲着没事,说教大家烤鸟吃。褪鸟毛比较麻烦,他烤的是叫花子鸟,用水和泥裹满鸟身,烤干后,泥巴带毛脱落,鸟肉细嫩无比。大家本来吃得挺饱,现在又全有了兴致。

董固业说,舅舅,你到我们南安去,我们大家集资给你开店,凭你这手艺,生意保准兴隆。

舅舅说,行,你们给我搭台,我就敢出去唱戏。

大家吃喝聊天,不知不觉夜深了,雾水也重了。周启将备下的水果酒一并拿出来,大家喝了,除了身上变暖,说话的声音也变得越来越大,空旷的野外越发显得空旷。周围的山野望去黑乎乎一片。突然,有射灯亮起,不止一盏,起码有十来盏,整个山谷一下明如白昼,射灯扫来扫去,在光矩中可以看到鸟儿飞动的影子,然后就是枪声,白烟过后,被击中的鸟儿纷纷落下,山谷里响起欢呼雀跃的声音,然后就是奔跑的脚步声。整个山谷一下热闹起来了。

舅舅嘴里喷着酒气,伸长脖子说,开始了,这夜间猎鸟开始了。

董固业在暖热的酒劲里有了睡意,头已经埋进胸口上了,这山中乍起的热闹让他浑身一个激灵,酒力变成战斗力。他刷地站起来,像指导员一样扬扬手说,走,我们观战去。

舅舅带领大家往坡上走,走了半个多小时,果然看到好些人三五成群地聚在一起。这里变成了一个猎场。

董固业很有些遗憾地说,我们没带射灯啊,这不好打。

李绿抱歉地说,哎呀,怎么就忘了准备这东西了。其实不是李绿没有想到,而是这样弄的话场面太大,伺候领导玩一两天,要把射灯弄到山上来,除了专业捕鸟队,谁也难得备下这么个阵容。

周启说,小李,既然你们这里兴打夜鸟的,就应该想到要准备的啊,哪怕是个电瓶灯也好? 周启是毫不客气地指责。

李绿是毫无脾气地道歉,一个劲地说对不起,还说,明年,明年领导再来一定备下。

董固业说,没事,等那些人的灯亮起来的时候,我可以帮他们打,反正我们又不要那些鸟,只是过过瘾。

舅舅说,这没问题,我去跟他们说说,我刚看到有几个是熟面孔的。

舅舅上前去跟那些人说了些什么,有几个人回头扫了他们几眼,点了点头。舅舅欢天喜地转回来说,走,他们同意了,我们找个好地势,别跟他们凑一堆了。在舅舅的带领下,他们另找了一个地方候着。一会儿所有射灯灭了,山谷又陷入黑乎乎的沉寂里。大家也安静下来,不再聊天,像猎人一样安静等待。过了十来分钟,射灯再次亮起,光照中鸟影如雪花飞舞。董固业毫不含糊,抄起枪连连射击,命中率还挺高,不远处有人喊,兄弟好枪法。周启这边齐齐鼓掌。董固业越战越勇。

李绿应景似的拍手鼓掌,眼睛留意的却是不远处灌木林里藏的几个人,本来以为他们也是来打鸟的,可看他们半天没发一枪,还有意识地躲着怕人看见。偶然的那些人当中有一个手中有亮光闪了一下,李绿意识到那是台摄像机,她一闪念——莫不是许宽道和苏玉石他们? 她悄悄地潜过去,正是许宽道苏玉石他们。他们正在用摄影机拍眼下山里打鸟的情形,看到有人走近,拿摄像机的赶紧背过身用衣服遮起机子。

李绿说,宽道,你在干什么? 让人发现了可了不得。许宽道没说话,领着苏玉石他们快速隐入另一片林子里去了。李绿不能脱离自己的队伍,只能看着他们走远了。

凌晨四五点天快亮的时候,山谷中的枪声渐渐稀了,参加猎战的人带着猎物渐渐散去,等待他们的是另一个夜晚。董固业也尽了兴,大家回到搭好的帐篷里休息。

这一觉大家是放开地睡了,快中午的时候,他们陆续起了床,继续昨天的行程,舅舅带他们换到另一座山头,是回头路的方向。

董固业昨天尽了兴,也因为累着了,今天打鸟的兴致就没有昨天高了,反而是周启,慢慢摸索出点门道,竟然也打落了不少鸟。

因为明天早上要回南安,所以近黄昏时分他们就往山下走了。这时候他们碰到许宽道,这次他身边没有苏玉石和他的学生们,只是一个人。舅舅看到许宽道就当没看到一样,擦边经过了。李绿知道这不是因为舅舅眼神不好,而是舅舅肚子里有气。许宽道也没打算搭理他们,脸扭到一边。

李绿上前揪住他说,你带的人呢?

许宽道说,苏老师脚扭伤了,先下山了。

李绿说,他们都下山了,你还待在这里干什么?

许宽道不耐烦地要挣脱李绿的手,不小心露出他包在衣服里的相机。他只好说,明天苏老师要回南安了,我今晚留在山上看有什么值得拍的。

李绿更是拉着他不放了,你不要命了?

许宽道说,你少管我的事。

李绿说,不行,现在你就跟我下山。

许宽道说，我看到你们打了不少鸟，还吃鸟肉呢。口气里充满了厌恶。

李绿被他这种厌恶吓了一跳，人稍发愣，许宽道挣脱她的手跑了。李绿看自己这行人已经走远，不得不放下追许宽道的打算。

回到舅舅家，天已经快黑了，大家都觉得很是疲惫，先回房休息等着吃晚饭。

李绿看到苏玉石了，看样子脚是真扭伤了，纱布捆着脚踝，纱布上还有绿色的草药汁渗出来。苏玉石手边有一根削得很滑溜的棍子充当拐杖，正和几个学生在喂前两天从山上带下来的鸟，估计大部分死掉了，现在只剩得两只比较大的，是同一品种，李绿能认出来，都是老鹰。

李绿上前打招呼说，扭到脚了？

苏玉石点点头。

李绿说，许宽道好像拿了你们的相机还待在山上，是你让他帮你们拍资料吗？

苏玉石说，我没让他去，是他看我受伤了，有些资料没收集全，自己一定要上山去补拍的。

李绿说，许宽道没上过大学，脑子简单，你说什么他信什么。你们是外地人，来了还会走，宽道是本地人，他在这片土地上生活，就得入乡随俗，你要想呼吁，要想揭露，自己弄去，我不想他惹事。

苏玉石毫不示弱地盯着李绿，你们这里的人要都像许宽道，爱这大山，爱着山上的生物，云霄山就不会变成鸟类的地狱了。

李绿为对方的慷慨陈词感到可笑，但也拿不出什么话应对，只是冷冷地狠笑了几声。

四

夜里，李绿没有睡意，白日的行走让她双腿酸痛、身上疲惫，但她的脑子却很亢奋，亢奋得莫名其妙。

这天晚上许宽道没有回来。

一大清早的，院门被人响亮地拍响，拍得很急，周边的野狗也凑热闹地吠起来。大家都还在睡梦中，对这噪音很不耐烦，含混不清嘟囔几句算是抱怨，蒙上耳朵继续大睡。只有李绿的耳朵竖起来了，也只有她听得清楚拍门声里夹杂着的方言，她捕捉到门外这个消息与许宽道有关，像有一道冰凉的水流从她的头顶灌入，她确定许宽道一定是出事了。

果然，等李绿穿好衣服来到院子里，舅舅舅妈已经随着通报消息的来人往山上奔去，看得见手电筒的光晃晃荡荡地往上走，舅妈凄厉的哭声被杂乱的脚步冲撞得零零碎碎。

李绿坐在院里等，她不想让自己的脑子里有任何坏念头，所以，她尽量地将脑子放空，于是，她的脑子空荡荡的，就像周围秋夜的山野一样清寒而寂静。她突然想起什么，冲上前拍打苏玉石的房门。苏玉石披着衣服出来了，很快的，他的学生也从其他房间出来了。李绿说，许宽道出事了。一群人全愣住了。

两个小时后，许宽道被人扛下山，整只脑袋血呼拉的，看不出具体的伤口在哪个位置。舅舅舅妈簇拥前后，一向精明的舅妈现在只剩得哭了,而舅舅也是一副听天由命的木呆样。李绿上前去探探许宽道的鼻息,旁边有人说,还有气,说完又摇了摇头。

苏玉石和他的学生围到许宽道身边。学生们的脸发白,可能是人生第一次面对这样的场面。苏玉石上前替许宽道整理衣服,有意无意地检查相机是否还在。这是李绿脑子里转的念头,她怒不可遏地上前推开苏玉石说,你这时候就惦记着相机是吧?许宽道是你害的,如果他有个好歹我们和你没完。苏玉石皱着眉头,一声不吭。

周启总算是从楼上下来了,眼前的场面让他吃了一惊,不过,他并没觉得和他有什么关系。李绿让他赶紧派司机送许宽道到最近的医院去。他说,董处长昨天说了,吃了早饭就赶回南安,这车不能动。

李绿说,董处长不是还没起来嘛,起来了和他说说他能理解的,人命关天的大事。

周启不耐烦地说,人家表面上是理解,心里能高兴?好好地出来玩一趟,还碰上这事。

李绿愤怒的眼泪哗地冲出来,周启,我看是你冷血吧。

周启没理会她,从包里掏出一叠钱,对那些把许宽道扛下山的人说,大家乡里乡亲的,麻烦帮忙找车把人送医院,多少钱我都出了。

有人就说,住附近的许三有辆面包车,打电话让他过来?

舅舅老泪纵横,哽咽着说,我看送医院也是白折腾,眼见人都没气了。

李绿扯开嗓子吼,舅舅,你糊涂了,大家赶快帮忙找车把人送医院去!

许三的面包车二十来分钟后到了,大伙把许宽道抬上去,舅舅舅妈也爬上车子。苏玉石跛着一只脚,三跳两跳地也上了车,李绿顿时觉得这人没那么可恶了。她跟周启说,我跟他们一块去,你留下来陪董处长,反正该办的也办得差不多了。周启拽住她说,你不能离开,我们怎么陪处长来的,就得怎么陪他回去,有始有终。你和他们一块去帮不了什么忙,这个时候人多没用,钱才有用。周启从车窗户把一叠钱塞到舅舅的手里,舅舅麻木的脸挤出几分感谢的表情。周启向司机挥挥手,车子开动了。

李绿事后最不能原谅自己的是,她当时觉得周启说的话是有道理的,或者她对周启还是有幻想的,愿意听他的,所以她没有陪舅舅他们上医院,后来也没留下来。

留在原地的人还在七嘴八舌地议论。李绿拉住几个本家打听许宽道出事的缘由。那些人都不很确定,说好像是宽道砍了别人拉的捕网,还打爆别人的射灯,让那些猎鸟的追着用枪崩了。还说那些人是看在他是本地乡亲的份上,通知人把他送下山了,不然,在哪个沟里死烂臭了都不知道。李绿问是谁打伤的许宽道,就没有人说了,都说黑灯瞎火的,山上的人都有枪,谁打的根本弄不清楚。

很奇怪的,院子里边闹得这么厉害,董固业一直睡到将近中午才起身。周启特地嘱咐过李绿不能在董固业前提许宽道的事,说是在这当口出这种事,摊上谁都不会太高兴,计较的话还会觉得秽气。

出发前,董固业上了车,突然说应该跟李绿的舅舅舅妈告个别,感谢一声,李绿说,不用了,他们有急事去乡里了。董固业就没再说什么。

归途中李绿比较沉默,她完全失去了说话的兴趣。周启这里是一丝不敢怠慢的,陪着董固业回顾这两天的猎鸟生涯,抽空还从手机里调出现场拍的照片,夸董固业如果不是在和平年代,肯定是一位将军。

周启说,这次行程还是太匆忙了,我们准备也不充分,处长肯定没尽兴,明年我们再来,小李啊,下次招待的规格一定要比这次提高啊!

李绿被动地点点头。

周启赶紧又赔了笑脸说,董处长,下次来之前我们都把自己练成神枪手,可以和您比一比才行。

董固业说,好,好,那样我还有点兴趣。说着捶打腰背,哎呀,好久没在外边跑动了,这腿、背感觉有点酸痛。

周启赶紧说,我给你揉揉?

李绿看周启唱独角的殷勤样,终是于心不忍,打起精神说,处长,我有市里最好按摩中心的按摩卡,改天给您送去,有时运动累了去按一按还是很舒服的。

董固业说,好,好,我去按一按。

周启听李绿出声说话,心放下大半,舒了一口气。

李绿还说,董处长,那些鸟我用冰块冰了,在后车厢放着,还有些是舅舅家给您备的,您拿回去让家里人尝尝,真正的绿色食品。

董固业满意地点点头说,小李很会办事,人才啊,周启啊你真有福气。

周启说,是啊,公司里我最器重的人就是她了。

董固业说,你们的事我记着了,等通知吧。

周启说,谢谢,谢谢。他激动得额头的汗都渗出来了,盼星星盼月亮终于等到一句让人心里踏实的话了。

按李绿的想法,把董固业送回南安后,她得马上返回云霄山照看舅舅一家。这点心思,周启是猜得到的,所以回来后,他明明白白地跟她说,这单生意成与不成这些天就要见分晓了,你哪都不能去,安心待在南安,别的公司都如狼似虎地盯着呢。这又是老板的口气,李绿没有什么反应。周启的语气缓和下来,他把办公室的门关上,双手抚在她的肩膀上,这段时间你辛苦了,晚上到我那,我给你做两个菜,喝点酒,放松放松。

周启的软话还是中听的。李绿去了,吃了,喝了,心绪平稳了。她在周启的怀里诉说童年往事,诉说当年舅舅舅妈是如何宠爱她,现在她却不能为他们排忧解难,她把对许家的愧意在周启的怀里用哭声释放了。周启特别的体贴,他说,放心吧,我会和你一起照顾他们的,等这边事情一结束,我立马陪你回云霄山。李绿的心又暖和过来了。

李绿勤快地联络董固业,两个星期后,周启被通知去签合同。

周启把合同签下,整个人腰板比平日挺拔了,脸上像喝了水果酒似的满面红光。兴奋是自然的,这份合同签下,公司在本市的档次便由三四流一跃进入二流，打个形象的比喻就好比过去只能承包百把万工程的包工头，一下承包了千万以上的单子，从此跃了龙门。

也是同一天李绿接到舅舅的电话，许宽道没了。许宽道动了两次手术，在床上无知无觉地躺了半个月，最终还是没能醒过来。面对周启兴奋异常的脸，李绿没把这个消息说出来，毕竟这个人和死者没有任何关系。

周启没忘李绿的功劳，他把她叫到办公室，提笔挥写，那份流畅的劲头很是潇洒。他开出一张数额不小的支票，将支票递与她说是提成，还说他赏罚分明，对有功之人他从来都舍得。这口气像财大气粗的老板，而且，听起来他们之间的关系十分的纯洁，就是雇主与雇员的关系。

李绿脑子里始终盘旋着一句话，是结缘那夜他说的——我们就有好日子过了。"我们就有好日子过了"原来是这个意思，她会错意了，他们只是共同赢了一票生意。她于是忍不住说，许宽道没了。周启一下反应不过来，许宽道是谁？

天地良心，这挨千刀的，她没应他。他自己突然想起来，拍拍脑袋说，瞧我这记性，对不起，对不起。他坐下来，又开了一张支票递给她说，我给你休大假，你回去看看老人，这算是我的一点心意吧。

李绿认真地将支票读了一遍，说了一句，谢谢周总。

周启便又有些得意忘形了，他的手指不停地在桌子上跳骑马舞，好了，你休假，我也好好休休假，等回来我们得开始忙啰。

李绿说,哦,你有什么打算?

周启说,有朋友邀请我到欧洲走一走,我一直没心情,现在可以出去看看了。

这趟行程自然与李绿无关。李绿突然觉得自己很傻,当然,眼前这个周启在她看来也聪明不到哪里去,他难道以为女人都是这么轻而易举为人卖命的?她说,周启,你知道,我为公司这么卖力并不纯粹是为钱。

周启看李绿的脸色,意识到点什么,有些收敛了。李绿,我不会亏待你的,等后边的业务走上轨道我会考虑将公司的股份给你一些。

李绿说,你想得真周到。她挥挥手中的支票笑着说,我走了。

周启看着李绿的背影暗暗摇头,他对她算不错了,她还想怎么样?让他娶了她?他周启还不至于沦落到这步田地。

李绿没有休假,她觉得这种时候她回云霄山根本没有任何意义,她更不知道要如何去安慰她那可怜的舅舅舅妈。

过了几日有旅行社给周启送机票,周启不在,是助理签收的。李绿无意翻看了机票,看到是两人的机票,周启的旅伴是一位叫朱丽娟的女士,欧洲十日游。

李绿在心里好好把自己嘲笑了一番,看来真是老了,想把自己嫁出去想昏了头,一厢情愿地发情,栽大跟斗了,过往的江湖岁月算是白混了。这羞呀还对谁都不能说,也不能怨那男人,就好比进山狩猎,猎不到,只能说是运气不好、技术不佳,不能怪那猎物没给你机会。

李绿不怪周启，却把许宽道的死背到自己身上。她把许宽道的死与他们这一次的活动联系到了一块。她相信在一定的时空构成里会发生一定的故事，那么，云霄山一行，他们在那个时空里肯定改变了什么，而许宽道就在那样的时空里丧失了性命。李绿虽然说不清楚自己担当的是一个什么角色，但她相信如果她更有力地去劝阻，或者相反的，一点也不介入，那么许宽道现在还活蹦乱跳地生活在这世上。

五

许宽道出事后，苏玉石在医院陪了三天。三天已经是他计划外挤出来的时间了，本来那天早上他要赶回南安参加一个国际会议的，从这一点看他觉得自己也算是对得起许宽道了。资料是许宽道自己提出要去帮他们收集的，当然他因为这一点后悔不已，少几张或多几张照片不会影响什么大局，搭上一条人命太不值当。至于破坏捕鸟网、打烂射灯的举动，要让他真心评价这是所谓的匹夫之勇，许宽道毕竟还是个乡野青年。

回到南安，苏玉石将在云霄山收集的原始资料交与电视台专题部。编辑制成短片后，与他商量说，片子虽然有许多令人震撼的画面，但感觉还缺少些许悲壮的色彩，不能让这片子从其他的动物环保片子中脱颖而出。苏玉石本来没想让这片子与许宽道扯上关系，因着这点，他就跟编辑说了许宽道的故事，编辑反应相当激烈，当即拍板要加入许宽道的事迹。正在收集资料的那几天，许宽道的死讯传来。编辑说，一个农村青年为护鸟而献出生命，这就是悲壮。苏玉石觉得，如果许宽道的死成就了这个片子，他的死就不太冤了。

名为《千年鸟道之殇》的专题短片播出后，一石激起千层浪，反响大得超出所有人的预计。大量媒体蜂拥而至采访苏玉石，媒体采访的时候，苏玉石很谦虚，他说他做得太少，甚至不如一个农村青年，他总是会提到许宽道，将许宽道描述成一位用生命去实践自己理想、为护鸟殉道的英雄，而他只是一介书生，只会纸上谈兵。苏玉石在大众面前展示了他深深的悔意，正是因为他向许宽道灌输的那些道理，让他受了感召，让他疾恶如仇，如果不是因为他，许宽道还是一个快乐的山民，一个偶尔会上山打鸟的猎人，他无意之间，害了一条生命。说到这些，苏玉石流下眼泪。显然，苏玉石越忏悔，他作为精神导师的形象越高大，苏玉石成了代言人和那个真正为千年鸟道呼吁的环保人。

李绿一贯对新闻不太关注，媒体这些铺天盖地的新闻却还是闯入她的视野。她先是为电视片里集中展现的云霄山的鸟类浩劫所震惊。在鸟类南迁的日子里，云霄山这一条千年鸟道成了鸟类的屠宰场、地狱之门。她甚至怀疑片子里展示的真是她一直看作天堂的云霄山吗？她不是没听说过，不是没眼见过，不是没经历过，可显然的，她所感知和了解的完全是隔靴搔痒。她为她长期以来的泰然处之感到震惊，为她刚刚参与一次猎杀感到汗颜，想起她多年前放飞的琴鸟，她想她的心是麻木了，对什么都麻木了，对云霄山的感情，也不知何时起早已淡如游人。

可很快,她的注意力从悲鸟乡情中转移出来。苏玉石成了名人,许宽道也成了名人,不过,许宽道只像是苏玉石的一个背景板。让李绿心揪成一团的是,整个片子一再将许宽道的死因归结为与猎鸟者的对抗。李绿就这么钻了牛角尖,她想为什么不说他是上山偷拍猎杀场面招来的杀身之祸呢?是的,如果这么说,苏玉石冒着生命代价去收集资料的功劳就全被掩盖了。

舅舅舅妈这时候又来了电话,告诉李绿他们的农家乐小店开不下去了。由于《千年鸟道之殇》的播出,云霄山当地政府采取了一系列行动,例如派了很多执法人员上山抓捕猎鸟人,到乡间收缴猎枪。同时,也有公安到许家询问许宽道受袭的情况。不知怎的,就得罪了一些人。许家旅馆的所有窗户被人用石头砸破了,一天夜里还有人翻墙进院子里试图点火烧房子。李绿问舅舅报案没有,知道是什么人干的吗?舅舅说,还能是谁干的?就是被抓那些人的亲属朋友迁怒于许家了,他们认为许宽道成了英雄,却带累他们的家人被抓,所以报复我们。李绿气急,这是什么逻辑?舅舅说,你也是从这山里走出去的,什么逻辑你还不了解?李绿听出舅舅的话语里有着深深的怨气,那怨气有一部分绝对是冲着她来的。她真巴不得让他们骂上几句呢。她让他们到南安来避一阵。舅舅说,我儿子都死了,我还避什么,我就待在云霄山,谁想要我的命来拿去。

和舅舅通完话,李绿一夜无眠。她把所有问题的症结都归到苏玉石身上去了,对,这个苏玉石就是打开潘多拉盒子的那个人。

她第二天到南安大学找苏玉石。苏玉石现在是名人了,随便找个人打听都能指出他的办公地点。李绿在苏玉石所属的生物系办公室楼下守株待兔,百无聊赖间看到一份贴在布告栏里的公告,本月某日三位老师竞聘系副主任一职,将在系会议室发表竞职演说。苏玉石是三位竞聘者之一。李绿想,这苏玉石是赶上好时候了。

苏玉石没想到李绿会找上门,幸好他最近演讲的次数和接受采访的次数较多,训练得思维敏捷,他主动伸出手说,你好,许宽道的事我很抱歉,对不起。

李绿没有伸出手去,她斜眼看苏玉石还一拐一扭的脚,问,你的腿还没好利索?

苏玉石说,从云霄山回来一直忙得不行,医院都没时间上。

李绿指指墙上的公告说,先祝贺啊,快当系副主任了。

苏玉石摆摆手说,哎哟,不能这么说,只不过是参加个演讲而已。

李绿说,你一定能选上。

如果换一个人说这番话,苏玉石还能有几分快感,从李绿嘴里吐出来,他就感觉串了味,得打起十二分精神应付。说实话,与他竞争系副主任位置的对手本来都挺强势,《千年鸟道之殇》的播出如东风把他送上青天,让他增分不少,他不能不感谢许宽道。前些天他把他和学生带下山救治的两只老鹰送给了副校长,应该也是起点作用的。副校长的老婆有风湿病,说是服用老鹰骨头泡的酒有特效。他狠了狠心,把老鹰给闷死了。跟副校长当然说是救不活的老鹰泡的酒。

苏玉石不想在办公室这样敏感的区域接待李绿,主动提出到外边找个地方坐坐。李绿没有推辞,两人找了一家餐吧坐下。

苏玉石说,李小姐比我前次见瘦了些,更漂亮了。

李绿说,看了你的《千年鸟道之殇》,气瘦的。

苏玉石一下说不出话,无意识地重复李绿的话,气瘦的?

李绿说,你们的片子说许宽道是因为与那些捕猎的发生冲突被打死的,这个连公安都还没有下结论呢,你们倒给他下结论了。我只知道他是上山为你拍照死的,我不想他的死成为别人作秀的工具。

李绿的话咄咄逼人,苏玉石不甘示弱,你觉得他是为我们收集资料死得有意义还是与捕猎的发生冲突死得有意义?

李绿说,人都死了,再有意义也没有意义了。你知道吗,许宽道这个虚名的英雄,现在带累他爸妈的旅馆被那些被抓的猎鸟人的家属上门又是砸又是放火烧的,旅馆已经关门了。

苏玉石尴尬地搓搓手说,真想不到啊,那些人怎么这么不讲理?

李绿说,不扯远了,我希望能还许宽道一个公道。如果你这里不行,我也可以向媒体披露许宽道上山拍照的细节。你是一个大学教授,他只是一个山野村民,我想大家会觉得他比较天真。

苏玉石笑了,这就是你今天来的真正目的? 你可能不知道我们在云霄山拍摄的时候也拍到你们一行猎鸟的情形了,你们那位领导的枪法还不错嘛,打的鸟都可以用筐来装了。是因为许宽道,你是许宽道的姐姐,所以我们没有把你们的活动剪辑到片子里。

李绿也笑了,她没想到,她来这里的目的本不是要威胁人,可她反而成了那个被威胁的人。苏玉石的话像一把锤子,在她的心里砸开了一片天,让她豁然开朗,让她有了新的决定。

她说,如果你还是个男人,就把有关我们的录影,或是照片放到网上去,就和《千年鸟道之殇》放到一块,你们的网站现在很火,只要你一提议,相信大家一定能把我们几个人人肉出来。对了,那些画面你们拍得清楚吗?我手机上还存有一些,我马上发到你手机上,你可以一起在网上放出来。李绿抢过苏玉石的手机,用他的手机拨打自己的手机,得到号码后,就把照片传了过去。

苏玉石惊异地看着李绿的举动,李绿说,别这样看着我,我没疯,就当树一两个典型吧,以后到云霄山打猎玩乐的人心里也得有个顾忌了。

苏玉石小心翼翼地说,其实,我刚才说的都是气话,我绝对不会将那些东西放网上去的。

李绿不耐烦地说,别婆婆妈妈的!你当我今天来是要敲诈勒索你的?不过也算是吧,我来是想逼你做一件事,发个毒誓什么的。

苏玉石说,哦?

李绿说,许宽道既然为护云霄山上的鸟儿死,我今天来是希望你发誓将你的工作做到底,真正让那山上的捕猎者绝迹,别刮一阵风,在电视上出了名出了风头就完事了,那许宽道才是白死了。

苏玉石心里突然有了一种说不出的敬意和愧意。他说,这本来就是我要做的事情,我发誓,我会用毕生的精力来关注和保护云霄山。

李绿说,但愿如此,我记住你说的话了。还有,你也要记住刚才我说的,把有关我们的图片资料放到网上去。

苏玉石露出为难的神色说,你当真,不怕影响到你?

李绿说,最坏的结果就是没了工作,被人在大街上认出来吐上几口唾沫,这个我承受得起。

李绿辞职了。周启那时候还在欧洲旅游,所以,李绿什么手续也没办就走了,她也不贪心,将周启给她的分红支票留了下来。

她回到了云霄山,周启给她打了无数电话,她没有接。她想象不出他现在会如何,她懒得想,她连她将来的日子都懒得想。

有一天,苏玉石发来了短信,告诉她被人肉出来的那位姓董的官员已经被停职接受调查,问她现在可好。

她现在的生活像回到了少女时代。平时她和舅舅舅妈一起下地干农活,空闲下来的时候她会上山转转,顺手摘回一筐野菜或菌子什么的。云霄山显得很平静,毕竟已经进入冬季了。

回云霄山的第一天,她一个人来到许宽道的墓前。那座孤单的坟头,周围是绿树和已经收割过后的稻田。李绿盘腿坐在地上,抬抬头,她希望这时候天空中有鸟飞过,那样,她会相信有灵魂。

天空中没有鸟飞过,一只也没有。

总有一个怀抱

肖夏睡觉有三样必备的玩意,耳塞、眼罩和闹钟。耳塞塞上,眼罩蒙上,一片混沌中睡个昏天黑地地老天荒。所以,她还必须被闹钟叫醒。今天她请了假,没有任何理由,只是不想去上而已。闹钟是未被设定的状态。当被吵醒之后,她摊开如蜗牛般虚弱的身体,用了好几分钟才分辨出是楼下的吵闹声把她唤醒的。

母亲汪楚兰能与汽车喇叭声抗衡的嗓子嚷的分明是,你们再不走,我打110了! 然后有细细碎碎的哭声响起,是外婆,还有另外一个女人的哭声。肖夏弹簧般蹦坐起来,手在头发上胡乱抓几下,上下扫一眼睡衣还算齐整,人趿着拖鞋立马冲下楼去。

院子里除了外婆、母亲、几名熟悉的房客,还有一对陌生男女。汪楚兰身边站着像靠山一般的房客,他们脸上的神气表明只要房东一声令下,他们会毫不犹豫拔刀相助。他们平时都巴结汪楚兰,因为在这里租房子的都不是什么有钱的主,没几个没拖欠过房租的,想不看房东的脸色少听房东几句冷嘲热讽,逮着不花本钱的机会总得跳出来表现一下。他们针锋相对的是那一对男女。这对男女从气质上看就不像本地人,身材高大健壮,皮肤灰黑,衣着过时,惹人注目的是那女的,小腹隆起,看样子得有四五个月的身孕了,半边身子躲在男人身后。外婆则站在两个阵营中间,身形短小,手里紧紧捏着一本蓝皮存折,眼睛泛红像个受气包。

汪楚兰看肖夏现身,像来了救兵,挥手说,夏,快过来,来看看,开开眼。汪楚兰递给肖夏一张字条,肖夏认得出是外婆的字迹,如小学生,一笔一画,方方正正。内容如下:我徐荣妹自愿承担孙艳每月 1000 元的安胎费,10 个月共计 10000 元,生产孩子各项费用 10000 元,两项合计 20000 元。如果张志军、孙艳无力抚养孩子,本人愿意替他们抚养孩子。立字据人:徐荣妹。

肖夏再看一眼那女人的肚子,问了一句,你叫孙艳,孩子几个月了? 女人脸上还挂着泪,点点头说,我是孙艳,孩子四个多月了。肖夏说,你们的孩子为什么要人家给你养? 男人抢着说,谁稀罕别人帮养? 刚才我都说过好多遍了,我们本来不想要这孩子,要做掉的,是你家老人求我们把孩子生下来,我们没有能力养就不打算要,她求我们要,她付钱养天经地义,我们也没求她来着。男人嗓门不小,理直气壮。

肖夏相信男人话里没有编排,这在别人听起来绝对是一桩讹人的事件,但肖夏一点不怀疑她的外婆会做这样一件事,她相信母亲汪楚兰也能明白这一点。所以,肖夏问的是,你是张志军吧,我外婆没付你们钱吗？男人说，是，我是张志军，头五个月安胎费老人家给我们了，一共五千块。汪楚兰巴掌一拍嚷起来，听听，五千块拿走了，现在还要提前来拿那剩下的一万五，要不是我正好碰上，你外婆就给人家取钱去呢，存折都拿手里了。房客一说，两万块，快抵我三年房租了，真他妈的黑。房客二说，就是看老人家好骗，天打雷劈！

男人说，你们说话太难听了，我再把刚才说过的话给这位姑娘说一遍，这是因为我们要回老家了，孩子计划在老家生，我们也不打算回这里来了，所以才跟老人家商量要剩下的钱，老人也同意了。汪楚兰说，你们这赚钱的法子真牛，孩子还没生下来两万块就到手了，我怎么知道你们离开这里以后会不会把孩子打掉，害我妈空欢喜一场？老人家是菩萨心肠，你们这样做是造孽啊。男人说，这位大姐，我老婆不是母猪，我们不会拿生娃求财，这点你完全可以放心。汪楚兰说，这年头骗子满大街都是，我没工夫也没本事去辨别，算了，不和你们费口舌了，之前我妈给过的五千块就当她做善事，我不找你们要了，可眼下你们再纠缠她老人家要钱绝对不可能，马上给我滚蛋！房东一说，阿婆是菩萨，大姐也是菩萨，你们识相就赶紧走人吧。房东二说，我可没有这么好说话，恶人我来做了，我帮你们报警……男人气急败坏，拉扯老婆的胳膊说，行，你们人多，我说不过你们，我们走，我们上医院打胎去，孩子我们不要了！

一直不出声的外婆突然狠狠在地上跺了一脚说，汪楚兰，我用我的钱，和你没有关系。和你们谁都没有关系，你们现在住的是我的房子,房产证上是我的名字。这钱我心甘情愿给,你们管不着!一时间,院子安静了。汪楚兰尴尬地朝肖夏使了一个眼色说,妈,你冲我们发脾气干吗?我不图你留钱给我和肖夏,可你辛苦攒的钱也不能让人骗了去,善心让不善的人利用了,那可是会助长歪风邪气的。外婆不理会汪楚兰,对那对男女说,走,我们取钱去。肖夏说,外婆,我陪你一起去。外婆有些不太情愿,但此情景下也不再说什么,让外孙女跟着了。汪楚兰看女儿跟去了,放下心,闭了嘴,让看热闹的散去了。

肖夏挽着外婆的手,那对夫妻落后一步跟在后面。外婆说,夏,你不会是替你妈拦我吧?肖夏说,钱是你的,我哪敢拦?我们都是你的房客。外婆拍拍肖夏的手说,刚才外婆说的是气话,你就别来呛我了,你妈那张嘴太毒,对人也苛刻,这点你比你妈好。肖夏说,先别说我了,后边那对夫妻你在哪遇上的?外婆说,他们夫妻是打短工的,这一两年都住在朝阳桥洞,我早认识他们了,前几个月我路过看这孙艳在哭,打听才知道是怀上孩子了,她男的让她上医院打胎,她不愿意,正闹着呢,我就劝他们把孩子留下。

话说肖夏的外婆还算得上是个有家产的人,拥有一幢自家地皮上盖起来的五层小楼,一楼是外婆与汪楚兰住,二楼则是肖夏一个人独占,剩下的全外租。不过,这一带属于城乡接合部,房租不高,大多是付不起高房租的人群不得已的选择。十来间房,每间房租就五六百元。隔不远处有座朝阳桥,虽然叫桥,可桥底下早已经没有河水,就一条臭沟,因为靠近本市最大的水果蔬菜批发市场,有租不起房的人干脆在桥洞下面违规搭建的小棚住着,隔一两年小棚屋会遭城管清理一次,可不出一两个星期准会倔强地重建起来。

外婆几乎每天都到那一带溜达,手上提只塑料袋,袋里装的是剩饭菜。那地方游荡的野猫特别多,偶尔也有被主人抛弃的狗,这样的狗一般非老即病。外婆给它们送饭食去,有时还得出钱送它们上宠物医院治疗,钱应该没少花。肖夏不是很关心这些琐事,她想只要外婆喜欢就遂她的心愿,人老了不就找个可以解闷的活法吗?可外婆不仅喜欢跟畜生打交道,还喜欢跟陌生人打交道,比如住在朝阳桥洞里那些人,说白了,大多是没有正经工作的,或许连暂住证都没有的外地人,外婆喜欢和那些人聊家常,给这家送米送油,给那家送果送菜。有一次外婆来跟肖夏讨要穿不着的冬衣,肖夏没细想,翻了好些出来给她。过了几天肖夏看到朝阳桥一带有几个女人穿着自己眼熟的衣服走动,才想起外婆是拿她衣服送人了。虽说那些衣服她不会再穿,可看到那些陌生的女人穿着自己衣服,带着自己的气息,她还是感觉到一丝不舒服。

肖夏是外婆拉扯大的,外婆做什么,她即便心里不是很赞同,却也不会反对。汪楚兰则牢骚不少,但那牢骚一般也只能冲着肖夏发。从母亲的牢骚中,肖夏了解外婆和外公年轻时不是太和谐,两人时常吵架,一吵架外公就离家几日不回。外婆生下大姨、二姨和母亲后不愿意再要孩子,尽管外公盼个男孩,外婆还是坚决地把后来怀上的三胎孩子全打掉了。大姨和二姨都不长命,一个活到十六岁,一个活到十四岁,全都是莫名其妙得急病死掉的。外公在失去两个女儿后紧接着也走了。孀居的外婆某日突然醒悟,她之所以失去两个孩子是因为她的杀业,她杀了三个孩子,没了两个孩子,还欠一个。她将目光锁定到当时十二岁的汪楚兰身上,她害怕这最后一个孩子也会被带走。汪楚兰说,你外婆以前是怕我短命,现在我孩子都大了,她却是怕她不得善终,拼命赎罪呢。

　　汪楚兰抱怨最多的是她的婚姻,她跟肖夏说,当年就是因为怀上你,我才不得已嫁给你爸,要是那时候我坚决打胎,也不会有今天。汪楚兰当年跟肖夏的父亲肖林婚前同居,后来发现肖林脚踏两只船,想把孩子打掉,是外婆下跪相逼一定要留下孩子才有了肖夏。肖夏说,即便打掉我,你的婚姻也未必是幸福的,不嫁我爸,你以为后来就一定碰上个和你过一辈子的人?汪楚兰叹一口气说,话是这么说,可头没开好,这一开始是求全,后面就只剩下委屈了。

　　走了将近两百米,有家建行。肖夏替外婆拿了号,外婆这下比较安心了,示意孙艳夫妻耐心等候。肖夏知道外婆手里其实没几个钱,这几年房租是母亲收的,外婆以前存下一些钱应该都花得差不多了,这一下支取一万五,肖夏还是有些担心的。她轻声问外婆,他们现在要提前取钱,万一拿了钱又把孩子打掉,这可怎么办?外婆说,夏,你放心,孙艳这姑娘不会的,她本来也是想保这孩子的,只是经济上不允许,做妈的,心都软。肖夏说,要不我们生产费用先付给他们一半,等孩子生下来,让他们给你发个照片过来,我们再把剩下的钱给他们好不好?外婆说,夏,助人的事从来没有说还要留一手的,这心对人不完全敞开,得到的结果是完全不一样的。肖夏不是很同意外婆的话,但也不好再说什么。外婆取到钱,肖夏替她数了数,交到孙艳手上说,我外婆是善人,每一分钱都是辛辛苦苦攒下来的,你们为孩子积福吧。孙艳看了张志军一眼,张志军把脸掉过一边,肖夏从那一眼里看出点什么来,她拉着孙艳的手说,姐,我年纪和你差不多,可能比你还大一两岁,无论怎么样,孩子还是留下来的好,再大的难处,挺挺就过了。孙艳点点头。

回家途中外婆问,夏,都忘问你了,今天怎么没上班呢?不舒服?肖夏说,没有不舒服,就想待在家里睡觉。外婆说,好好一个姑娘,一身懒骨头,小心哪天给开除了。肖夏说,你外孙女是业务骨干,人家舍不得开除的。外婆说,谦虚一点,好好做事。肖夏说,反正我对得起付给我的薪水。外婆叹了一口气说,任性啊。

路过菜市场,外婆说,夏,想吃点什么?外婆给你做。肖夏说,水豆腐煮番茄。外婆说,嗯,好久没买水豆腐了,我也想吃了。肖夏说,我就不陪你买菜了,菜市那味我最受不了。外婆说,行,你先回去吧,我可以好好挑挑,省得你嫌我磨蹭。

肖夏一个人回家,老远看到母亲守在院外的马路边,一看就是等消息的。看到肖夏一个人回来,汪楚兰赶紧迎上来,肖夏故意加快步子,汪楚兰返身追上来说,死妹仔,钱到底取给人家没有?肖夏说,给了。汪楚兰说,给了,你一个搞财会的不会这么傻吧?肖夏在院里的石凳上坐下来说,你又不是不知道外婆这辈子最怕的是什么,她老了,有这个心就成全她,又没花你一分钱。汪楚兰说,好,你孝顺,你懂成全,我又没看你成全过你妈。肖夏说,我哪里不成全你了?我真恨不得你今天就嫁出去,是你自己不争气,算了,哪天得空帮你再介绍个大叔。汪楚兰说,呸,你能相中什么靠谱的人?别再给我乱扯。

说起这事肖夏就觉得对不起母亲,她眼神确实不太好。前几年有一个 50 岁上下的老伯到这里租房,人看上去干净体面,精神矍铄。像这年纪一个人在外边租房的很少,而且听口音还是本地人。一般年轻人来租房子汪楚兰都喜欢刨根问底打听底细,可面对一个和自己年纪相仿的她突然不好意思起来,在肖夏跟前念叨了几次。肖夏洞察母心,找机会和那老伯接触。老伯名赵刚夫,竟然是离异状态,目前附近有个球场请他做教练,他就到这里来租房了。肖夏探听他离异的原因,还很诗意。赵刚夫跟肖夏说,前妻爱的不是他,而是别人,现在退休了,他前妻要回老家了,那个人也在老家,他成全人家。肖夏说,您心真宽。赵刚夫说,到了这年纪有什么想不开的,不开心的还要自己寻开心呢。肖夏因此断定赵刚夫善良有情意,极力撮合他与母亲,经常邀他上家里一起享用母亲烹制的美食,顺带隆重推出母亲。赵刚夫是个明白人,对肖夏说,你还是个孝女啊。赵刚夫大大方方和汪楚兰处了一段时间,两人每晚到附近广场上跳舞,耳鬓厮磨,渐入佳境。凭空的,某日有个女人带了一干人打上门,逮住赵刚夫要他还三十万元,说是赵刚夫借钱炒股赔光了,房子也卖了,人却躲起来了。汪楚兰面对这一变故惊慌失措,等众人架着赵刚夫走远才想起这几个月没有收赵刚夫的房租。肖夏赶紧向母亲检讨说调查不深入,光看人的外表了。汪楚兰叹口气说,总算没投入太深,否则就人财两空了。汪楚兰的眼里分明还有一丝不舍,肖夏觉得太对不起母亲了。父亲早年出轨,母亲本来是想忍着不发作的,可人家还是想和新人过,最后离了。这么些年来,就盼着找个稳妥的人嫁了,老了相守。相处这么多男人,始终没有一个向她求婚。肖夏认为是母亲一厢情愿的热情助长了对方的傲慢,曾毫不留情地指出来,母亲说,那我能怎么办,你要我待价而沽?那份无奈,让肖夏无言以对。

肖夏拉着母亲一块坐下来说,妈,事情往好处想,外婆这次没准是帮人家一个大忙,做了一件大功德呢。汪楚兰说,你以为我只是心痛那钱对吧?我最怕的是你外婆哪天领回一个小孩来。肖夏笑了,真领回一个孩子你养着呗,以后多个人给你养老。汪楚兰说,你这没肝没肺的,你外婆有些想法是万万不能纵容的。肖夏说,行了,别想太多了,后面真有什么事我来处理,你们把我养这么大,这么乖,我还不能替你们担些事?对了,你和那个叫何建的怎么样了?今天怎么没去跟人家做饭?汪楚兰敲打她的头说,没大没小没正经。正说着汪楚兰的电话响了,她接电话的神情小女儿家似的,言语轻柔,好,我马上过去,中午想吃什么?行,等下我到范记给你买。肖夏故意面无表情地看着汪楚兰说,我也想吃范记馄饨。汪楚兰笑着说,咦,你今天没上班,陆城没有约你?你这么罩得住他,想吃什么让他给你送过来不就行了?肖夏说,我又没有打算嫁给他,为什么要使唤人家,多不道德。汪楚兰说,趁年轻有些资本就使唤,不要等像你妈这样老了,只能让别人使唤,不过,也不一定,我女儿好命。

汪楚兰出门了,家里一下安静下来。肖夏想不起可以做什么,回屋翻看手机,果然陆城发了好几条短信。她给他说过,今天请假不上班,想好好休息,所以,他只敢发短信,问她休息好了没有,晚上有没有计划出去玩。这么听话的男人当真乏味呢。她和陆城这么有一搭没一搭的，像谈恋爱，又不像谈恋爱，有肌肤之亲却无夫妻之实，这种情形将近两年了，她不知道最后会不会以结婚收场。她觉得自己不是太爱陆城，否则她怎么可以和史无缺一见面就上床呢。

肖夏是半年前与史无缺认识的。那阵子她公休，计划到某古城游玩，上网订客栈，搜索出了无缺客栈。无缺客栈的推广词是单身美女住店半价。她问无缺店主如何界定美女，无缺店主说，对她不需要界定，因为已经从网络传过来的气场感觉到她一定是美女。两人在网上热聊了一段时日，肖夏如期上门住店。这无缺店主没有花无缺的容，可花无缺毕竟是纸上谈兵的美男，面前这个史无缺是个活生生的大男人，身材高大，笑容灿烂。史无缺热情招呼肖夏，说自己也是外地人，多年前来此闲居，觉得安逸，便盘下这一小店，与南来北往的游客打交道，过着散淡的日子。这番说辞让肖夏内心生起一丝敬佩，对某种境界的一种敬仰。她当然不会把这浅薄露在面上。晚上史无缺拿出自己酿的果子酒请她喝，俩人在小楼的平台上看月亮，聊世情，笑声酒意升腾，夜半两人毫无悬念、毫无羞涩地滚了床单。肖夏白日游山玩水，夜里便与这叫史无缺的男人痴缠烂打，偶尔的，她会想起陆城，对陆城她一辈子都不会有这样的激情。

离开古城那日，肖夏心中隐约期待史无缺说些亲密的离别情话。史无缺只把她送到客栈门外，替她招了一辆的士，他说，无缺客栈的大门永远为你敞开。他的笑容如初见那日一样灿烂。那一刻，肖夏猛地觉得史无缺曾经这样送别过许许多多前来住店的女子,当然,也睡了。她闭上眼睛,重新睁开,盯着他,那又如何？她从来也不会像藤蔓一样缠在一个男人身上,也不希望一个男人像藤蔓一样缠着她。她今年29了,这个年纪很多女孩都在担心嫁不出去,她从来没有。她不会扼杀自己的任何欲望,但她和外婆、母亲不一样,她无所畏惧。她冲史无缺挥挥手说,保重身体,再见。

在紧接而来的一个月,她发现自己怀孕了,她选择了无痛人流,谁也没有告诉做掉了。肖夏想,如果让外婆知道她也流过产,肯定要哭死了。

外婆在楼下唤,夏,饭好了。

一碟清炒上海青,一碟番茄焖水豆腐,菜色入眼愉悦,菜味入口清爽。肖夏平时在公司吃工作餐,油大,味重,难得在家吃饭,在家就喜欢吃这样清淡的饭菜。外婆吃得少,吃饭碗里最后总剩下一点米饭,外婆说是省给猫的。这像一种仪式,那点剩下的饭是不够猫吃的,外婆还要另外准备。吃完饭,外婆用塑料袋装上一些饭食又往朝阳桥边去了,肖夏似乎都能听到猫叫唤外婆的声音。

今天特别闷热,一顿午饭吃下来肖夏的衬衣湿透了。她走到院子里,院子里风大,花草被吹得东摇西摆,一些房客扔的纸屑烟头也在地上打圈圈,她的衣服很快吹干。天上云层压得很低,灰不拉几的颜色,要下雨了,这雨看样子小不了。肖夏从院角拿起扫帚开始打扫院子,一小堆垃圾在院子中央堆积起来,很快又被风吹散了,她四处寻找垃圾铲。一个人影悄无声息地从她身后飞快窜过,却不留神踢到一只易拉罐。肖夏转身看到是汪楚兰奔上楼梯尘土飞扬的背影，如此诡秘，她扔下扫帚尾随而上。汪楚兰已经把房门关上了。肖夏敲打房门说，妈，你怎么了？汪楚兰说，没啥，困了，我要睡了。往常汪楚兰应该是到晚上才有可能回来，哪有刚出去两三个小时就转回头的，肯定是出事了。肖夏说，和何建吵架了？汪楚兰说，以后别提这个人，我和他分了。肖夏说，气话吧？放我进去，我们聊聊。汪楚兰把门打开。肖夏看到母亲的脸上有抓伤的痕迹，嚷起来，他打你？汪楚兰捂着脸说，不是，一个骚货挠的，不过，她比我惨。肖夏眼珠一转说，何建找小三了？汪楚兰说，我看着像，但他坚决不认，我也不知道真假。肖夏说，你和那女的打起来他帮那女的了吧？汪楚兰说，那当然，他说我无理取闹。肖夏说，我们好好来理一下，他向那女的道歉没有？如果道歉就说明他们关系较生分，他是站在你的立场，如果只有维护，他们还是有问题的。汪楚兰想了一会沉默了。肖夏说，有问题对吧，他如果不来跟你说明清楚，就算了，这样的男人一把抓。汪楚兰踢了旁边桌腿一脚说，去死吧，这些不要脸的东西！肖夏说，你非得嫁出去啊？又不是没嫁过。反正我是会陪着你的，你别怕啊。汪楚兰说，说得轻巧，总有一天拍拍屁股就走了，哪里还顾得上我们啊。行了，扫你的地去吧，我这偏头痛又犯了，要睡一会儿。汪楚兰说着就躺床上去了。肖夏只得替母亲把房门关上，转身看一楼道全是从阳台上吹下来的落叶和落花。外婆说，女人把花养好，会有花的容貌。外婆和母亲都喜欢种花，院子里阳台上天台上，一年四季，姹紫嫣红。花开得那般好，可这种花的女人为什么活得这么委曲求全，似乎从来没有盛开过呢？外婆大半辈子小心翼翼总像欠了别人什么，母亲日日忧心没有一个忠诚的男人来托付终身。唉，好在她和她们不一样。她未曾对任何事情感到过忏悔，不担心没人爱，不怕变老，不怕苦，不怕穷，还真是无所畏惧啊！优越感高速升腾之后，一个念头突然闪过肖夏的脑海，她把小腰板挺了挺，她决定给自己再来点猛料，她要辞职，对，她要辞职，她甚至不怕——没了工作。她是一家会计所的高级会计师，成天面对一堆烂账，还要做得完美无缺。她有做得很完美的能力，所以经常拿到高额的奖金，但她讨厌这份工作，现在终于有一个充分的理由摆脱，她兴奋得就想对这个世界大喊。

肖夏冲回房间打开电脑，这么个壮举得跟史无缺说说，只有跟他那样境界的人说才有意思，对陆城，没说的欲望。她在 QQ 上跟史无缺说，我要辞职了。史无缺说，受啥刺激了？她说，生活一潭死水，自己给自己找点乐，搅动一下。史无缺说，你这是受谁的鼓舞吧？她问谁是谁。他说，就是那个说"世界这么大，我想去看看"那个。肖夏说，屁，世界没有人心大，我哪也不想看，辞职完，我的主要任务就是睡和吃，等到山穷水尽日，看我如何应对。史无缺说，好，我支持你，要睡就睡我这来吧。肖夏说，有美酒？史无缺说，少不了，来吧，我正在组团到梅里雪山，来了你能赶上。

肖夏看一眼床头的钟，已经三点半了，现在写辞职信，下班之前送到公司，一切便在今日圆满。肖夏找出纸和笔，考虑到给公司留面子，说了感谢培养的话，说自己身体原因，要休整所以辞职。不管领导信不信，她也是要辞的了。辞职信写好，窗外的瓢泼大雨从天而降。一阵冷雨随风灌进房里，受这阴凉刺激，肖夏打了一个喷嚏,她盯着放在桌上的辞职信,在一个坏天气里去做一件疯狂的事情,双倍疯狂,她又打了一喷嚏。她两三下把自己收拾干净,辞职信往包里一装就出门了。

　　每日肖夏上班坐的是地铁,但从家里到地铁站有一公里左右的路程,这段路没有公共汽车直达,所以肖夏骑的是电单车,到了地铁站,把电单车托管再乘坐地铁。眼下出门骑车子有点困难,雨一阵大一阵小,那风吹得人都站不稳当。肖夏决定走路到地铁站。她抄的是近道,穿过朝阳桥,折向左有一条早被封闭待拆建的巷子,不长,20来米,穿过巷子只要走200米就到地铁站了。那条巷子不知道因为什么事情,封闭了一年多却不见动工,周边住的人早不耐烦,在封闭围墙处砸开一个人行的缺口。这大风大雨的天气在路上走的人不多,这条巷子更是没有人走动,肖夏闻到各个角落散发出的不洁气味,估计巷子比较隐蔽,不少人在这里行方便之事了。肖夏小跑起来,手中的雨伞用双手撑着挡住头脸,当她冲出巷子的时候有那么一股狠劲和盲目,她甚至懒得扭头左右看看有没有行驶的车辆。有辆在雨中奔跑的车子,也跟她一样不耐烦,眼见就要撞上她了,车主以为一定要撞上了,已经在车里喊起来,其实车子只是擦了一下她伸出去的手和雨伞,顺势这么一冲,把她往旁边冲飞了几尺远。肖夏听到一声钝响,她感觉有一块石头砸进水塘里,而她坐着一只游泳圈,在水面上漂荡。那辆肇事的车子在前边不远处停了下来,车窗摇下,有人探头出来看了肖夏一眼,那人看到有鲜艳的血从肖夏的脸上流下来,全身一哆嗦,踩下油门,飞快地将车子开走。

慢慢地,肖夏感到身子湿冷,她才真切地意识到自己正躺在地上,躺在雨水里,那一瞬间她的心脏抽搐起来,她快要呕吐了,她不知道自己身上是不是血肉模糊,是不是少了一条腿或胳膊。她的手在身上摸索,摸索到完整的身体,她的心稍稍平静。她再努力去摸自己的挎包,只摸到了雨伞把子。她想稍微仰起脖子,一种过电似的酸麻让她放弃了努力。她平躺着,眯眼看着天空,天是灰的,雨像箭一样射向她的眼睛。她偏过头,眼睛的余光看得到马路旁边的树,这证明她不是躺在马路中央,而是躺在马路边上,但如果同时有几辆车过来,在这样的雨里未必会看得到她,或许就造成二次碾压。这个想法让肖夏努力地将雨伞架到自己身旁,这样目标要大些。

一辆车飞驰而过,地上溅起的水灌进她的鼻子、嘴巴,她两眼无法张开,她不知道人家是不是没有看到她。又一辆车经过,又一辆……肖夏是通过地上飞溅的水珠来判断那些经过的车是开得快还是开得慢,有些似乎开得并不快,应该可以看到她的,可为什么没有一辆停下来呢? 一辆车不急不慢地经过她,她能感觉到那车停了,是的,停下来了。她努力侧身转过去,马路对面有一辆停下来的车子,她看到一个女人摇下车窗,那女人有着美丽的妆容,女人看到她了,她张开嘴喊了一个她能喊出的最大声音,救我。声音被雨声吞食了大半。女人在犹豫什么呢? 肖夏看到车窗重新摇了上去,车子慢慢地滑出她的视野。

肖夏觉得地上的水快要把她淹没了,她正走在死亡的路上,原来,这就是死亡,这么孤单、可怜,没有人知道你正在死去,那些亲近的人、热闹的事和你一点关系也没有。肖夏浑身上下并没有疼痛感,她的心脏却被一种巨大的恐惧攫夺,她浑身战栗,然后是抽搐,她感觉自己缩成一个肉球。原来她害怕死亡、害怕孤独、害怕被所有人遗忘,与外婆母亲相比她有什么值得骄傲的? 她还不如她们,她那洋洋得意的无所畏惧早在这雨中溃败零落……

　　一辆的士,停在离她很远的地方,司机坐在车里打了一个报警电话,他放下车窗,扯着嗓子喊,姑娘,你再坚持一下,我已经报警了。说完,司机把车子开走了。

　　当警车和救护车到来的时候,肖夏的脑子无比清醒,做手术的时候也一样清醒。她没有一点睡意,她不想让自己在黑暗和无知无觉中被人动了手脚。她大腿缝了三十三针,下巴缝了十二针。医生说她颈椎有挫伤,腰椎有挫伤,二级脑震荡,建议卧床休息半个月。躺在病床上,她不和任何人说话。她觉得说话是要费力气的,现在她没有多余的力气,她的力气全用来思考她将来会怎么死。死在车轮底下,淹死在水里,压死在坍塌的楼房里,被雷劈死,被电梯夹死,被人杀死? 她在一个个场景里死了一次又一次,每一次都无人相助,无论她如何撕破嗓子呼喊,如何挥动她的双手、踢踏她的双脚,从来没有人回应、没有人现身,她总是在绝望中慢慢死去。她以为把种种不幸想透了,她就不会怕了,但她还是害怕,她害怕的不是死亡本身,而是那深入骨髓的无助。

　　陆城每天都来看她。他拉着她的手,她让他捏着,不过,她没有看他,也不知他说话。汪楚兰把陆城拉到门外,他们关上门在外边谈话,她猜得出他们谈的是什么,他们一定认为她是吓傻了,魂丢了才会这样。陆城再进门的时候脸上充满了怜爱,他还是捏着她的手,她看着窗外,想这医院里每天住着多少病人在无望地死去。陆城说,夏,和我说说话,别怕,事情过去了,以后都会好的,以后你上班我送你,不让你一个人走。她回过头看着陆城,静静地看着他,她想,这世上和自己最亲近的男人就是这个了,起码他现在拉着你的手。

晚上趁着没人的时候,肖夏给史无缺挂了一个电话。电话响了很久才被接起来,那边传来无比欢快的音乐声。史无缺的声音还随着音乐跳动,他说,喂,宝贝,你在哪里?辞职手续办好了吗?她说,没有,想想还是不辞了。史无缺说,你们女人啊就是变来变去,总缺乏安全感,这我早就料到了。她说,哦,是的,我后悔了。史无缺说,我们人齐了,明天就要上梅里雪山,好多东西还没收拾好,就不跟你长聊了,再见。她说,好的,玩得愉快!

在医院一共住了七天,伤口拆了线,肖夏就搬回家住了。陆城买了很多花摆在她的房间,祝贺她康复出院。她把下巴那条嫩红的伤口亮给他看说,丑吗?他说,不怕,等过段时间找家整形医院,可以整没的。肖夏说,谁说我要去整?我打算留着它。陆城说,不整也关系不大,只要不把下巴扬起来看不到的。她说,这伤疤就是顶在额头当门,我也不会去整,嫌不好看你别看。陆城说,我心痛还来不及呢,哪会嫌弃呢?肖夏说,想娶我不?陆城说,想。肖夏说,发个誓吧,说无论何时何地,只要我需要,你都会在我的身边。陆城满脸喜悦地举起手发誓,无论何时何地,只要肖夏需要我,我都会在她的身边。肖夏说,好吧,你回家跟你妈商量结婚的事情吧。陆城说,你没开玩笑吧? 肖夏说,愿意信你就办。

两个月后,肖夏嫁给了陆城。陆城原来是跟父母同住,家里房子不宽敞,所以结婚后搬过来和肖夏住在一块,相当于上门女婿。陆城没有寄人篱下的感觉,乐滋滋住着,每日打扫卫生做饭做菜,外婆丈母娘乐得合不拢嘴,他还帮房客们修电器捎东西,大家都喜欢陆城。肖夏觉得大家都喜欢这男人,她的决定应该错不到哪去。

肖夏很快回公司上班。当初写的辞职信她又认真看了一遍,然后放进衣橱和邮票明信片一块收藏,这真是个值得纪念的东西。她每天准时上班,凡她经手的账目一定小心翼翼查算一遍又一遍,怎么整都觉得有个错误像颗雷埋在那些数字中等她去踩爆,她怕。她为此竟然还经常加起班来,而因为她的敬业,公司给她升了职,让她当主管,薪水一下子涨了许多。她按揭买了一辆车,每个周末,固定的,夫妻俩载着外婆出去走走看看,吃顿饭,剩菜剩饭一定打包回来喂猫喂狗,肖夏陪着外婆一块去,在朝阳桥洞一带,她也认识不少人了,他们学外婆的口气叫她夏,听起来很亲切。

汪楚兰和家里人相处的时间越来越少,因为又交了一个男友,比她小上十岁。这位小男友和汪楚兰只处了一个月便求婚了,等了这么多年突然开出个大奖,母亲的态度却令所有人吃惊,她不但没有答应,反而让外婆把房子马上转到肖夏名下,等手续办妥后告诉小男友,她住的这一大幢房子和她一点关系也没有,让他努力挣钱买房子,她要搬出去住。肖夏跟汪楚兰说,他连个固定工作都没有,买什么房呀? 人好就行了。汪楚兰说,日久见人心,我都等那么多年了,不在乎再等几年。男的答应汪楚兰倒痛快,下定决心挣钱买房,可因为没有固定工作,汪楚兰先倒贴了一辆小货车,方便其在附近的蔬菜批发市场搞批发。肖夏跟外婆说,我妈要等那小爸的批发生意做大才嫁,估计要熬到您这岁数了。外婆说,随你妈折腾吧,不相欠的人这辈子碰不上。

　　一天傍晚,刚吃完晚饭,外婆照例出门喂小猫小狗去了。肖夏夫妻俩,汪楚兰和刚收工回来的小男友,还有几个房客,大家坐在院子里嗑瓜子喝茶聊天。门外来了一男一女,男的手上提着一只大包,女的抱着一个包裹严实的孩子。他们径直打开院门,肖夏正想开口询问,男的兴冲冲走向肖夏说,你好,外婆在吗? 咦,那一会儿肖夏想起他们是谁了,是外婆给钱养孩子的那对夫妻,张志军和孙艳。肖夏说,你们回来了? 张志军说,是,回来看看。他揭开女人怀里的包裹,一张娇嫩的婴儿脸露出来,他说,孩子生了,两个月了,带回来给外婆看看。肖夏赶紧推陆城一把说,去,快去把外婆找回来。肖夏凑到孩子跟前说,长得真好! 汪楚兰也凑过来说,男孩女孩? 女的说,女儿。汪楚兰说,女儿好啊,你们可别重男轻女。张志军说,啥年月了,没那事。汪楚兰说,你们之前不是说不回来了吗,这大老远地就为了把孩子抱过来给外婆看看? 汪楚兰的警惕心又起来了,她最担心的是别人把孩子送过来让外婆养。张志军说,我们是专门来感谢外婆的。他从大包里掏出七八包东西说,这些都是我们那地方的土特产,有机的,你们在城里有钱也买不到。汪楚兰接过来说,哦,木耳、香菇,有心了,有心了。

　　外婆几乎是小跑回来的,嘴里喊着,阿弥陀佛,阿弥陀佛,我要上香去了,快,让我抱抱孩子。孙艳乐呵呵迎上前,把孩子递给外婆说,这孩子能到这世上来完全是您老人家的功劳,没您的善心,我们可能早挺不住把孩子打掉了,现在一切都好了。张志军说,是啊,现在一切都好了,说实话,去年外婆给的钱我们是拿去应急了,参加我们家乡那边的一个集体集资项目,当时急着用钱,正好外婆又劝我们留下孩子,我们走一路算一步,确实是利用了老人家的菩萨心肠,真不好意思。幸亏村里的项目不错,才半年不到就给咱分红了,孩子也顺利生下来,孙艳一直念外婆的好,我本来说写封信寄张照片过来完事,可她坚持要买车票过来让外婆看看孩子,我们就坐火车过来了。听到这汪楚兰的心才真正放下了,她说,你俩可别怪我当初不够礼貌啊,见到你们全家我也很高兴。张志军说,不能怪,你们都是好人。孙艳说,我们祝老人家长寿,早早抱孙。外婆听了这句话转头看着肖夏说,你和陆城什么时候要孩子啊?肖夏大大咧咧地说,我又没有避孕,说不定现在都怀上了呢。陆城说,真的吗?肖夏只是随口说说,说完想起似乎月经期已经过了,她给陆城说,赶紧买根验孕棒去。陆城屁颠颠跑到附近商店买回验孕棒,一测,真中了!

晚上这院里是热闹了。肖夏他们把孙艳夫妻留下来住,顺便讨教养胎经。第二天张志军夫妻要回去,把他们送上火车回来后,全家人的注意力集中到肖夏身上,开始各种分工。

肖夏在知道自己怀上的那刻,便觉得身子里面有个憋着的东西开始松劲了,孩子是她的血脉,她的依靠,她底气足了。她不再加班,又开始隔三岔五地请假,在家里研究吃喝,上胎教课程,由陆城护航每日孕妇运动。

肖夏30岁生日那天,陆城给她安排在郊区一个农庄过生日。外婆和汪楚兰都说让他俩过两人世界,没有同去。肖夏准备了好几件衣服,带上相机,说是要拍准妈妈写真。陆城说,一般人拍这个都是不穿衣服的。肖夏说,笨蛋,不穿衣服的可以在家里慢慢拍。

　　农庄离城二十多公里的路程,陆城提前考察过,开着车子一路奔驰。在路上,看时间过了十点,陆城跟肖夏说,这时间,鸡汤已经煲上了,保证是现杀新鲜的土鸡。再走几里,陆城又说,这会儿柴火鱼也该焖弄上了,保证是刚从河里捞上来的。肖夏说,好像这一趟来只为了吃似的。陆城说,你现在是大进补的时候,吃当然重要,我跟那餐馆老板说好是12点准时开饭的。肖夏说,行了,别再说了,说得我的口水都流了,这一天天吃这么多,不知道体重以后怎么减得下来。陆城说,是啊,孩子生下来又不用你照顾,估计要瘦太难,不过,我不会嫌弃你的。肖夏说,行,你就得意吧。

　　在他们的前面有一辆大概有十来个座位的中巴车,开得不紧不慢,但一直占着快车道。陆城说,算我脾气好,要不早摁喇叭了。肖夏说,我们又不赶时间,这路上风光也蛮好的,慢慢开吧。他们说话间,前面的中巴车突然像被谁踹了一脚似的,左右摆动,竟然一个大拐冲下公路去了。陆城和肖夏都不相信自己的眼睛,他们互相看了一眼,才大叫起来,车子掉下去了。陆城把车子停靠到路边,马上拨打报警电话,说明出事地点。打完电话,他把车子重新发动起来。肖夏说,咦,你干什么?陆城说,走啊,难道你还要在这里等救护车来啊,你现在这样子,看这种场面不好。肖夏说,谁说的? 我不但要看,我还要下去救人。陆城说,行了,行了,以后再发扬风格吧,我们这不是冷漠,实在是情况特殊。肖夏说,我必须去。陆城说,听话,那车子这么冲下去,说不定等会儿还会爆炸的。肖夏不等他说完,打开车门下车,快速地往出事地点小跑。陆城吓得将车熄了火,赶紧下车,跟在后头喊,肖夏,你一个大肚婆,较什么劲,到底是那些人重要,还是你肚子里的孩子重要? 肖夏站在公路边上,指着下边喊,陆城,在那群人里,你就不怕有一个人是我,而你就这么和我擦身而过,却没有听到我的呼救? 陆城说,这说的哪跟哪啊,你疯了吧,给我站住。肖夏说,你就当我疯了吧。说完她从先前车子撞开的豁口哧溜下去了。

这坡并不是十分的陡峭,中间山石很多,那辆中巴车被卡在半山腰。肖夏笨拙地往下走,大肚子成了她的障碍,有时候她干脆坐下来,用屁股哧溜往下滑。陆城站在公路边往下看了几分钟,看肖夏挺着大肚子一颠一颠的,又惊又怕,急得直跺脚,再唤肖夏,肖夏当没见。他无计可施,只得顺着原先肖夏往下走的路线,磕磕碰碰一路小跑冲到肖夏身边。肖夏侧脸看他说,哼,总算对得起你发过的誓。陆城气喘吁吁地说,我早晚要被你这个疯婆子气死。肖夏上前亲了陆城一口说,亲爱的,不会的,我爱你。

车子往下冲的时候可能翻了几个筋斗,好些人被摔出来,躺在树丛里岩石上,发出瘆人的惨叫声。肖夏说,我们先把车里的人弄出来再说,说不定等会儿车子还会往下跑,再跑就掉河里去了。陆城一听头皮发麻,再看肖夏根本不像一个怀孕七个月的女人,她几乎是从杂草和碎石中跑过去,头探进车子里,大声喊叫——谁还能

223

动的努把力自己爬出来,谁脑子还清醒动不了的吱一声,我们帮帮你。肖夏看到一个年轻的女人颤颤地举起一只手,女人怀里抱着一个孩子。旁边还有几个人呻吟着。肖夏对陆城说,我先救那个女的,其他人交给你了。肖夏从一面破碎的车窗钻进去,玻璃划破了她的裤子,血马上洇出来。她根本没发现自己出血了,她迅速地爬向那女子,近前的时候发现女人的头上有一个不断冒血的洞,眼神已经逐渐暗淡。女子虚弱地说,救我的孩子。肖夏被强烈的母爱冲击着,忍着泪从女人的怀里把孩子抱过来,她对女人说,放心,孩子没事。肖夏把孩子抱着爬出车窗,到外边检查孩子全身上下并无伤口,可这孩子怎么瞪着眼睛没有一点声响呢,突然,孩子发出一声尖利的哭声,听到这哭声肖夏放心了,她轻轻地拍打孩子的背部说,好了,好了,宝宝,别怕,妈妈在这。

车里有七八个人互相搀扶着慢慢爬出来,陆城也陆续把两三个昏迷的抱出来。肖夏把孩子交给其中一个人抱着,说,看好孩子,我再去看看。肖夏再一次进入车内,从每个座位边爬过,发现还有一两个是喘气的,和陆城一道把人移出车子。有些还能行动的人,也加入了救援。后来车里还幸存的就剩司机了,司机的双腿被车头挤压着,无法移动。在大家无计可施时,车子突然开始往下滑动。大家齐声惊呼,跑离车子。肖夏说,能动的人都起来,大家找大石头,我们顶在车子下面。大家把找来的石头一块块垒到车身下边,慢慢地,车子停止了下滑。

警车鸣笛的声音从远处传来。大家欢呼起来,陆城也兴奋地抱着肖夏亲了一口。肖夏推开陆城的怀抱说,让我躺一躺,累死了。肖夏双脚一软瘫躺在地上,她清楚地听到自己心脏咚咚跳动的声音。面朝着天,天蓝蓝的,一丝丝轻飘的白云在跑。好久没这么轻松惬意地看天了,真是个出游的好天气。肖夏用手轻轻抚着隆起的肚皮,刚才的剧烈活动,孩子有些抗议了,用脚使劲踢她。她说,好了,好了,宝贝,妈妈是不是很勇敢? 其实妈妈什么也不怕。

失魂台

一

　　李广度弯腰从鞋柜取出一双棕色皮鞋,他将一只脚探进鞋里,皱眉端详两秒钟脚退出来,他弯腰重新拿了一双奶白色的。吕灵走过来站在他身边说,好像有点浮。李广度也觉得白色不太搭,可吕灵说了,他不可能听她的,她的品位他一向嗤之以鼻。

　　两只脚快速钻进皮鞋,李广度转身拿起搁在一旁的皮包开门出去,吕灵追在后头说了几句什么,李广度习惯地从鼻子里挤出一声"嗯"或"哼",其实他没听吕灵说什么,一个字也没听进去,他只是以他过往的经验判断吕灵说的是"早点回家""少喝酒"类似的话。女人娶回家变成老婆之后就像给自己找了个 MORNIGN CALL,全天候的。李广度觉得自己是个艺术家,艺术家只有保住自由,才能保住创造力,他有幸保住了自由。

有个冷笑话说,小丽温柔但是不漂亮,小云漂亮但是不性感,小兰性感但是不温柔,小灵漂亮、温柔、性感,但——她是我老婆。吕灵是李广度的老婆,结婚八年了。

李广度驱车直奔南国艺术学院,下午艺术学院组织一个摄影讲座,他是主讲人。李广度在本市也算一位名流,他的名声源于拍美女照。摄影师有多种多样,有的拍山水花木,有的拍世事百态,李广度则专拍美女,确切地说,他专拍女人,并把女人拍得很美。在他的镜头下,女人身上美好的一切如泡在水里的茶叶,悠悠舒展开来,丰富,有层次,动静自若。李广度的功力不在美化,而在于提升;不在修饰,而在于发现。

本市有一位赫赫有名的女企业家,身高不足一米五,肩宽体胖,高颧骨、细眼睛、大嘴巴,年届五十。就这样的粗糙材料,李广度照样将人拍得贵气逼人、神采非凡。女企业家在近百家媒体上用的照片全出自李广度之手。女企业家在公司大厅正墙上挂了一帧与自己真人大小相仿的照片,每个进出公司的人站在照片跟前都会不由自主地赞叹——公司的魂就在这了。这照片当然也出自李广度之手。李广度的作品反过来能让人们发现人物本身的精神气质,引领大家去看见从未看见的那些东西,这就是他的过人之处了。

女企业家赞助李广度开了一家工作室。广度工作室生意兴隆,上门来拍照的人络绎不绝,一般人都必须像到医院看病那样先拿预约号。有些女人一贯痴迷于将自己的容颜身姿物化美化成可以翻阅的影集、可以挂在墙上的相片、可以在网上传播的图像。广度工作室走在时尚的前沿,大胆推出各类写真,比如说裸体写真,还有新近推出的孕妇写真,一批孕妇挺胸凸肚进出广度工作室,脸上都挂着心满意足的表情,不知情的人还以为这改产科门诊了。

要预约老板李广度亲自拍照,至少得提前三个月。李广度身价日涨,傲气也渐长,比如某天他推掉工作出去和一位美女约会吃饭,花费一千元,他会以居高临下的口气说:"宝贝,今天我可是在你身上花了两万元。"女人小脸如花儿绽放:"两万元,你还有礼物送给我?"李广度说:"你难道不知道我一天工作十个小时,每个小时收费两千元吗?我一天都在陪你了,这不比什么礼物都要强?"

像到南国艺术学院搞讲座这样的事情李广度倒是不在意推掉工作的,他认定这是一种潜在的投资和广告方式,何况路燕亲自上门求他。

路燕原先也只是一名上门来拍照的顾客,人长得很漂亮,对摄影略知一二,第一次上门来在工作室里指手画脚,言语霸道,搞得一干工作人员手足无措。老板李广度亲自接待,她也不满意,说工作室里气氛不好,人根本没办法放松自然表现。

李广度吊膀斜眼:"小姐,看来要达到你的要求,我只有上门服务了。"路燕说:"上门服务,你们还可以上门服务?"李广度目光放肆地在她身上扫描:"别人不可能享受这个待遇,只有你。因为你在自己的地盘才能放松下来和我赤诚相见呀!"路燕的脸骤然血红,李广度的眼神像猫舔,自下而上不留余地,她刚想发作,李广度又说:"你不满意我不收钱,你想好了联系我。"说完不再理她,打个响指潇洒而去。

遭遇人生第一次来自异性的轻视,路燕干瞪眼,怒火无处发泄,憋着,后来一点点消散了,再后来她经常想起他说的话。有一次就主动打电话联系,没提上门拍照的事,专门探讨艺术摄影方面的问题,聊着突然有了共同语言。

路燕在艺术学院学生处工作,刚留校,工作积极,和学生打成一片,听学生会要搞摄影讲座主动邀了李广度。

讲座在一种轻松愉快的氛围中进行,李广度不需要太好的口才,他只要把自己的作品摆上,把经验说出来,学生们已是获益匪浅。路燕坐在学生中间,像其他学生一样认真听讲,她觉得上面这个男人确实有才,还很英俊潇洒,心里便以世俗的判断标准整合出一个结论,这样的男人最靠不住。讲座结束,她上台去做总结,最后说:"让我们用更热烈的掌声感谢李广度先生。"小礼堂里掌声像鞭炮响。

路燕把李广度送出门,将一只信封塞到他手里说:"学校经费有限,就是一杯茶水钱,请别见笑啊。"李广度把信封塞进包里朗声说"谢谢",然后声音突然低如蚊吟:"我在学校大门口对面等你。"路燕眼睛瞪着,分明是在问:"你意欲何为?"李广度说:"我带器材了,今天帮你拍一组好的。"路燕左右晃眼扫描周围学生,做出跟李广度热情握手告别的样子。

李广度在学校大门口对面等了将近二十分钟,看到路燕袅袅娜娜地出来,目不斜视,经过他的车子也不停步,刚想出声叫唤,路燕突然飞快折回打开车门跳上来,动作敏捷一气呵成。李广度说:

"反跟踪能力超强嘛,有人跟踪你?"路燕说:"那些学生的眼睛贼得很,要让他们看见,以后我说话还有谁听?"李广度说:"你是未婚青年,怕什么?"路燕说:"可你是已婚青年了。"

李广度将车子驶到路燕家楼下,路燕先上楼,隔了七八分钟李广度扛着照相器材敲开路燕的房门。李广度在客厅做好准备工作,路燕待在卧室里半天不出来。李广度过去敲门说:"在自己家里还这么别扭呀,赶紧了。"路燕披着大毛巾来开门,犹抱琵琶半遮面,羞涩忸怩地说:"我找不到感觉。"李广度说:"亏你还是学艺术的,行了,我来帮你放松放松。"一边说着放松放松,李广度一把扯下路燕身上的大毛巾,把惊叫的女人抱床上去,抽空还从包里取了作案工具。路燕一开始是要反抗的,后来也配合了。两人做了半小时的放松运动,女方彻底放松下来,面色绯红、玉体舒展、眉眼如水,李广度不顾身体劳累,很敬业地抄起相机,将眼前风情万种的画面拍下,嘴里不断指挥路燕变换姿势,还有就是"OK、OK"地赞美。

路燕看李广度赤身裸体在她面前晃悠,操起手边的手机也给李广度拍了几张。李广度说:"想敲诈我呀?"路燕说:"能敲得到吗?"李广度说:"难,类似的照片我工作室里到处都是,我经常给手下当模特。"路燕说:"你是不是经常和你的顾客上床呀?"李广度说:"你当我是鸭呀,我卖艺不卖身。"路燕说:"你拍人体,有没有拍的时候突然冲动起来?"李广度一脸坦然:"当然有了,没有冲动怎么可能出好作品。"路燕来了气,恨恨地说:"别哪天弄出病来。"李广度说:"你放心,我很小心的,刚才我不就用了套了嘛,这东西我随身带的。"路燕气得从床上跃起,玉腿飞起踢向李广度。

打情骂俏间,李广度搁茶几上的手机响了。

电话那头吕灵说:"广度,你怎么还没有去接柔柔,幼儿园来电话了。"李广度说:"我哪有时间,你怎么不接?"吕灵说:"咦,你下午出门的时候我告诉过你,我腰痛到黄医师这来按摩,赶不回去接柔柔了。"李广度暗暗咒骂几声,把撂到地上的衣服,按与原来脱下来相反的顺序一件件穿回去,一边穿一边对路燕说:"宝贝,过两天我再找时间帮你拍,今天拍的效果很好,下次一定比这次还要好。"路燕抱住李广度的腰说:"别走嘛,我刚有感觉,你就不拍了?"李广度说:"我要去接女儿,幼儿园要关门了。"路燕嗯嗯啊啊地赖着,李广度把她的手扯掉说:"别闹了,真是要赶时间!"路燕黑下脸说:"你这样的人还有女儿? 滚吧。"李广度捧起她的脸啃了一口说:"宝贝,快穿衣服,别着凉了,我先滚了。"

正赶上下班高峰期,李广度闯了几个红灯,接上女儿。

女儿柔柔说:"爸,我等了快一个小时了。"李广度说:"对不起,是爸爸不好,出来晚了,路上堵车。"柔柔说:"那爸爸要不要柔柔原谅呢?"李广度说:"当然要了,柔柔可以原谅爸爸吗?"柔柔说:"爸爸如果能实现我一个愿望,我就原谅爸爸了。"李广度说:"哦,说说看,你有什么愿望。"柔柔说:"你今年去银沙岛的时候带上我,我想去看美人鱼。"李广度摸摸柔柔的脑袋说:"你乖乖听妈妈的话,爸爸一定带你去。"柔柔说:"妈妈每天都夸我乖,爸,银沙岛真的有美人鱼吗?"李广度说:"有。柔柔说:"那你为什么没拍到过呢?"李广度说:"这次带你去一定能拍到。"柔柔说:"为什么呀? 因为你是个小美人呀,美人鱼看到有比她美的是要出来比比的。"柔柔开心地拍手笑了。

李广度的手机呜呜响,一张张照片传过来。紧接着有电话进来,路燕说:"给你发几张艳照,好好欣赏啊。"李广度说:"有没有你的?"路燕说:"都是你自己的,看看你身材有多恶心!"李广度哈哈大笑说:"我对自己的身材自信得很,恶意攻击没用。"路燕说:"你什么时候再来帮我拍?"李广度说:"我今晚上就去,我最喜欢趁热打铁……"

路灯由绿悄悄转为红,李广度前面的车子在交通灯转换的一瞬间拼命加大油门,冲了出去。李广度无意识地尾随着,一辆公共汽车疾驰而过,等李广度的注意力从交谈中转移出来,他心脏收缩,猛踩刹车,打转方向盘,车子在地上翻滚。他的头重重地撞在方向盘上,耳边传来柔柔的尖叫声……

李广度睁开眼睛,他的头很痛,还有点恶心。他转动眼珠子,看到惨白的天花板还有同样惨白的吕灵的脸。他用半分钟想起前因后果,猛地坐起来说:"柔柔?!"窄小的病床吱吱呀呀响。吕灵盯着他一言不发。

李广度说:"女儿呢,有没有受伤?"吕灵两片干裂的嘴唇愤恨地吐字:"李广度,你为什么会撞车?"李广度捂着脑袋说:"难道你以为我愿意撞车? 这是意外。"吕灵掏出一只手机在李广度的眼前晃了晃说:"刚才有很多个电话打进来找你,我接了,我还看了一些照片。"

手机是李广度的,他明白过来,刚才他和路燕正在通话中发生了车祸,事后路燕一定是担心了打电话过来询问,他不怕吕灵知道什么,他从来不怕。他说:"我都这样了你还吃醋?"吕灵一巴掌打到李广度的脸上,凄怆地哭喊:"你这个流氓,为什么你没死?我巴不得你死了,我可怜的女儿呀,你这么走了,让妈怎么活呀……"

　　一名护士上前来扶住吕灵。李广度脑袋又一阵刺痛,吕灵说的他听得清清楚楚,他差点晕过去,他摇晃着跳下床,掐住护士的肩膀:"带我去看我女儿。"护士说:"你女儿送到医院已经不行了,医生尽力了。"李广度的心像被谁狠狠剜了一刀,人扑通跪到地上,声嘶力竭叫喊——"柔柔,柔柔,爸爸对不起你……"

　　吕灵将写好的离婚协议放到桌子上说:"李广度,签字吧。"李广度说:"我不会签的,人都有犯错的时候,你总得给我改正错误的机会。"吕灵说:"我给你的机会还少吗?这么多年来,你在外面有过多少女人?我一直把眼睛闭着,装痴扮傻,只盼有一天你玩够了回头,我真后悔呀,把我女儿的命都搭上了。现在我一看到你就想为女儿报仇,说不定哪天晚上刀子就架你脖子上了,你说我们还能共同生活下去?"李广度说:"我是不会签的。"吕灵冷笑一声:"你不签也没关系,反正家已经破了,作恶的一个也逃不掉。"

　　三天后,李广度接到 110 电话,吕灵行凶杀人未遂,事后自杀却顺顺当当,她翻过路燕家的阳台往下跳,九层楼的高度,将美丽的小脑袋摔破了。路燕命还在,却口口声声喊着还不如死了,因为吕灵的刀子把她的脸划了个 X 形,以鼻梁为轴。

　　李广度听到这个消息,第一个念头是吕灵真傻,要开刀也应该是拿他来开刀啊,在一个房子里住着,下手的机会太多了,要论该死,该死的人是他呀。他的第二个念头很快覆盖了第一个念头,吕灵真聪明啊,她把他一个人孤零零留在世上,是慢刀割肉,让他生不如死啊。

二

八月份,和往年一样,李广度带着全套的照相器材和简单的行李来到银沙岛。

银沙岛上有一片沙滩,那细沙是银白色的,看上去洁净如银,岛因此得名。岛上居民少,海水纯蓝,沿岸立在水中的大小岩石皆嶙峋怪异,阳光明媚的天气,像一片水上石林,奇丽非常,若是阴雨天,却又呈现出阴森森犬牙交错的面目来。若乘船出海游玩,在这片石林里可转上一天,号称三十六径,径径通幽。由于交通不甚便利,上岛来玩的游客都是散客,自发来的,三三两两。吸引游人到岛上来有一个重要原因,传说这一带有美人鱼。渔民不止一次看见,专家也专门来实地考察,证实这里确实有美人鱼的踪迹,在专家的嘴里,只叫美人鱼的学名儒艮。但似乎没有游人真正看到过美人鱼,包括十多年来年年上岛的李广度也没有亲眼看到过。

八月份上岛的游人不多,因为这季节岛上隔不了两三天就有狂风暴雨、电闪雷鸣,没胆量的人还真住不下去。李广度喜欢七八月份上岛,却是冲着这暴风雨的气候来的,别人只知道他拍女人拍得好,不知道他其实更爱拍海,海的表情变幻莫测,有气势,有力量,他喜欢。每次来他住岛上唯一一家旅馆——文香旅馆。经营旅馆的是一个六十岁左右的寡妇,人称文香姨。

李广度第一次上银沙岛时文香旅馆还不存在,那一年他十八岁。第二年文香旅馆建起来了,那时候的文香姨也才四十岁。因为每年都来,他和文香姨像亲人一样,他们没事也会通通电话,她给他寄些干贝虾米,他给她寄些钙片维生素。

西北角是全岛的制高点,站在角上可以俯瞰全岛,整个岛的形状像一只帆船。西北角的最高处是一道高耸如屏风的岩石,恰好就像船的桅帆,站在那上边俯瞰海的风光是最美的,参差的岩石峭壁,湛蓝的海水,银光闪闪的沙滩,还有如菊花朵朵的水母柔软地漂在水面上。可这观景最怡人之处,是一个被当地人称之为失魂台的地方,因为不知道从什么时候起,不断地,有人选择从这片岩石上跃入海中,灵魂漂在海上无始无终。

没有人知道是谁第一个选择了这个地方作为生命的终结点,它像一面招魂幡,时不时地,就将一个人的魂招了去。

文香旅馆在西北角一片岩石上就着地势建起来,三层半高,远远看过去,像是一幢悬崖上的堡垒,它把通往失魂台的路给截住了。要到失魂台,必须经过文香旅馆。

文香旅馆门前辟了一块宽敞地,顶上搭棚,边上摆了一圈杉木制简便桌椅,平时岛上的人到晚间喜欢聚到这里吃饭喝茶聊天,或者打牌,此处是个热闹的场所。眼下这里空无一人,李广度老远看到文香旅馆的大门关闭着,他纳闷了,两天前他还跟文香姨通过电话说要来呢,再说了,文香姨外出也很少关门。走近了,发现门还上了锁。他也不急,把行李扔地上,点一支烟,蹲在门边,吸了半支,一个中年男人骑着摩托车突突突过来,岔腿停在李广度跟前。

男人脸色黑红,头发如崖边的灌木纠缠成一团,大嗓门嚷:"李摄影,李摄影,你今天到得早啊,要不是罩玉告诉我,我还不知道你到了呢。"李广度知道罩玉,一个在岛上开了唯一一家咖啡屋的小青年,当时还是李广度出的点子,估计刚才来的路上让罩玉看到了。眼前这个,是文香姨的侄儿庞雄,李广度和他年纪相当,只不过在海边生长的人风吹日晒,显老,他们是老熟人了。

李广度指着门上的锁说:"家里没人?"庞雄从裤腰上取下一串钥匙说:"阿茶昨晚上有提前生的兆头,婶娘连夜赶到县城,没办法等你,交代我把钥匙给你。"李广度一听文香姨不在,心头飞快掠过一层阴霾,命,这就是命,他是等不到文香姨了。

庞雄见他一脸失望,说:"放心了,婶娘不在还有我嘛,她怕你一个人住着闷,出门前交代我一定好好招待你。"李广度恢复了常态说:"原先听说阿茶还有两个月才生呢,没出什么问题吧?"庞雄说:"应该没大问题,能吃能喝,身体壮得很,我们估计就是因为吃太胖了,肚子里的孩子分量足了,想早点出来见人。"李广度说:"我想象不出阿茶胖的样子,她一贯黑瘦成那样。"庞雄笑呵呵地说:"你见了肯定认不出来,体积是原来的两倍。"庞雄张开双手在空中虚拟出一个体积。李广度说:"好事情,好事情。"庞雄说:"屋子里什么都有,吃的我在冰箱里备好了,你自己张罗,我还要赶去镇上送货,不能陪你,改天过来和你喝酒。"李广度挥挥手说:"赶紧忙你的去吧,我又不是第一次来。"庞雄笑眯眯地说:"明天我给你带点新鲜的海味过来,我看你比去年瘦多了,多吃点,晚上有大雨,关好门窗,别外出了。"

李广度打开门把行李搬进屋。院落收拾得很干净,一架子三角梅在院角开得红红火火,三角梅架下有一块大石头,大石头中间是空的,置了浅水,周围也种了些草木。李广度走过去嘘嘘两声,一个黑乎乎的尖脑袋探出来,李广度说:"千岁,你好,我又来了,还给你带了个新朋友,她叫柔柔。"李广度从口袋掏出一张他一家三口的合影,在千岁面前晃了晃,指着柔柔说:"她就是柔柔,指着吕灵说,这是柔柔的妈妈,你是主人,要照顾好她们。"那只叫千岁的龟,先盯着李广度看了一会儿,好像真是认出这张脸了,再看了看照片,慢悠悠从石窝里爬出来。李广度点点它的脑袋说:"千岁,你陪柔柔玩,我收拾收拾。"他把全家福钉在房间的正墙上。

从柜台里取了钥匙,李广度背着行李爬上顶楼,每次来他都住顶楼。楼是三层半的,顶楼就半层,另外半层是个大露台,有护栏围着,白日里可以晒衣被,晚上可以用来纳凉。房间很热,所有的窗户都是关着的,李广度把窗户全打开,饱含水分的风呼呼进来,将窗帘吹得猎猎响。房间里家具简单,一张铺着雪白床单的大床、一只老椿木衣柜、一张杉木茶几。李广度把行李收拾好,看时间还早,拿了相机到露台上。天边的黑云已经把太阳遮了大半,遮不住的那一块射出极强的光芒,把云和海面涂了一层绚烂的鸡蛋黄。他快速抓拍几张,这光很快被吞没,周遭灰蒙蒙的,大滴的雨点打在李广度脸上。

李广度撤回屋里,把门窗又全都关上。他坐在床上,窗外雷电交加,雨如倒泼。窗户被雷雨震得嗡嗡响。他在这样嘈杂的环境中竟然睡着了。等他醒来的时候,天是真的黑了,雨仍然在浇打。他想起从早上到现在一直没吃东西。那次车祸后,他的饥饿感好像消失了,即使几天不吃不喝也没什么感觉,对着食物反倒经常想呕吐。医生给他开了好多药,吃了不管用,反正他是越来越瘦了。前些天在大街上碰到一个朋友,还开玩笑问他是不是嗑药了。

李广度下楼摸到厨房。冰箱让庞雄塞得满满的。他取了一条鲈鱼,还有沙虫,鱼做清蒸,沙虫做白灼,另外再做个芥菜车螺汤。菜饭做好,端上桌来,对着这桌菜,他喉咙涌起一阵酸水,像孕妇一样干呕了几声。还没动筷子,似乎有人在敲门。雨大,敲门人还扯着嗓子喊。李广度想这时间这天气,除了庞雄不会有人来。他出去开门,门外站的却是一个年轻的小伙子,看起来二十岁左右,头发眉毛滴着水,全身湿透了,一张脸出奇的英俊,只是没有半分表情。

"老板,你这店够偏的,让我好找!"小伙子口气里有责怪。李广度把他让进来说:"这么大的雨你不知道先避避?打雷闪电在外边走很危险的,跟内地可不一样。"小伙子说:"我没觉得危险,越险越好。"说这话的时候,他嘴角往上扬,似乎对李广度的关心表示了不屑。

李广度盯着他背上的包说:"包里的东西湿不湿?不湿你赶紧换身干衣服,风大,寒气很快侵身的。"小伙子不避人,当着李广度的面,把衣服脱了,裤子脱了,然后从从容容从包里把干的衣服取出来穿上。李广度拍人体写真,当然是见怪不怪,两只眼睛在小伙子身上转悠,小伙子几块腹肌若隐若现,臂膀上的肉疙瘩线条优美。他问:"练过吧?"小伙子不看他也知道他说的什么意思,回答说:"没事就上健身房。"李广度说:"线条真不错,如果你有兴趣,我帮你拍个写真。"小伙子狐疑地盯着李广度说:"拍那干吗?"李广度说:"我干这行的。"小伙子说:"咦,你不是这店的老板?"李广度说:"老板有事外出,我也是客人。"小伙子换好衣服,眼睛盯着桌上的菜说:"我饿了,可以和你一块吃吗? 我叫雷享,打雷的雷,享受的享,先认识一下。"雷享伸手给李广度,李广度伸出手跟他握了握说:"我叫李广度,菜多,饭也有,自己拿碗筷吧。"

雷享拿了碗筷不客气地大吃起来,胃口很不错,那条鱼有三分之二被他吃掉了,他还评论说白灼沙虫放的佐料不够,少了沙姜,车螺内脏清理得不够干净。李广度宽宏大度地说:"下次我一定注意,你打算住几天?"雷享说:"不知道,可能一两天,也可能一两个星期。"李广度说:"冰箱里有许多菜,明天你做饭怎么样? 我们轮流来。"雷享说:"我不会做,我可以付钱,你来做。"李广度笑着说:"口气不小,你爸是官还是商啊?"雷享说:"我算是富二代,我爸妈挣的钱到我孙子也花不完,看不起我吧? 没关系,我也看不起自己。"李广度笑了,摇摇头说:"没人看不起你,我倒希望有个会挣钱的老爸,可没有啊。洗碗你总会吧?"雷享说:"今晚太累了,明天我洗,我得赶紧睡一觉,我住哪?"李广度说:"一二三楼随你挑,顶楼我已经住了。"雷享仰头看了看说:"站得高看得远,我住三楼。"雷享把背包甩到肩上,大步上楼,三楼的灯随即亮了。

李广度慢悠悠起身收拾桌上的碗筷,门又被敲响了。他有些奇怪,这鬼天气上门的人还不少啊,打开门,庞雄半搀着一个女人进来,手上还拖着一口大箱子。

庞雄说:"刚才从镇上回来的路上碰上她,说是要上岛来玩,她有点不太舒服,可能是被淋坏了。"李广度阴暗地想:"这女人一定长得不错。"女人抬头抹一把雨水说:"给我一杯热水,我胃疼得很。"

庞雄扶着女人在椅子上坐下。李广度看清女人的长相了,三十岁左右,鼻子有点大,眼睛有点小,皮肤挺白,可没有血色,整体上看太一般了。他倒了一杯热水给女人,说:"饿了吧?给你弄点吃的。"女的摆摆手说:"不用,不用,我不饿。"庞雄给女人介绍说:"他叫李广度,是有名的摄影师,年年到岛上来,我们都是老熟人了,现在我婶娘不在,他就等于这家旅馆的主人,有事你找他。"李广度说:"对,对,把我当这的主人好了。"女人说:"好的,谢谢了。"庞雄说:"我先回家了,这大雨一来,事情特别多,你们早点休息吧。"庞雄出门随手把门带上了。

女人把一杯热开水喝完,搁下杯子,从随身带的小包掏出身份证说:"我先登记,你看交多少押金?"李广度说:"哦,对,对,我现在是代理老板,行,我把你身份证号登记一下,按惯例一天押金交六十,你打算住几天?"女人说:"我先交两百吧,住几天还说不准。"李广度从柜台掏出登记册,记下了女人身份证上的名字:穆紫蓝。他说:"你这姓不多见啊,我就知道一名人穆桂英。"穆紫蓝微笑着说:"我老祖宗太厉害,把我们都盖了。"李广度把身份证还给她说:"一二三楼,随你挑,每层楼有两间房,三楼刚刚有个小伙子住了一间。"穆紫蓝说:"看我这口箱子,住一楼得了。"李广度帮她把箱子拖进屋,开了灯,嘱咐了两句,关上门出来。不到五分钟,女人房间灯灭了。

李广度收拾完厨房也回到自己房间。

雨大概在凌晨四点多停了。李广度一夜未睡,雨一停,他出到露台上。外面的天已经开始泛白,露台上已经站了一个人,李广度有些吃惊,仔细看是住一楼的穆紫蓝。他打招呼说:"你起得真早。"穆紫蓝说:"呵,这雨声太大,根本没法睡。"李广度说:"是啊,所以这个时间上岛玩的人很少,你来的时间不对,九月十月才是最好的季节,风平浪静,阳光灿烂。"

穆紫蓝说:"你不也来了?"李广度用手指做了一个咔嚓快门的动作说:"我啊,不是来玩的,拍照,专为等这大风大雨的景致,每次大雨过后,太阳出来特别鲜,像被洗过一样,光靠脑子想你是想不出有多美的!"

穆紫蓝指着不远处一道高高的屏障说:"那就是失魂台吧?听说从那跳海的人,没有一个人被救起,每年总有几个人往下跳吧?"李广度瞟了穆紫蓝一眼,那张脸灰扑扑的,他心里涌上一种不好的感觉,扭转话头说:"趁天气好,想不想到岛上转一转?说不定一会儿又有大雨来了。"穆紫蓝说:"行,出去转转。"

他们刚要下楼,雷享两眼通红、哈欠连天地趿着一对拖鞋上来。

李广度说:"眼睛跟兔子一样,没睡啊?"雷享说:"这么大的雷声雨声,想睡也睡不着啊,我在楼下听到你们的说话声,上来看看。"李广度说:"我们打算到外面转转。"雷享说:"我跟你们一块去,你们知道失魂台在哪吗?"又一个打听失魂台的,不等李广度回答,雷享突然指着对面失魂台的方向说:"咦,那边有个人。"李广度和穆紫蓝都吃了一惊,刚才他们说话间还没发现这人,不知道这一会儿的工夫那人怎么就到上面去了。

从文香旅馆顶楼的露台看过去,二三十米的直线距离,那人的五官表情虽然看得不怎么分明,但举手投足却看得真切,他的脚步一点点挪近崖边,走得犹豫不决,终于挪到崖边,像被惊到急急退了几步,立住一会儿,又往前走了一两步,然后站住不动了。

李广度这边三个人六只眼睛盯着,像看恐怖片,不敢大声透气。似乎是下了决心,那人飞快地往前跑,以奔跑的姿势跃进海里,随着那坠落的姿势,三人不约而同叫出声来。海面溅起的浪花不大,一个人的分量对于大海来说毕竟太轻了。

离失魂台不远的沙滩上有早起的渔民三三两两地走动,有的拿着铁锹,在沙滩上挖泥丁和沙虫,有的扛着网,想趁天气放晴赶紧下海捞几网。发现有人从失魂台上跳下之后,他们口里发出长短不一的呼哨声,纷纷扔下手上的东西,飞一般地向失魂台奔跑。

李广度旋风下楼,雷享和穆紫蓝尾随其后。从文香旅馆大门口出来,李广度熟练地往左手边走。从文香旅馆通往失魂台的路是一条花树繁茂的林荫道,走二三十米,再往右手边拐有一扇虚掩着的拱门,很窄,这门便通往失魂台。

先到的两个渔民已经选了一处地势较低的平台,三两下脱下衣服鞋子,攀爬下降到一定高度,再跃入水中,朝那人落水的地方游去。李广度他们站在岸边伸长脖子眺望，又有几个陆陆续续赶到的渔民下海去搜寻。

雷享说："从这么高的地方跳下去，能救得活吗?"李广度说："今天有这么多人在场，也许能救。"穆紫蓝喃喃道："这失魂台果然名不虚传啊。"雷享也失了神："失魂台，这就是失魂台?"他赶紧从裤兜里掏出手机，对着失魂台和海里救人的场面拍个不停。

有个渔民举手大声呼喊，大家朝他的方向看去，依稀见他牵扯着一个人，另外几个渔民都向他聚拢去。看似不远的距离，也用了一支烟的工夫，众星拱月地把人拽到岸边。要把人沿着峭壁往上抬难度太大，好在已经有人把消息传出去，有渔民开了一艘机动船从下游驶上来，把人接船上去，船往下游开到一处滩涂地靠岸。

李广度他们一直跟着船跑。

跳海的是个中年男人，眼睛紧闭，仍昏迷着，鼻子有血丝渗出，仔细看，还是个残疾人，右胳膊从手肘往下没有了。有经验的渔民在给他做人工呼吸，有节奏地挤压腹腔，男人嘴里有一丝丝清水渗出，脸部渐渐有了表情，先是皱眉，再咳嗽，然后睁开眼睛。

人一救活，渔民们开始七嘴八舌咒骂："妈的，一个大男人，有什么想不开的，家里没人了？舍得这么往下跳。"

"你想死不要找上我们银沙岛，我们这一带的风水都给你们这些人败坏了！"

"算你命大，这么多年我们第一次把活人捞起来，其他的最多是捞到一副骨头架子……"

渔民们把多年来积聚的怒火发泄了一通。那人一只手挡住脸,很羞愧的样子。

穆紫蓝说:"别骂了,他心里难受。"男人呜呜呜嚷起来。李广度说:"我们带他回旅馆休息观察观察,有什么情况再告诉大家。"

渔民中有的说,要不要送到镇上的医院去?穆紫蓝说:"大家放心,刚才我给他测脉搏了,没有大问题。"大家看着她,穆紫蓝又加了一句:"我是护士,有十几年经验的护士。"

男人被众人抬进文香旅馆,安置在一楼的房间,和穆紫蓝对门。渔民们交代了几句各自忙去了。

穆紫蓝到厨房去烧姜糖水,让李广度找身干净衣服给男人换上。李广度答应一声,上楼去找衣服,雷享留在屋里看人。

看屋里没人,雷享把椅子拉近床沿,压低声音问:"大哥,你有什么想不开的要跳海啊?"那人不回答,眼睛闭着,用唯一的一只手抹眼泪。

雷享又问:"刚才从那失魂台上往下跳,你不怕?海里边是不是黑得很?"那人突然睁开充满血丝的眼睛,从床上蹦起来喊:"不活,没法活了。"人跳下床往外冲。雷享吓了一跳,张开手拦着,雷享长得高大强壮,男人比他要矮半个头,可那人是半狂的,当雷享是肉墙,拼命冲撞。雷享赶紧大声呼救。李广度刚取了干净衣服,手里还拿了一瓶洋酒,飞跑下楼。穆紫蓝也从厨房跑来。几个人把男人按回床上。男人大声地喘气,用很怪异的方言低声咒骂。

穆紫蓝看李广度手上拿了酒说:"赶紧,给他灌几口,安安神。"李广度把酒灌到男人嘴里,咕噜下去半瓶,男人大声地咳嗽,过一会脸上泛起粉色,人也不太挣扎了,嘴里呼呼喘气。

穆紫蓝叹了一口气说："大哥,你跳过一次海,算是死过了,不兴死两道的,这么闹就和老天爷过不去了。"男人手掩着面,孩子一般嘤嘤哭。

李广度拉张椅子在床边坐下说："大哥看样子有四十好几了吧,应该是比我年长几岁,有什么想不明白的,给我们说说,如果我们也觉得你活着没多大意思,不拦你,这世上确实有些坎过不去的。"穆紫蓝听这话忍不住瞟了李广度一眼,能说出这番话的人自然有自己的故事。

男人像是找到了知己,举起那只丑陋的断手,用带着浓重方言的口音说："我的手在厂里被机器搅断了,老板不赔钱,还把我炒了。我回老家,老婆另外有了相好,那相好的是个流氓,打了我好几次,还说我要是不离婚,就找人把我劈了。我丢了工作丢了老婆,手也只剩一只,像我这样窝囊的人死了都愧对祖宗。"

李广度说："照我看你的坎不算过不去呀,你手是残了一只,但还是可以找到合适的工作,喂饱一张嘴的工作哪没有?你老婆既然跟人那样了,你更不应该去寻死,自己过,省心,没准将来还能碰上个更好的呢。"

雷享也插嘴说："是啊,你的事才多大啊,我介绍你到我爸的厂子里上班,手不好看看门做个收发总还行吧,这事包在我身上。"说着雷享从腰间的小拎包里掏钱,掏了一叠子,连毛票都掏出来了。他说:"我这次出门没带什么钱,卡也没带,这里只有五六千块钱,你先拿着,对了,我还戴了块表,前几年我妈送我的生日礼物,应该值几万吧,全给你了。"雷享大大方方把手表撸下来,连同钱一块堆在男人的床头。他一系列举动把李广度和穆紫蓝都震住了,这年轻人助人为乐起来可是潇洒得很啊!

李广度说:"大哥,你看人家小伙子把全部的家当都掏出来了,我看你用来救急肯定没什么问题了,对了,他叫雷享,雷锋的雷,享受的享,你得记住人家的名字。"穆紫蓝也说:"对啊,你先到小雷他爸的厂子看能不能找个工作,有了工作把自个安顿好,再回去找老婆,没准人家会回心转意的,你们有孩子吧?"男人点点头。穆紫蓝说:"有孩子牵扯着,机会总是有的。"

大家的劝解起了点效果,洋酒也开始在男人身上起劲,男人眼里有了懒洋洋的睡意,嘴里说:"谢谢大家,我姚世才谢谢大家了。"

穆紫蓝说:"姜糖水应该熬好了。"她到厨房端着一碗姜糖水进来,把碗搁在男人手边说:"趁热喝发发汗。"男人接过碗喝了两口,要放下,穆紫蓝说:"全喝了,一碗下去才够分量。"男人喝干净,连打了个两个嗝。穆紫蓝说:"刚才我看你鼻子出点血,如果你老想咳嗽,肺肯定有点伤着了,过后得上医院去检查检查比较保险,眼下,什么都别想,好好睡一觉。"

在众人的注视下,男人渐渐合上眼睛,还打起细小的鼾。大家终于松了一口气。

雷享说:"真险了,刚才说不定捞上来的是一具尸体,连叫什么名字都不知道。"李广度说:"你也听那些渔民说了,就没把活人捞上来过,这些年,我见过好几回捞上来就一副骨头架子。"雷享脸有些煞白说:"他醒了,你们再好好跟他说说,我不会安慰人,我这么年轻也没有说服力。"李广度说:"我看他这个坎可以过得去,不是大问题。"雷享说:"是啊,他这坎算什么啊,没钱可以去挣,丢了老婆可以再找嘛。"李广度忍不住调侃一句,"听你口气,你挺经得起事?"雷享说:"反正我比他强。"穆紫蓝笑了说:"一代人比一代人强。"李广度说:"看来这位姚大哥要睡上一阵,我们轮流看着吧。"穆紫蓝说:"你们忙去吧,我看着,我习惯干这个。"

刚说完这话,穆紫蓝突然捂住嘴哇地吐起来。李广度说:"怎么了?"穆紫蓝说:"我这胃又难受了。"李广度说:"从昨晚到现在你没吃也没睡,你先吃点东西再去休息吧,我守着。"穆紫蓝说:"行,我去吃点药休息一会儿,等下来替你。"雷享说:"需要我做什么?"李广度说:"你去厨房煮点稀饭,煎两条咸鱼,我们的伙食就靠你张罗了。"雷享说:"算了,我不会做,还是我在这守着吧。"李广度说:"好吧,你天生的太子命啊。"

三

雷享坐在床边,仔细端详这个呼呼大睡的陌生人,感觉很异样。他从来没有这样守过一个人,包括自己的父母。他想,他能这么好脾气地守着这个陌生人,是因为他们有一个共同点——他来这里的目的,和这个躺在床上的人一样,都是闻失魂台的名而来,他也有计划从失魂台上跳下去,这个人只是比他动作快了一步。

他很佩服这个比他动作快的人。那个失魂台真高啊,那海看起来又多么的深不可测啊。说实话,他现在已经不能确定自己是不是有足够的勇气从那失魂台上往下跳,但他好像没有退路了,他把所有退路都封死了。来之前他在网上公布行程,他告诉大家,他——网名"一笑而过",将要在臭名远扬、夺命无数的失魂台上演一出销魂跳。帖子发出去,果然在网上掀起轩然大波。有网友提问,你不怕死吗? 他说不怕,虽然我只有二十四岁,可我见识的、拥有的比一般人都多,我的人生已经没有什么值得去追求,我想要的不想要的都摆在面前,多活一天也是重复前一天的生活,我活腻了。有人问,为什么要选择从失魂台上往下跳? 他说,失魂台是一个神秘的地方,也是勇者的最后归宿地,我想这样的一跳很绚丽很壮烈,灵魂飘在蓝色的海上无始无终,我会得永生。更多的网友说,别在网上哗众取宠了,有本事就真的去跳,去死给我们看! 他说,等着吧,你们会很快得到消息,如果我最后没往下跳,你们把我人肉出来,我等着你们骂死我!

雷享当然不只是为了成为一个网上传播的跳海英雄。离家之前他在自己房间书桌的抽屉里留了一盒录影带,跟父母告别,感谢他们将他带到这个世界上,感谢他们让他享受这么富裕的生活,只是他不能做个孝顺的儿子,他对他们说对不起,说如果有来生,他会把一切还给他们。父母一定不能理解他为什么会选择走这样一条路,认识他的人都不会明白,别人可能还会说上一句,准是好日子过腻了。是啊,他是好日子过腻了。在这个世界上已经没有什么他想去得到,或者害怕失去的东西。他十六岁到国外留学,十八岁开豪华跑车,二十一岁上名牌大学,学的是经济管理,这是父母的愿望,他们希望他将来可以到公司接班。他学得好坏不要紧,即使毕不了业他也不会失业,即使失业他也不会饿着冻着。在国外父母为他买了别墅,他可以每个周末开派对将同学朋友请来狂欢。他还是女孩争抢的对象,女孩争相讨好他,他有时都搞不清楚他是不是真爱,女孩已经躺在他的怀里。他不用付出,不需争取,什么都好好地摆在眼前,搁在手边。

这样的生活怎么就让人越来越感觉无趣呢? 没有变化,没有悬念,甚至没有希望。

何况,只有他离开了、解脱了,关大磊才能得到解脱。他也给关大磊留了一封信,让他以后替他照顾父母,让大磊别忘了将来把他的经历发布在网上。

雷享和关大磊是最要好的朋友,他们从小学起就是同学,高中的时候分开了,因为雷享到国外读高中,关大磊留在本地的中学读高中。后来雷享继续在国外上大学,关大磊也考上了一所名牌大学,学动漫制作。每个假期,雷享从国外回来,他和关大磊都会泡在一起,他们四处游山玩水,有时也是三人行,雷享带着女朋友,雷享开的车,雷享支付的费用。关大磊上大学是跟银行贷的款,如果不跟雷享出来玩乐,他会去打小工、做家教。

关大磊的最大理想是毕业后可以创业开一家动漫制作公司,因为他自己课余替一家动漫公司打工,他说他摸清了,非常看好这个行业,他还有许多新的理念,等自己有了公司再运作到里边去。

雷享经常打趣关大磊,"你毕业出来还不一定找得到工作呢,找不到工作连助学贷款都还不上,还做梦开公司?"

关大磊说:"我现在不是傍着你了吗? 你给我投资好不好? 你是我的希望我的福星啊!"关大磊一边说一边半真半假地向雷享

作揖。

雷享说:"切,你也知道我没这本事,我问问爸妈,兴许他们有兴趣给你投资。"

关大磊听雷享这么说眼里就充满了希望,可后来一直没有听到回音,希望又一点点黯淡下去,当是雷享和他开的一句玩笑。

其实雷享和父母提起过,父母听了很不以为然,我们不是做风投的,怎么可能把钱随便投给别人? 如果你当老板,我们马上给投。雷享知道关大磊的野心,关大磊当然要自己当老板,雷享也不好意思当好朋友的老板,所以这事他没再跟关大磊提。

雷享从国外游学归来,先在自己家的一个分公司当副总,学习加实践。那家公司是做外贸的,雷享负责联系国外客户拿订单,监督国内的厂家出货,成天和衣服皮鞋灯具之类的概念打交道,按他的说法太"波令"了。而关大磊毕业后坚持自己给自己当老板的原则,不得不窝在家里接些制作网页、图文设计的小生意,勉强够糊口,距离自己开公司的宏图大志不是一般的遥远。

那天晚上,雷享和关大磊在一家小酒吧喝酒,各自说着不痛快的事,一口酒一句牢骚,喝到半夜,买单出来,雷享开车上路。

下雨天,天地一片灰蒙蒙,有人低头打把伞匆匆赶路。在雷享的视野里,这个行人是不存在的,所以,他的车撞了过去,迷糊间看见一条身影飞起,然后消失在黑暗中,他怀疑是自己看错了,偏头问关大磊,刚才是不是有一条狗,跑过去了?

关大磊歪歪斜斜靠在椅子上,他虽然醉了,刚才却是看到有个人影的。他小心翼翼地说:"会不会是撞人了?"

雷享脊背像被通了电,一个激灵自上而下,膀胱里的尿液顿时沉重无比、呼之欲出。他有气无力地对关大磊说:"你下去看看?"

关大磊一贯是雷享的跟班,此刻对他发出的指令却也犹豫着,终于还是打开了车门。不远处有一个人卧在水洼里,关大磊把那身子翻转过来,掏出打火机,手掌护住火光,凌乱的长发中,一张年轻女孩的脸孔露出来,很快的,有血从那浓密的头发里流下来,把雪白的脸染红了。关大磊的惊叫噎在喉咙里,手指颤抖地探到女孩的鼻孔下。

关大磊带着一身雨水上车,嘴里吐出的句子是冰凉的:"死,死人了,撞死人了,是个女孩。"

雷享的身子开始发抖,大夏天的他打起冷战,上排牙齿敲打下排牙齿,尿液早已从他的裤裆热乎乎地流下来。这种时候,他总会想起自己的妈妈。他掏出手机,打电话给最亲爱最信赖的母亲:"妈,我撞死人了。"

雷妈妈向来是个临危不惧、当机立断的女人,听完儿子语无伦次的叙述后说:"享,别怕,你把手机给关大磊。"雷享听话地把手机递给关大磊。

雷享不知道母亲和关大磊说了什么,本来也瘫软如泥的关大磊突然像打了鸡血似的,生龙活虎起来,冷静沉着地把雷享赶下车,让雷享赶快离开,自己坐到驾驶座上,给警察打了电话,警察来后,他说自己开车撞了人。

关大磊把所有的事情全扛下来了。雷享父母和关大磊私下的交易是,只要关大磊把所有事情扛下来,不让雷享的人生有一丝污点,他们成全他,他们出钱给他开公司。

雷享茫然地置身于整个事态的发展之外,但他眼见了死者家属上关家哭闹打骂的整个过程,眼见了关大磊在法庭上认罪的过程。关大磊认认真真地认错,接受媒体的谴责,甚至给死者的父母下跪。

关大磊醉驾撞死人判了一年半。

雷享羞愧得不敢面对关大磊,反倒是关大磊安慰他说,赔了钱我最多坐上年把的牢,在外边混七八年我也开不了一家公司啊,这事划得来,你千万别内疚,我不亏。

雷享打听到死者的家庭情况,这一家只有这么一个独生女,二十四岁,和他一般大。女孩的父亲给人看仓库,母亲长年生病,偶尔不病的时候就到天桥上摆个摊。家里经济拮据,女孩辛苦地工作,白天在通信公司做前台销售,晚上在一家咖啡厅打第二份工,每晚要干到半夜才下班。这么勤勤俭俭抱成团的一家人,因为他堕入了痛苦的深渊,这种痛苦不知道什么时候才会终止。当他们拿到雷享父母以关大磊名义做出的赔偿时,做父亲的打开存折看清上面的数字,脸上半哭半笑,抽搐着转向女孩母亲说:"我们下半辈子吃的是女儿的血肉啊。"

雷享想,他的身上没有那个污点又怎样,伤害已经造成,痛苦如此深重,他的心永远也不能平复,他永远是一个杀人犯。

在这个世上活了二十多年,他突然对自己这样活着感到可耻、感到厌倦,关大磊还可以为自己的理想去牺牲,而他连这样的目标也没有,他活着比谁都百无聊赖,想到将来还有漫长的岁月得这么过,他的腻味越来越重,腻得成天打饱嗝。

他是偶尔听一群驴友说起,有一个地方叫银沙岛,岛上有一个失魂台,从那上面往下跳,在跃入海的一瞬间,那魂便在海上漂流,干干净净,一了百了。他想这样的终结挺浪漫,也很悲壮,如果自己选择这样一种方式告别俗世真还不错。于是,他在网上发布了帖子,这样轰轰烈烈掀起千重浪的终结,才符合他雷享的性格,他完全能证明自己有胆量去和一种不想要的生活说再见。

四

穆紫蓝回到房里,半躺在床上休息。她的身子是越来越虚了,累一点就想吐。刚才忙着照料那跳海的人,一阵心急差点晕倒。她缓了一会儿,起身在箱子找出当天要吃的药,每次要吃五六种,一抓一把,比饭吃得还多。

三个月前她被查出患了乳腺癌,算是二期的,医生建议切除乳房,她不同意,选择吃药来控制病情。她不能让自己少了一只乳房,坚决不能。她已经三十二岁了,在这世上活了三十二年,她还不知道爱的滋味,没有人爱过她,她也没有爱过别人,她不可以让自己的身体残缺,哪怕去死,她也要拥有一个完整的身体。

她已经被称为剩女了,她稀里糊涂搞不清楚自己怎么就剩下了。毕业出来工作的时候才二十出头,着一身白,头发束得一丝不乱,怎么也是个干净清秀的女孩子。那时没想到谈恋爱,一心要把业务学好,工作也很辛苦,加班是不定时的,日子忽忽悠悠地往前走。

一天晚上，正在值夜班，值班医生摸进她房间，手直接往她被子里伸，她吓得要喊人，那个姓林的医生说："你别装了，要不是你成天来和我搭讪，我才懒得理你。这帮护士里头，就你像根木头，我是发扬人道主义。"穆紫蓝没有叫，但她把男人伸进被窝的手狠狠地咬着，咬得那人吃吃地抽气，拼命把手挣脱后，丢下一句"烂货"，张扬而去。

穆紫蓝把自己藏被窝里哭了一晚上，她说："我不是烂货，没有男人碰过我。"

在经历那次医生偷袭的事件后她开始相亲。一开始是熟人介绍，后来是她自己到婚介所登记认识，还有网上认识的。这么些年也不知道见了多少人，没有一个成的。有一个各方面看起来都过得去的男人，人家似乎也愿意跟她交往下去，是她自己不愿意，觉得没有火花碰撞，没有茶不思饭不想，在一起过日子只是凑数，心不甘情不愿，她就放弃了。还有一次，是她看上眼的一位男士，虽说离过婚，但人很儒雅，看上去温柔体贴。相处了一段时间，有个晚上男人要留下来住，她没有反对，她还羞羞涩涩地跟男人说这是她的第一次。她以为他会惊喜，没想男人脸色一瞬间僵硬了，说想起还有件重要的事情得去办，匆匆离开，后来却不再约她，断了联系。她曾厚起脸皮打电话去询问，对方说，其实有经验的会比较好相处一些，我没想到你这么保守。她彻底地被弄糊涂了。

随着年纪往上长，遇到类似的情况越发多了，那些男人根本不指望她是个处女，知道了反而心存疑虑，没办法再往下交往。她一开始是想不明白的,后来想明白了,现在的男人都怕负责任,她是熟女他们反倒轻松了。而且大多男人是冲着女人的外貌去的,经验可以让人迅速地熟稔。他们忽略了她,一个缺失经验的平凡女子。她的处女成了一个笑话,因为她是老处女。

她还是没有等到她的爱情,现在又患了癌症。她不想进行那些治疗,让头发一点点掉光,让身体一点点虚弱,然后还是同样一个结局。她要给自己一个看得见的结局。

她只遗憾在这世上她从未收获爱情。

那个跳海的男人,还有妻子孩子,可她永远不会成为一个妻子一个母亲了。她的生命将停留在三十二岁。

外面的天气很好,阳光斜射进来,她那袭挂在衣帽钩上的白色婚纱被裹在一团柔软的光里,圣洁无比。这袭婚纱是她特地到外地订购的,花了一笔数目不少的钱。她打算穿这一身来告别这热闹的世界,这样,她的缺憾将得到稍稍弥补。也许,她还可以让那个叫李广度的摄影师帮照一组婚纱照,留作她在这世上的最后纪念。只不过,留下来又让谁看呢?

一股煎咸鱼的香气从门缝里溜进来,肚子空空的穆紫蓝忍不住咽了咽口水,在床上躺不下去了。她起身下楼进厨房。

李广度正小心翼翼地翻动几只已经煎得金黄的小咸鱼。她凑过去说:"真香,卖相也不错。"李广度说:"当然了,这煎咸鱼是有学问的,火大了会煳,火小了不酥。"穆紫蓝说:"听口气你经常做饭?"李广度说:"不做,我老婆做。"他一边说一边从橱柜里拿了一只碟子,将平底锅里五条黄灿灿的咸鱼铲到碟子里,三两下把锅头洗净、烧干,重新倒了油,过不了几分钟,又几只外焦内溏的荷包蛋出锅了。穆紫蓝说:"动作很麻利嘛。"李广度说:"单身时候练的手艺,结婚这么多年没下过一次厨房,好在手艺没忘。"穆紫蓝说:"女人太贤惠就把男人宠坏了,你为什么不把老婆孩子一块带岛上来玩,以前你带她们来过?"李广度说:"以前她们没有来过,我这次把她们带来了。"穆紫蓝一脸疑惑:"你把她们带来了? 我怎么没见着?"李广度说:"外边厅墙上有她们的照片。"穆紫蓝笑着说:"偷工减料,把一张照片带来就算交差了? 我最羡慕拖家带口的人,一家人有说有笑的,哪怕吵吵架,闹得鸡飞狗跳的也好。"李广度说:"是啊,一家人有说有笑的多好,哪怕是吵吵架,闹得鸡飞狗跳的也好,这福分我是没有了,我是没法把她们的人带来了,她们都上天堂了,等着我呢。"

穆紫蓝一下愣住了,这种话是不可能拿来开玩笑的,她心里泛起一阵寒意,左手绞着右手说:"怎么会这样呢?"李广度没继续这个话题,再自然不过地端着碗筷往外走说:"你喝粥就点小菜吧,我去换雷享。"穆紫蓝说:"你不先吃点?"李广度说:"我不饿。"穆紫蓝后来果然在厅墙上找到了李广度说的那张全家福,妻子貌美,女儿乖巧,照片上的人全都笑得很甜啊。

五

李广度、穆紫蓝、雷享轮番守着,姚世才在下午将近三点钟醒过来。他这一觉睡得好,想是好长时间没认真睡过觉了。岛上的太阳明晃晃热辣辣,他睁开眼睛的时候,被强光灼了一下,惊疑不定地环顾四周,花一两分钟想明白前因后果,脸上现出赧色,小心翼翼地看着屋里人说:"谢谢,谢谢,大家受累了。"他还坚持下床和所有人握了握手,含糊不清地说着感谢的话。

李广度说:"想明白了吧,不会再跳失魂台了吧?"姚世才说:"想不明白也不能跳了,再跳就对不住你们了。"穆紫蓝说:"回去好好过日子,争取把老婆劝回来。"姚世才点点头说:"对,对,大不了回老家种地,我伺候庄稼去。"雷享说:"我把我爸的联系电话给你,你给他带张我写的条子,他会给你工作的。"姚世才说:"这一趟我真是遇上好人了,为什么以前我尽是遇上坏人呢? 早遇上你们,我不会走绝路。"李广度说:"好人到处都是,有时候是我们自己的脑子转不过弯来,钻牛角尖了。你最要感谢的是那几个把你捞上来的渔民,没有他们,你肯定喂鱼了。"姚世才说:"是啊,我得谢谢他们去,救命恩人啊。"穆紫蓝说:"不急,你休息好了再去。"姚世才说:"我一分钟也不想耽搁了,再晚天就黑了。"

第二天早上,姚世才只带得一张嘴去谢恩人们,回来的时候手里却提满了东西。那些曾经跳脚骂过他的渔民,大方地将各种海产品塞到他的手里说:"拿回去尝尝","有空再上岛玩,一定到家里吃个饭啊"。姚世才感动得两只眼睛发红,不停地抽鼻子。回到文香旅馆,他要把礼物分给大家,李广度他们好歹劝住了。

姚世才将海货整整齐齐打好包,又把雷享给的钱、手表和纸条收拾装好,当着大家的面,他有些不好意思地说:"小兄弟,你给的东西我真拿去应急了,以后我一定会报答你,我发誓,我不是忘恩负义的人，老天爷替我作证。"雷享说："你要报答我们就把日子过好。对了，你如果真找我爸妈帮忙，千万别告诉他们我在这，也别告诉他们你跳过海，没别的意思，他们喜欢瞎操心，你就说以前帮过我的忙就好了。"姚世才说："这多不好意思啊，反过来是我帮过你了，我浑身上下一副穷酸样还能帮上你?"雷享说："这么说效果最好，谁没有个遇到难处的时候?"姚世才说："我明白你的意思，只有这么说了，你爸妈才乐意给我工作，对吧? 兄弟，你真是个好人。"

他又给李广度和穆紫蓝鞠了躬说："好人有好报，以后我也会报答你们的。"李广度说："你先别急着走，我给你拍几张照片留念。"姚世才高高兴兴地答应："好啊，我好几年没照过相了。"他们来到旅馆的露台上，李广度以失魂台为背景替姚世才照了几张相片。他说："我会从这些照片中挑出一张贴在老友墙上，你不介意吧。"姚世才说："不介意，不介意，我还怕我这副样子上不了台面呢，可这老友墙是什么?"李广度说："如果这家旅馆的主人文香姨在的话，你们前脚刚踏进旅馆，她后脚就要领你们去看老友墙。这老友墙远在天边近在眼前，你们难道一直没发现旅馆外头，通往失魂台路两边的玻璃橱窗里贴了好些照片?"

这几人到这里来各怀心事，哪里有心情注意这些? 失魂台路两旁的橱窗少说有十来米，里面张贴的内容除了介绍整个岛的风土人情、介绍文香旅馆的情况，其他就是人物照了。照片上的人有老有少，有男有女。

李广度带着大家一路走出旅馆往左拐，像个导游似的立在墙边说:"看吧,这就是老友墙。好好看看照片上这些人,你们想不到吧,他们曾经都是上岛来跳失魂台的人,后来在文香姨的劝导下,放弃了轻生的念头,在这里留影纪念。有的回去还寄了新的照片过来,文香姨也给贴在上头了。你们读读照片下边写的字,都是每个人的亲笔留言。"

李广度说的话可实实在在震动了这几个人。三双眼睛看着那些照片,寻找照片下面的字句。那些字有大有小,有美有丑,有的说"朋友们,珍惜人生",有的说"活好每一天""从此以后做一个快乐的人""没有什么可以阻挡",还有的人写下"文香姨,我爱你""文香姨,你是我妈妈,我会再来看你,祝你长命百岁"。

雷享嘴张得老大:"天啊,真有这么多人想到失魂台自杀啊!"穆紫蓝触摸墙上那些脸说:"这么健康,这么快乐,有什么理由不好好活着?"姚世才说:"可惜我的照片没洗出来,要不我也留个字在上面了。"李广度指着一块小空地说:"等你的照片洗出来我会贴在这个位置,你可以先在下面写上要说的话。"姚世才看一眼自己的双手说:"我才初中毕业,字丑。"李广度说:"没人要求你当书法家。"他从随身挎的小包里给姚世才找出一支笔和一张白纸。姚世才捉笔写下:这世上还是好人多。李广度说:"嗯,挺好,过几年你再寄些新照片过来,给大家分享一下,也替你开心开心。"姚世才说:"没问题,会的,会的。"

在橱窗这一两百张照片里,有个妇女经常出现,从这些照片能看出她从一个中年妇女变成一个老妇人的历程,唯一不变的只有她身后的背景——失魂台。她和其他乡下妇女没有太多区别,粗糙的皮肤,黑红的脸,眼睛不大,嘴巴却很大,她在每一张照片里都笑容满面,那笑容像阳光下宽阔无边的海面,偶尔泛起柔和的水波。大家都猜想,这也许就是文香姨了。果然,李广度指着其中一张照片上的人说:"这就是文香旅馆的老板,大家叫她文香姨。"

其中有一张文香姨和一个女孩子搂着一起照的相片,时间显示在六年前。李广度说:"这个女孩子叫阿茶,当年要来失魂台跳海,因为她在东莞打工的时候被老板多次侮辱,感觉没活路了。文香姨救下她后,她就留在文香旅馆帮忙,两人母女一样生活。前两年阿茶嫁给镇上一个小伙子,你们来文香姨不在,就是阿茶要生孩子,文香姨陪去了。"

穆紫蓝双手握在胸前,神往地说:"可惜这次来没见着文香姨,我真想看看她是怎样一个人,这么多想寻死的人都让她给救活了,她到底都做了些什么呀?"雷享说:"是太神了,这样的人我也想见见。"李广度说:"文香姨开这家旅馆的目的就是要把上失魂台的人留下来,上失魂台的人得先路过文香旅馆,只要落了脚,文香姨会尽力地用自己的办法去劝阻。"说完这番话,他又若有所思地说:"十六年了,我年年上岛,只有今年没碰上文香姨,我也想见她啊。"

看完老友墙,大家把姚世才送上一辆前往县城送货的皮卡。三人齐挥手说:"一路顺风。"姚世才坐在车上,泪不知不觉充盈了整个眼眶,挥手间歇,手抹一把。雷享没心没肺地说:"姚大哥哭了。"没有人附和他,他一看穆紫蓝的眼里也有了泪,李广度皱着眉头不说话,气氛相当沉闷。雷享说:"大哥,大姐,我们算是救人一命做了好事吧,老天爷会记在功劳簿上吧?"照样没有人搭腔。

　　三人回到文香旅馆,穆紫蓝径直回房关上门,李广度也上楼进了自己的房间。雷享心想,这两人也是怪人,一转眼工夫好像就被谁给得罪了。他一个人在房里待不住,出旅馆大门随意在岛上走。这岛上除了一家小超市,很少见到别的商店,但新开了一家叫"阳光海岸"的咖啡馆,门边挂的招牌上还写着"能上网"。昨晚雷享把姚世才跳海的照片用手机传到网上了,他的标题是——今天有人跳了失魂台,他是我的先驱。帖子和照片发出后,他还没时间再上网去查看呢,用手机上网不如用电脑方便,他想着便步入咖啡屋。屋里静悄悄的,似乎没人,他吹了一声口哨,一只脑袋从一张高大的红木椅后面探出来,是个蓄着胡子的男人,看样子比自己大不了几岁。那人欢快地招呼:"来了,坐,坐。"雷享说:"我想上网。"那人起身走过来指着他原先坐的位置说:"上网的机子在那,今天网速挺快的,我一直都在上。你是这两天上岛的客人吧?"雷享说:"是啊"。那人伸出手说:"我叫覃玉,是这儿的老板,有什么你尽管吩咐。"雷享想只上网不喝咖啡好像说不过去,就说:"给我来杯咖啡吧。"覃玉说:"好,马上来。"

　　雷享在电脑上搜看回帖,回帖快爆棚了,他的帖子吸引了越来越多人的关注。大家都对姚世才的事情很感兴趣,当然对他的那一个"销魂跳"更有兴趣,不少人问:"你打算什么时候跳啊?"雷享心里涌上一种不开心的感觉,早上送走姚世才心情还不错,觉得帮助别人,有些成就感,可眼下,网上好像没有一个人关心他,没有一个人劝他说不要跳,这些人都伸长脖子巴巴地等着他跳呢。雷享心烦意乱地在电脑上敲字——"快了,快了,我的时候快到了"。

　　覃玉将一壶热气腾腾的咖啡送过来,雷享关闭了网页,他不想再看后面的回帖了。覃玉给他倒了一杯咖啡说:"你在这种天气来,大部分时间只能待在屋子里了。"雷享说:"我没见识过这种古怪的天气,也算是长长见识。"覃玉说:"你如果住得久,改天天气好,我带你下海去。"雷享说:"坐船出海?"覃玉说:"不是,我们潜水去。"覃玉指指外边阳台上晒的几套潜水服。雷享想这可能是这咖啡馆的副业吧,他问:"生意好吗?"覃玉说:"马马虎虎吧,这店面是自己家的,有客人没客人都一样打开门做生意,亏不到哪儿去。这一两个月生意差,这鬼天气,没什么客人,有个把上岛来的我们反倒要小心,就怕是想不开的。"发现雷享盯着他看,覃玉赶紧笑呵呵地加了一句:"小帅哥你绝对不是那种人。"雷享说:"就因为我年轻?"覃玉说:"昨天失魂台那边发生的事我都听说了,听说有个年轻人把身上值钱的东西全掏给那跳海的人了,我估摸就是你吧?这么大气的人不会想不开。"雷享不好意思地说:"住旅馆里的其他两个人也都出了大力,不只我一个。"覃玉笑着说:"李摄影我认识,他是我们岛上的老客人了,我这咖啡店还是他提议开的呢。"雷享说:"别人跑你们岛上来跳海,你们岛上的人呢,有跳的吗?"覃玉的脸有些凝重了,"有,不过,最后一个距离现在也有十六年了,那是个姑娘,叫王文香,那年才十九岁,是因为高考没考好跳的海,后来她的母亲开了现在这家文香旅馆。这些年文香姨救了很多的人,女儿跳海是她一生的憾事啊。"雷享说:"哦,原来文香旅馆是这么来的,你再给我详细说说。"覃玉说:"文香姨当年是被拐卖到岛上来的,嫁的是岛上最窝囊的一个男人。她起早贪黑,什么都敢干,最后成了银沙岛的首富。她不仅能像男人一样出海打鱼,还第一个开办养殖场,第一个起楼房。当时文香姨家的房子是岛上最醒目的,两层小楼,外墙贴了镶金边的釉砖,看上去富丽堂皇,让她最丢面子的事是她的男人到处花天酒地,最后还死在别的女人家里。她与女儿王文香相依为命,唯一心愿是让女儿得到最好的教育,飞出这片地界。王文香的学习一贯很好,没想到高考失了手,觉得对不起母亲,所以——唉,文香姨经常说是她把自己孩子逼死了,她要强一辈子,到头来一个亲人也没有了。"雷享说:"我一直在想,那个叫文香姨的人为什么能救下这么多人,原来,她是用救女儿的心来救人啊。"覃玉说:"是啊,我们都这么说。文香姨用心良苦啊,她用所有的积蓄起了这家文香旅馆,这么多年来,救下不少人。她说每救下一个人,就等于多活一辈子,她现在每天都很开心,看着她,我们岛上的人哪还有想不开的。"

六

走上失魂台上好像不是一件困难的事,之前雷享想象过很多次,在想象中,他站在一个犬牙交错、嶙峋陡峭的悬崖上,下边是乌黑的海水,远处是灰白的云朵,还有听起来带着哭声的烈风。可此时失魂台一带风光异常旖旎,海水如蓝绸般柔和安静地滚动,阳光在水面上反射出金子般的碎光。上银沙岛,就为从这里往下跳,让自己消失在海里。他站到平台的最边缘处,他没有恐高症,一点眩晕感也没有。老友墙上的那些脸,一张张在眼前晃动,当初他们站在失魂台上的时候,是怎样的一份心情? 他们又回到生活中去了,幸福吗? 还是带着无尽的烦恼?

刚才覃玉说的故事让雷享的心如这海水一般起伏,他很想见见这个叫文香姨的女人,在这个女人的面前,他的决定是不是可以改变? 他还有机会去改变吗? 这大海一浪浪地涌动,如果他现在跳下去,不消说,很快沉到底,现在烈日高照,周围没有一个人,指望不上谁来搭救。怎么会想到要有人来搭救? 太没出息了,姚世才起码也跳下去过了。跳下去之前,他应该给自己拍最后一张照片,传到网上,遂了所有网友的心愿,他的壮举也算是完成了。想想将来那些百无聊赖的日子吧,跳便跳了,闭上眼睛,往前跨上一步,只要一小步,一切就解脱了。

站在岩石边上,雷享发现自己的脚没有往前迈步,他的肉体和精神在这当口不统一,脑子里加强着某种意识,脚却一步步往后,退到一块大岩石边,他身子软软地倚靠着,慢慢滑坐下来,松了一口气。他把目光放得很远,这时候他只看见海面上一片蠕动的蓝光。他坐在阳光里,自言自语地说,姚大哥啊,你当时的决心真大啊,我不如你。他坐在阳光里睡着了。他梦到姚世才。姚世才成了自家厂里一个巡夜的保安。他很神气地将新配的对讲机放在衬衣口袋里,鼓鼓的,有事没事嘴凑过去和守夜的同事喊上两句,他唯一的一只手握着手电筒,厂子里每个偏僻的角落都被手电筒的灯光照过。夜深了,姚世才哼着歌回到简陋的值班室,揭开小炉子上的锅盖,还有夜宵吃,酸辣米粉香味冲人。姚世才真幸福!

在雷享做梦羡慕姚世才的时候,还有一个人也在想着姚世才,他也很羡慕姚世才。早上送姚世才离开的时候,有一瞬间李广度突然希望坐在车上离开银沙岛的人是自己,能在这里卸下重担带着希望离开是一件多么幸福的事啊。可惜,那附在他身上的罪孽太深重,他没有希望了。他对老天爷许诺,如果这次上岛能拍到美人鱼,圆了女儿柔柔生前的心愿,他便放自己一条生路,如果没有,他会到海里去寻找美人鱼。十六年了,他年年上岛都没遇上传说中的美人鱼,这样的遇见只会是一个奇迹。李广度把相机扛到露台上,支好架子。他眼睛对着镜头,四周扫看,突然看到在失魂台上依着岩石睡觉的雷享。他眯眼看天,太阳虽然已经偏到了海面上,但这样的酷热和风照样是能把人烤干的啊。

　　在梦里雷享想到自己连姚世才都比不上,胸口发闷,喉咙如火烧,难受得要吐,眼睛却睁不开了,整个身子像被一团麻绳捆着,他拼命地挣扎。有人拍他的背,力道渐渐加重,把他身上的绳索拍开,他睁开眼睛,一杯凉水递到他的鼻子底下。

　　李广度说:“海边的风吹着是凉快,可寒湿入肺,毒得很啊,我再晚点过来,你不用跳失魂台,魂就去一半了。”雷享鼻子皱了一层皮,碰一碰,像火烧,鲜红刺痛,他将一杯水一口气喝干,晃晃脑袋说:“我怎么会在这里睡着了呢?还梦到姚世才了。”

　　李广度说:“我看你也是想来跳海的吧?”雷享仰起头,吃惊地说:“跳海?你凭什么这么说!”李广度说:“这有什么不好意思承认的?我少说也比你多吃了十年的饭,见过太多想不开的人。年轻人上这岛,大多是结伴而来的,你孤身一人上岛,全身上下值钱的东西全给了姚世才不说,还不让他跟你父母暴露行踪,这些都是判断的根据。"雷享梗着脖子说:"那你不劝劝我?人家文香旅馆的文香姨可是劝人的,你昨天不也还劝了姚世才吗?"李广度说:"我是想不明白,你这样吃穿不愁的家伙,长得又这么帅,到底有什么坎过不去,难不成你比姚世才还艰难?"雷享说:"就知道你会这么说,跟你说你也不会明白,说了白说。"

李广度说:"我看你也说不出来,无病呻吟了不是?是不是看杂书多了,要来挑战人生极限?"雷享恼怒地打开李广度扶他的手说:"是,我是要挑战人生极限,我已经在网上发了帖子,迟早有这么一跳,你不是个摄影师吗,拜托你到时给我拍几张照片发到网上,省得别人说我吹牛。"李广度扑哧一笑,"啊,难道这就是八〇后,跳个海事先还得广而告之?那些个网友就没一个劝你别跳的?雷享说:"当然是看热闹起哄的人多了!不过劝也没用,跳不跳在我。"李广度说:"你回去再发一个帖子,就说你是一名网上道德风尚调查员,通过一个自杀通告来测试网友的同情心,现在调查结束,你给出一个公众良心泯灭的结论,剩下的人家该怎么议论由他们去。"雷享说:"你以为我是下不来台被逼着来跳海的?我来这里另有原因。"李广度说:"知道你肯定另有原因,晚饭时间到了,我们先回去吧,有好吃的等着呢,白吃白喝,多好的事情!"雷享赌气地说:"你成天就琢磨吃的,多有出息!我不饿,不回。"李广度说:"有白吃的你不吃,难道你还有钱付账?你还欠着文香旅馆的住宿费和伙食费呢,你把钱都给姚世才了,用什么来还?小伙子,先把债还了吧,跳海就是一个动作而已。"

雷享从来没在钱的问题上为难过，猛地被李广度一说完全语塞，李广度说的可是事实啊，他还欠着住宿费伙食费呢，真是滑稽了，他什么时候欠过别人的钱啊？可眼下他好像还巴不得有什么东西牵扯着呢。李广度又拉了他一把，他仿佛极不情愿又半推半就地被拽着离开了失魂台。他一步一回头，看那奇丽异常的失魂台，他还有勇气再登上去一次吗？

回到文香旅馆，雷享被眼前的热闹场面吓了一小跳。门前小广场上原先靠墙角堆起的桌子全摆开了，合摆成一条长桌，有十来米长，长条凳围着坐。各家各户把做好的饭菜端来，热热闹闹的，像办喜事。菜式以海产品居多，蒸鱼炸鱼汤，海参海螺海带，海鸭海鸭蛋海白菜……先前嘴硬说不饿的雷享，肚子咕咕叫，他生怕这声音被李广度听到，便加快了脚步。自己觉得挺丢脸，几分钟前还寻死觅活的，一转眼就被这尘世的繁华，其实不过就是饭菜的香味彻底征服。

庞雄从旅馆里走出来，手里提了一大壶酒，看见雷享他们，喜气洋洋地嚷嚷："快，快，就缺你们了，赶紧坐。"穆紫蓝已经坐在桌边，向他们招手。李广度把雷享拉过去坐在穆紫蓝的对面。雷享说："谁家办喜事啊？"李广度说："不是办喜事，是给我们过节。"庞雄坐到雷享旁边说："这样的长桌宴李摄影吃过多回了。以前旅馆里只要住了客人，到周末天气好，每家出一两个菜聚在这里，当是请客人们吃饭，全岛人也能联络感情。这活动是我婶娘发起的，她说出门在外的人，住店要有家的感觉，大家热热闹闹聚在一块，人就不孤单了。她不在，我担她的角色，这段时间难得有个晚上放晴,大家好长时间没聚到一块了。"

　　好像岛上所有的人都来了,庞雄招呼各家各户找位置坐好,辈分高的和各户的当家人先落座。看人差不多了,庞雄拍拍手掌说:"我给大家介绍一下我们的客人,今晚我们的客人就三位,其中一位是我们的老朋友李摄影,哪家要照相的这些天抓紧时间找他了。"李广度站起来扬扬手微笑示意。庞雄说:"还有两位新朋友,一位姓穆,穆桂英的穆,穆紫蓝,她可了不得哦,是个医生。"穆紫蓝站起来向大家欠欠身说:"我只是个护士,谢谢大家了。""这一位是大帅哥雷享。"——庞雄攀着雷享的肩膀说。雷享赶紧站起来,向大家鞠了躬。

　　庞雄说:"我们岛和其他地方不一样,其他地方爱劝酒,我们岛上随意,能喝的酒管够,不能喝的喝椰汁,这椰汁也是好东西啊,消暑降压。我是主人,代表在座的敬客人一杯,先干了。"庞雄举起酒杯向三位客人示意,然后一下倒进喉咙。李广度和雷享也先后干了,穆紫蓝没碰杯子,果然没有谁来劝她,一个女人把一只开好的椰子插了吸管放到她手边。

　　饭热热闹闹地吃,酒潇潇洒洒地饮。覃玉和岛上好几个年轻人都过来敬酒。李广度和雷享喝得脸上逐渐有了热度和色彩。穆紫蓝本来是不打算喝的,她的身体哪里敢沾酒,可后来看一长桌的人高高兴兴地吃着聊着,不少女人也起劲地喝,爽朗朗地笑,一张张彤红的脸绽放如花,她突然有喝的冲动,别人都活得这么惬意,她剩下的日子不多,为何还拘束? 于是,再有人来敬,她也随意喝了些,不一会儿脸上也春意盎然了。雷享冷不丁冒出一句话:"姐,你喝酒脸色特好,好看。"这样一句话,即便穆蓝紫喝的是毒酒也值了。

大家吃得八九分饱时,场面渐渐静了下来,像在等待什么,果然,庞雄清清喉咙发话了:"今晚上我们交的两位新朋友,第一次到我们岛上来,可以后就是我们的荣誉岛民了。作为我们的荣誉岛民,今后上岛来是可以拖家带口随便吃百家饭的,这个福利可不小哦,你们觉得怎么样?"庞雄不无得意地看着雷享和穆紫蓝。

雷享拿起面前的酒杯说:"穆姐,我们喝一杯感谢大家吧。"穆紫蓝举起酒杯,两人举酒向大家示意,然后饮尽了。庞雄带头鼓掌,喜气洋洋地说:"我们对荣誉岛民也有个小小的请求,我们成天出海打鱼,养鱼养虾,没其他见识,你们从大地方来,希望能给我们扶贫。这扶贫不要钱不要粮,就扶扶我们的孩子,这些孩子中有喜欢你们的,你们可不可以和他们交个朋友,没事通个信通个电话,鼓励鼓励他们?"孩子们开始兴奋起来,叽叽喳喳挤作一堆盯着雷享和穆紫蓝。雷享和穆紫蓝都盯着对方看,谁都没首先开口,气氛有些僵。

庞雄笑呵呵地说:"说个事你们就知道我们为什么会有这么一个要求了。我们岛上有个孩子叫孙建业,从小皮得就差上屋揭瓦了,跟一个上岛的飞行员结对子后,性子全变了,前两年他考上北京航空航天大学,是我们岛上第一个考上北京学校的孩子。按我婶娘的话说,榜样的力量是无穷的,她呀,就希望孩子们能开阔眼界,多长见识。"

雷享看穆紫蓝没有站出来说话的意思,只好站起来了,他说:"孩子们,你们有谁看上我?"孩子们安静下来,没有一个出声。雷享自嘲地笑道:"我啊,长了一副没出息的模样。"庞雄乐呵呵地说:"是你太年轻,长得太帅了,孩子们也不知道你是干什么的。"雷享说:"我这个人没什么本事,到今天全是靠父母,出国读书父母出钱,留学回来还是窝在父母的公司里干活,天塌下来有父母扛着,我啥也不用操心,惭愧啊。我看孩子们一个个晒得黑不溜秋的,都帮着家里干活吧,这比我强多了,我没什么能教你们的。"

庞雄说:"留学生啊,那可了不得,外语一定顶呱呱,我英语就没考及格过。"孩子们交头接耳,其中一个叫起来:"你教我们英语吧,我们想学英语。"好多人附和:"我们想学英语,你教我们吧。"庞雄说:"学英语不错啊,说不定以后我们岛上也有孩子能出国呢,这几年我们岛上也有一些外国游客来,孩子们学了英语可以当导游。"一个三十多岁的男人站起来说:"我是银沙小学的校长,现在学校已经放暑假了,雷兄弟如果待在岛上时间长,抽空教教他们?他们没接触过英语,兴趣是要培养的,你在国外待过,肯定教得好。我们不让你白教,学费一定给够,我们岛上的渔民别的地方节俭,用在孩子身上的钱从来不小气。"

雷享摆摆手说:"不是钱的问题,绝对不是钱的问题。"他东张西望,指望着哪蹦出个人来给他解困,眼睛与李广度对上了,燃起一线希望。李广度笑眯眯地站起说:"我相信雷兄弟英语的水平绝对不亚于外教。"雷享也只能站起来,说:"我说不准自己能在这里待多久,但只要我还在,我每天都抽时间面对面、口对口地教孩子们英语好不好?"七八个孩子高兴地围到雷享的身边。

下面轮到穆紫蓝了，她没有站起来，坐着说话，声音也不大，"我在医院里当护士，工作又累又脏，也没什么人尊重，孩子们要有出息就别学我。"

　　一个女孩从孩子堆里被推出来，一开始很害羞，后来有点豁出去的味道，冲到穆紫蓝跟前说："我叫谭海浪，我以后要当医生，考不上医生就考护士，我要给人治病。穆阿姨，你要帮帮我。"穆紫蓝说："你怎么就想到要当医生呢？"

　　庞雄说："这孩子可怜啊，谭家有个遗传病，海浪她爸的眼睛十几年前瞎了，她哥哥前几年也瞎了，医生查不出病因，现在海浪的视力也开始下降，哎，这孩子铁了心要考医科大学，说要自己医自己。可怜的孩子，从小没娘，守着瞎眼的老爸和哥哥。"

　　对当了多年护士的穆紫蓝来说，生老病死平常事，她并未被眼前这类伤感的情绪感染，她自顾不暇，哪还管得了别人？她帮得了别人，谁又能帮她？她还现实地考虑到，远水哪里解得了近渴？这样的励志也太渺茫了。当着这许多人的面，她不能扫兴，她说："好吧，如果谭海浪感兴趣的话，我们一起朝这个方向努力。"女孩笑了，乖巧地坐在穆紫蓝身边。

　　饭菜吃了，对子结了，酒席散了。

　　这天晚上有许多人喝多了，李广度没多喝，他没有喝酒的心情。雷享和穆紫蓝相对来说喝多了，特别是雷享，好多家长来敬他，说为孩子感谢他，他因为一种不确定的因素对这种敬意有了惶恐不安，所以，人家让他随意的时候他都没敢随意，愣是把自己喝得说话结巴，喝得脑袋不断地顶在李广度的胸口上。李广度拉起他说:"走吧,走吧,早点回去休息。"雷享说:"我跟大家打个招呼。"从他嘴里滚动出来的是一串洋文"Thank you everybody, good Night ! I love you, bye"……

李广度把雷享送回房间,一路上这家伙上瘾地说英文,好像已经进入英文外教的角色。李广度在门口也跟他对了一句"Have a good dream",说完上楼回自己的房间。刚进房间不到两秒钟,雷享推开门,满面红光地倚靠着门板说:"大哥,聊聊吧,睡不着。"李广度说:"被一帮孩子当明星看,兴奋了?"雷享说:"还不是你煽风点火弄的,我学的可是 MBA,在这岛上给小屁孩教英语岂不是大材小用?"李广度哈哈笑了:"庞雄的养殖场挺大的,一直说让我给他介绍人才,不过,你去他那也是大材小用,等他生意做到国外去了才有资格聘你。你先把外教的工作担起来吧,好歹挣个伙食费,把债也还了。"雷享说:"你这人怎么老记着那点钱呢?我像赖账的人吗?"李广度说:"不像,一点不像,要说我俩当中有一个人是无赖,肯定是我。这世界真有点不公平,你从小到大泡蜜罐里泡得对啥都没感觉了。我呢,从小家里穷,拼命地读书、考大学,努力地工作,随便把脸撂地上踩,成功才是最重要的。你不会因为想获奖去给人家塞钱送礼上家里拖地板吧?你没有因为钱去跟别人上床睡觉吧?这些龌龊事我都干过。在我有了钱有了名声以后,我干的龌龊事更多了,我记不起有什么东西值得去珍惜,我一路走来全丢光了,那些应该值得珍惜的东西像我们的心肝胃,不疼的时候你想不起来,疼的时候你才知道它们在那里,烂了,我整个人全烂透了。有时候我就想如果我生来不缺钱,我不用这么辛苦地去打拼,我的心思一定比现在单纯,我也不会这么自卑和自大。人这一辈子谁说得准呢,是吧,小兄弟?"

雷享苦笑着说:"有时候能去奋斗是一件快乐的事情,如果一切都来得太容易,生活就没有什么惊喜了,也同样不知道有什么是值得去珍惜的。"李广度说:"小兄弟,看来我们有代沟了,但从我的角度,能利用父母的资源树上开花是好事,但如果没有走出来的能力,也没有走出来的决心,只会怨天尤人,那是懦夫干的事。今天你能答应教孩子们英语我特别高兴,尽管有些屈才,但没靠谁,是凭自己的本事干活吃饭。如果你出岛,再给你介绍一份,到我朋友的公司去当模特,凭你的身材外形,做个平面模特绰绰有余,呵呵,就怕你放不下架子。"雷享拍拍李广度的肩膀说:"大哥,你是个好人,你的心意我领了,干模特的事你就不用考虑我了,你当我是绣花枕头啊。"

雷享走了,房间真正安静下来。李广度还在想雷享刚才说的话,他是个好人吗? 他确实是在用自己的办法挽留说服这个年轻人,他希望他远离失魂台,希望他健康快乐地活着。他推开窗,让咸湿的海风吹进来,把他的头发像拨浪鼓一样翻来捣去。他拿了一件外衣,轻手轻脚地下楼,这样的夜晚注定是没有睡眠的。虽然天上的月亮不太明朗,却可听见虫鸣、涛声,他一步步走到失魂台,坐在白天雷享倚靠的那块石头上。他把手枕在脑后,眼睛对着天空。

这请吃长席宴,全岛人和客人热热闹闹聚到一起,让客人与孩子们结对子的流程他再熟悉不过了,只在今天晚上,他才理解文香姨的良苦用心。那通往失魂台的老友墙,立在那里是一只把人往回拉的手,而宴席是在暖人心,结对子是在留人。无论上岛的客人有何目的,只要人心暖了,有了牵挂,生活便会增添别样的意义,对这人世便有了留恋。只可惜,岛上的人一直把他当成自家人,他反而没了这份特别优待。

每年李广度上岛,文香姨会详详细细告诉他这一年来发生的事。文香姨总喜欢说:"这世上硬心肠的人真多啊,我要让那些想去寻死的人心肠软下来,让他们记着这世上的好。这失魂台跳下去多少人了?那跳下去的人,包括我的女儿文香都是硬心肠的人,我们得承认自己是软弱的,什么时候我们承认了,我们就立住了。"

迷糊睡去的李广度似乎在空气中闻到了一股浓郁的腥气,他坐起来,凌晨四点多了,海上的太阳已经出来了,可那海面泛着一片黑光,待他认真去寻找那腥气的源头时,气味消失了。这海似乎在酝酿着什么不可告人的秘密……

七

雷享早上起来,发现手机没电了,他给手机充了一会儿电,手机开始恢复工作,一个个短信鱼儿般滑溜溜窜进来。其他的倒也罢了,要命的是一个叫雅均的女孩,给他的电话和短信加一块有好几十个。短信大致一个内容:我怀孕了,你到哪儿去了?雷享头皮像通了电,噌地麻了。

雅均是他前阵子交的一个女孩,个子偏矮,皮肤稍黑,但脸蛋像画出来的，下巴尖尖，眼睛圆圆黑黑，嘴唇总像花朵一样盛开。从这张嘴里吐出来的话又软又甜，她跟雷享说过："我爱你，我愿意跟你浪迹天涯海角，我永远是你的女人……"因为经常从女孩的口里听到这类情话，雷享并不十分放在心上。雅均因此总是忧伤不已，弄得雷享还很抱歉。雷享也记不清楚他们到底亲热过几回，反正是有过关系，他应该还给女孩买过手机买过高档化妆品买过 LV 包包，她喜欢的东西他可以不皱眉头地买下来。

雷享拨了一个电话过去，雅均还在半梦半醒之间，迷迷糊糊粗嘎嘎地问是谁。雷享说："我是雷享。"雅均又软又甜的嗓子马上回来了："天啊，真的是你吗？你跑哪去了？我担心死了。"雷享说："说说孩子吧，你有什么打算？"雅均温顺地说："你想要就要，不想要就不要，我听你的。"雷享语气严肃："有件事我必须得告诉你，我父母破产了，我是出来躲债的。如果你愿意跟我过苦日子，我们结婚，要这个孩子。你放心，怎么难我都不会让你和孩子受苦的。"女孩子沉默了。雷享说："你是自由的。"雅均说："我觉得这事我们要慎重一些，我们还年轻，早早要孩子也是一种拖累。"雷享说："是要慎重，无论怎样，我尊重你的选择，如果你不想要，把卡号给我，我借钱给你上医院做手术，很抱歉，不能去陪你了。"雅均飞快地说："再见。"

电话挂了，一个短信随即进来，是一串数字。

这是雷享经历过的最痛快的分手，以往，他得狠着心听哀求听哭闹甚至听谩骂，关大磊是他的谈判专家，最后总能用最合适的价钱换来他的自由和对方的沉默。雅均跑得太快了一点，是怕他沾上去吧？谁有勇气和一个身无分文的穷小子谈恋爱、生儿育女？这才是他剥去华丽外衣后的真正处境。雷享自嘲地在自己头顶上拍了几下，力道很足，他今天就要以这样一种一穷二白的身份开始他的新生活了，这样好，踏实了。

想一想还有一件重要的事情没干，他用手机上了网，发了一个帖子，他把他的豪言壮语在网上终结了，用的是李广度提供的版本，至于别人怎么看他不会再理会。

他收拾停当出门前往银沙小学。银沙小学和文香旅馆，一个在西北角最高处，一个在东南角最低处。东南角有一片开阔地，除了教学楼，有供孩子们活动的一个运动场。他找到校长办公室，校长很是惊喜地说："小雷，你来了，太好了，太好了。"雷享说："昨晚上说好的，我来教孩子英语，你看怎么把岛上的孩子召集起来？"校长说："这容易，随便告诉几个孩子，不出半天全岛的孩子都知道了。我想知道，你能在岛上待多久？"

雷享说："不好意思，这我说不准，我尽量吧。"校长说："你看我们给你开多少报酬合适，我说过我们岛上的渔民手头还是有点钱的，都舍得为孩子读书花钱。"雷享摆摆手说："教孩子我不要报酬，算个志愿者吧，给我找个住的地方就行了。"校长笑呵呵地说："这样我们占大便宜了，等下我去跟教导主任商量商量，看怎么安排你合适，中午再让几个同学去帮你把行李搬来。"

雷享从学校出来一路打听找到庞雄的养殖场。庞雄在自家的虾场忙活，身上围个围裙，脸上挂满油汗，和一个看起来像是他老婆的人在给虾池消毒。当时雷享不知道他们那些举动是在给虾池消毒,过去问了才知道。庞雄顺便把身边的女人介绍给雷享说:"这是我老婆。"女人微笑着说:"昨晚我见过你了,你准备在岛上教英语是吧?我们家阿杰也在银沙联小读书呢。"雷享说:"我刚刚去学校和校长碰头了。"庞雄说:"好事情,我家那小猴仔学校一放假就找不到人影,你帮着管管。"

雷享此行目的不在于讨论教育。他说:"庞大哥,你们家有这么大的虾场怎么不请人帮忙呢?"庞雄说:"请人不容易啊,这岛上家家缺人手。"雷享说,你要不要请一个会计?庞雄笑着说:"那些账我老婆一个人就能搞定,我缺的是守夜的人。"雷享说:"那我来干,我最能熬夜了。"庞雄抹一把额上的汗说:"你逗我开心的吧,要给我打工?"雷享说:"是,是专门来给你打工的,李摄影推荐的。"庞雄皱起眉头说:"你肯定是上岛体验生活的,现在真的流行这个吗?我成全你,我给熟练工人开的工钱是一晚上六十,给你加点?"雷享说:"我不是熟练工人,五十就行了,等做好了你不加我钱我也要找你加的。"庞雄脸上露出奸商的笑容说:"成交。"

雷享一口气搞定两份工作,很有成就感。他回到文香旅馆,李广度不在,穆紫蓝也不在。外边大太阳亮得晃眼,虽然不到中午,空气中已经有一层被蒸腾起来的氤氲的蓝光。这么个天气他们还有兴致结伴出游?雷享找了一圈,居然在银滩上找着人了。李广度和穆紫蓝顶着烈日正在拍婚纱照。

穆紫蓝撑了一把小伞,身上是一袭隆重的白婚纱。李广度也很隆重,一整套器材都搬出来了。沙滩上一棵能遮阳的树也没有,只有一块大岩石,像个佝着背的胖老太婆,罩着小块的阴凉地。穆紫蓝在镜头前摆各种姿势,照了几张后,便跑到这阴凉地擦把汗,往脸上拍粉补妆。等穆紫蓝又跑到太阳底下,雷享快步奔向那小块阴凉地,扬手跟李广度打招呼。

李广度像是一名导演在给演员说戏,他跟穆紫蓝说,在这沙滩上拍出来的照片,会有银光闪动,整个人就像走在星河里,仙境一般。你当没有我这个人,面前没有一台摄影机,脑子想着自己走在开满鲜花的草原上,慢慢淌入一条清凉的河里……

穆紫蓝碎步轻盈,裙纱轻柔摆动,李广度不断摁下快门。过一会儿他停下来说:"这画面里没个新郎太可惜了,下次把你的新郎叫上,我替你们拍一组免费的。"他瞅一眼蹲在岩石底下的雷享说:"对了,这帅小伙可以做个替身,陪你拍一组。"穆紫蓝说:"不用了,这多不合适。"李广度说:"有什么不合适的,我不让他露脸,只要侧面或背影。"

李广度招手让雷享过来。雷享用一只手遮着太阳上前。李广度说:"你站在穆姐旁边,让我看看效果。"雷享大大方方站过去说:"让我做模特?"李广度在镜头里看了一会儿摇摇头说:"不行,你去换身衣服,换一套黑西服,没有的话,弄个白衬衣也行。"雷享说:"这大热的天,我哪会带这些衣服,热都热死了。"李广度走过来,附在雷享的耳边说了几句话,雷享看一眼穆紫蓝低头快步走了。

穆紫蓝觉得有点奇怪,问李广度:"你跟他说什么了?"李广度说:"你过后问他好了。来,我们再换个角度,你把脸稍稍往左偏,下巴不要抬起来,对了,就这样。"

七八分钟后雷享骑着一辆自行车,手上拎了一只箱子,大声嚷嚷:"我把庞大哥的箱底货给借来了。"

雷享乐呵呵把衣服套上,和穆紫蓝站到一块。他还跟穆紫蓝借镜子,左照右照,手抹脸上的油汗,牙齿把嘴唇咬红。李广度说:"雷享,你脸部的表情不重要,姿态摆好就行,你要想着自己是新娘的一个背景,你不是主角。"雷享说:"什么? 背景? 是不是连脸都不能露呀? 李广度说:"基本上是用你的侧面和背影,你的存在是为了营造出两人世界的感觉,真把自己当新郎了?"雷享气鼓鼓把镜子扔回给穆紫蓝说:"我辛辛苦苦借来这身行头就做背景,你真会糊弄人。"穆紫蓝忍不住笑了说:"好弟弟,委屈你了。"雷享说:"不,不,这是我的荣幸。"

又拍了好几十张,李广度收起器材说:"走,我们再换个地方,最后一个地方。"雷享和穆紫蓝异口同声问:"哪?"李广度说:"还会有哪,失魂台呗。"穆紫蓝说:"嗯,失魂台上不能不拍。"

到失魂台上又拍了好些,李广度最后征求穆紫蓝的意见:"你说允不允许雷享这小子露个正脸?"穆紫蓝说:"我就怕他露脸后,我的脸就没地方摆了。不过,我很乐意。"穆紫蓝挽着雷享的手说:"来我们好好照一张,今天谢谢你。"他俩手挽手照了一张。李广度打出个 OK 的手势说:"完美组合。"

拍完照,穆紫蓝问照片能不能尽快洗出来,李广度说:"照片得传回我店里让员工冲洗,那效果绝对一流,等上三四天,绝对值得等待。"穆紫蓝说:"那我就再等三四天吧。"

雷享用自行车驮穆紫蓝回旅馆,穆紫蓝抽空问他,"刚才李广度跟你说什么?"雷享说:"没说什么。"穆紫蓝说:"肯定说了,你老大不情愿去借衣服的,一转眼跑去取来了,这动力是怎么激发出来的?"雷享笑了,"这家伙说可以免我这几天在文香旅馆的伙食费,我人穷志短,腿脚就勤快了。"穆紫蓝不太相信地哦了一声。

李广度当然不是这么说的,他跟雷享说:"这个姑娘是在给自己留最后的照片,你不帮帮她?"雷享一点不怀疑李广度说的话,不单因为他曾经点破他,也因为他看过老友墙,看过跳海的姚世才,他了解这世上有太多灰心的人。他问穆紫蓝:"穆姐,你怎么不带新郎一块上岛来照婚纱照呢?"穆紫蓝说:"新郎太难找,一个人照着玩呗。"雷享说:"新郎不好找,新娘也不好找啊,我几小时前刚失恋了,我现在总算知道自己裸奔是个什么样了。"穆紫蓝说:"裸奔?"雷享说:"嗯,就是裸奔,一无所有,像个初生婴儿一样啊。"穆紫蓝笑着说:"凭你的条件就是裸奔裸婚也有大把姑娘抢的。"雷享说:"是,我会找到更好的,我也祝你幸福,早点把自己的新郎找到。凭今天我替你当背景的交情,你结婚一定要请我呀。"穆紫蓝说:"如果——好的,一定请。"

八

雷享搬到学校一间闲置的办公室。这办公室有现成的桌椅、书架,还有一块大黑板,新添的就一张床。这么简陋的一间房,比雷享家的卫生间大不了多少,要放在三天前他哪会想到他会在银沙岛上落脚,还会当一名老师?稍稍收拾,他开始备课。他把第一节英语课要教的内容写在黑板上,这里没有教材,也不需要教材。

黑板上写了六个英语单词和一句话：爸爸、妈妈、大海、蓝天、太阳、鱼，我爱你。

学校给孩子们发出的通知是早上九点上课。雷享八点钟扛起黑板，站在小篮球场上，马上有一群孩子向他围拢过来，他让孩子们以他和黑板为中心席地而坐。这课不在教室里上，就在操场上上。雷享先是给每个孩子取了一个英文名，光这英文名已经让孩子乐不可支。上课时，爸爸、妈妈、大海、蓝天、太阳、鱼、我爱你，这些词句一遍又一遍地被学生们诵读。雷享说："今天给你们列出的这些词，是我认为你们应该最先掌握的，而'我爱你'这句话你们应该经常挂在嘴上，对父母，对老师，对你喜欢的人大声说出来，以后我会天天说我爱你们，希望也天天听到你们对我说——我爱你。"学生们哈哈大笑，旁听的老师和校长也笑了。

雷享第一堂公开课圆满结束。很多学生围着他不肯走，他说："别急，一天教你们一点，你们得像攒钱一样把学过的东西好好攒起来呵！"

吃过晚饭，他骑着自行车往虾池去。这自行车是庞雄给他配的"专车"。如果从学校走到虾场再快的脚也得走上半个小时，有了自行车就几分钟的路程。

巡视完一遍虾池，雷享回工棚躲在蚊帐里看书，外边蚊子实在太多了，看得个把小时出去给虾投料，回来钻进蚊帐，他给闹钟定了时，打算睡上一阵再出去巡夜。躺了好一阵睡不着，今天晚上没风，电风扇虽然一直吹着，汗还是把他的衣服浸得湿乎乎的，辗转到半夜两三点，刚有点睡意，突然听到外边传来扑扑扑的声响。他穿好鞋子出门查看,手里拿了一个手电筒。天上没有月亮,周遭黑漆漆的,他把屋外的路灯打开,手电筒也拧开,池面上水花一片,闹腾的竟然是那些虾,它们像吃了兴奋剂拼命地在水面上扑腾。雷享吓坏了,这才是他第一天上班啊,难道就碰上翻塘的现象?

雷享掏出手机要拨打庞雄的电话,双腿突然像通电一样晃动,一屁股坐到地上,他扶着前额发怔,过了好一会儿才反应过来不是自己头晕,是地动了。

李广度和穆紫蓝也都跑下楼,来到楼前的平地上。他们站在全岛最高的位置,看见各家的灯光陆陆续续亮起来。李广度说:"我出去看看。"穆紫蓝说:"我就不去了。"李广度说:"你待在院子里,先别进屋。"

大部分人走出家门,议论纷纷,猜测这地震是在什么地方发生的。作为小岛中心的银沙小学操场上聚了不少人,李广度走到这里的时候,校长正打开学校的广播室,校长的声音很快盘旋在黑漆漆的小岛上空:"各位家长,请你们把孩子带到小学操场上,今晚不要留在家里过夜了。"

雷享听到广播也骑着自行车赶往学校。他跟校长查看学生宿舍的墙根,有一处有两根指头宽的裂隙。

操场上许多人聊得呵欠连天,有的扛不住躺地上睡了。李广度和庞雄吸着烟,在离人群稍远的一副双杠底下聊天。庞雄说:"天气这么古怪,那些虾不知道会不会出问题。"李广度说:"这种时候别多想,想也没用。"庞雄突然抽抽鼻子说:"什么味道?"李广度也闻到了,那味道又湿又腥,还有一定的热度。一个孩子好奇的声音响起:"你们看海上——"。

所有人的目光被吸引到海上去。遥远的海面泛起一道白线,那白线越来越近,铺天盖地的,像野马一般奔驰而来。岛上的所有人,包括长者,都从未见过这桩奇景,他们的目光被粘住了。一个恐怖的词语跳出李广度的脑海,他跳起来大喊:"大家快往失魂台的方向跑。"

先前地震的震源来自距离银沙岛一两千公里的海底,这震动带动的水流袭到银沙岛虽已如强弩之末,但能量仍足以席卷大半个海岛。

喊着的、哭着的、骂着的,所有人拼命地往失魂台的方向跑。

水在几个小时后消退,岛的三分之二露出来,房子、船都还在,还有散乱的尸体。大家在寻找自己的亲人。对于李广度和穆紫蓝来说,雷享就是他们的亲人,他们在银沙小学一带寻见了他,他的样子仍然很英俊,很平静,就是比平时苍白了一些。他上课用的那块黑板待在离他身体不远的地方,上面全是黑黄的泥浆,将他昨天写过的字迹遮盖了。

李广度说:"看来他是喜欢当这个英语老师的。"穆紫蓝觉着自己的心和这片被海水冲刷过的土地一样荒凉,"他这么年轻,这么健康,我愿意死的人是我。"李广度说:"你可能不相信两天前他还有过跳失魂台的念头,但我知道当他决定给孩子们教英语后,就抛掉了这个念头,只可惜,海水没有放过他。"穆紫蓝原以为自己当护士久了,已经不会对着死人哭,听了李广度的话,她的眼泪再也控制不住,哗地冲出眼眶,像海一般:"老天爷,你真的忍心!"

李广度说:"我知道你到岛上来也是要跳失魂台的,你也许也看出我有这个意图,但昨晚海水扑上来的时候,我们都没有放弃活下去的念头,我们活下来了,活下来了!"

穆紫蓝似乎失去了和李广度聊天的兴趣,她站起来,把沾满泥浆的鞋子脱掉,打着赤脚走在海滩上,每一步都踩出一个脚印。李广度说:"你去哪里?"穆紫蓝没有回答他。

救援的队伍来了,穆紫蓝来跟李广度告辞:"我要把谭海浪带走了,她家里只剩她一个人了,我得努力保住她的眼睛。"李广度说:"走吧,留我一个地址,我会把照片寄给你的。"穆紫蓝说:"如果老友墙还能恢复原状,将我和雷享的合影放一张在上面。李广度说:"一定。"穆紫蓝说:"希望你能把这世上的美景都拍下来,算是替我去看一看,我没有力气走太远的路。"她伸出手,他也伸出手,他们握了握。

穆紫蓝带着谭海浪,坐了一天的班车、十二个小时的火车,到达她生活的城市。她以为她再也不会回到这里了,这城市到处是人是车是声音。

穆紫蓝回到家,把放在抽屉里的遗书找出来,点着了,烧成蝴蝶翻飞的灰烬。她给谭海浪安了一张小床。"明天我带你去看医生,我们这里最好的眼科大夫,放心,有阿姨在,阿姨不会让你看不见的。"谭海浪说:"阿姨,你也放心,我即使瞎了,也会好好活的,我如果放弃了,就对不起雷老师,也对不起你。"穆紫蓝搂着她的肩膀说:"好孩子。"

看到穆紫蓝吃药,吃一大堆的药,谭海浪问:"阿姨,你生病了吗?"穆紫蓝说:"是啊,我这病很严重,癌症,你知道的,医生说治不好了。"她不打算向这个孩子隐瞒。谭海浪说:"你会死吗?"穆紫蓝说:"每个人都会死,我不知道我还能活多久。"谭海浪说:"你真勇敢。"

穆紫蓝笑着说:"嗯,我是觉得自己挺勇敢的。"谭海浪说:"阿姨,你放心,我也会很勇敢的。"

李广度将文香旅馆里面的淤泥一泥箕一泥箕清出去,墙上粘的泥浆也用刷子一点点刷干净。桌椅板凳慢慢寻回来,洗了,摆回原来的位置。太阳出来,那墙一晒就白了。天井的花草有根,在原处生长,包括那假山,那寻穴归来的叫千岁的龟,一切好像都恢复了原状。李广度心痛的是他的摄影包找不到了。

近岛的海水也慢慢湛蓝如初。李广度偶尔停下手头的工作歇口气,还和以前一样坐在露台上看海。没有了摄像机的镜头,他用自己的眼睛来记录这变幻莫测的海。那一天,他听到一种奇怪的声音,呜呜呜如婴儿哭,声音来自海上,他着急地搜寻声音的来处。海上泛起一层层白沫,啊,看到了,白沫下面有一只奇怪的鱼,那鼻子又宽又大,不止一只,两只,三只,五只,一只只仰着嘴,嚅嚅切切。这是海市蜃楼还是真真切切的现实? 李广度的眼睛像被太阳灼伤了,红了,泛着泪水。转眼间,它们都不见了,海面上只剩下动荡不安的白沫。美人鱼,你们真的来过了? 李广度立在海边,他感觉自己又像是漂在海上。

文香姨回来时,旅馆干干净净、清清爽爽。她很难相信文香旅馆经历过一场浩劫。庞雄过来告诉她："房子是李摄影一个人收拾的，他每天从早上收拾到晚上，每块砖头隙里的泥都要清除掉，没有谁像他这样认真干活的。我告诉他你要回来了，他还是走了。"文香姨说："多亏他了，他把旅馆当家了。"

文香姨半个月后收到李广度寄来的好几张照片，有他自己的，还有一个帅气十足的小伙子和一个身着婚纱的姑娘，他们的背景全是失魂台。信上写着：我们来过，但我们都回家了。文香姨看那些照片看了一天。后来，她把它们贴在老友墙上。